LYNN AUSTIN

Ein letzter Flug

LYNN AUSTIN

Ein letzter Flug

francke

Über die Autorin:
Lynn Austin ist verheiratet, hat drei erwachsene Kinder und lebt am Lake Michigan. Ihre zahlreichen Romane sind allesamt Bestseller und mit unzähligen Preisen ausgezeichnet worden. In Deutschland gilt sie als die beliebteste christliche Romanautorin.

Bibliografische Information der Deutschen Bibliothek
Die Deutsche Bibliothek verzeichnet diese Publikation in der Deutschen Nationalbibliografie; detaillierte bibliografische Daten sind im Internet über http://dnb.ddb.de abrufbar.

ISBN 978-3-86827-697-8

Originally published in English under the title:
Fly Away

35037 Marburg an der Lahn
Deutsch von Dorothee Dziewas
Umschlagbilder: © iStockphoto.com / ekmelica & S-S-S
Umschlaggestaltung: Verlag der Francke-Buchhandlung GmbH
Satz: Verlag der Francke-Buchhandlung GmbH
Printed in Czech Republic

www.francke-buch.de

1

Mittwoch, den 2. September 1987

Mike Dolan schlief noch, als das Telefon klingelte. Er drehte sich auf die Seite, um auf den Wecker an seinem Bett zu schauen, und stellte erschrocken fest, dass er verschlafen hatte. Es war schon eine Stunde später als gedacht. Schläfrig wankte er in die Küche, um nach dem Wandtelefon zu greifen, während er jedes seiner fünfundsechzig Lebensjahre spürte und fast über seine vierbeinigen Mitbewohner Buster und Heinz stolperte, die ihm in die Quere kamen. Bevor er sich meldete, räusperte er sich, um den Schlaf aus seiner Kehle zu vertreiben. „Hallo?"

„Hallo, Dad. Wir haben gerade eine Last-minute-Anfrage für einen Charterflug reinbekommen. Ich bin schon für die Angelgruppe gebucht, aber willst du das übernehmen?"

Mike streckte die Hand aus, um Buster am Kopf zu kraulen. „Um wie viel Uhr?"

„Jetzt gleich. Sobald du hier am Flugplatz bist, geht es los. Der Typ sagt, er muss sofort nach Springfield. Aber er will, dass du dort auf ihn wartest – er sagt, er braucht eine Stunde, vielleicht anderthalb – und ihn dann wieder nach Hause fliegst."

„Hat er gesagt, worum es geht? Warum der Auftrag in letzter Minute kommt?" Mike versuchte Zeit zu schinden, während er die Flugzeiten im Kopf überschlug. Um vier Uhr nachmittags hatte er einen Arzttermin, von dem sein Sohn nichts wissen sollte.

„Keine Ahnung. Aber du hast doch heute nichts vor, oder? Jedenfalls steht nichts im Kalender."

„Stimmt. Gut, sag ihm, ich bin in einer Stunde am Flugplatz." Mike legte auf. Je eher er seinen alternden Körper in Bewegung setzte, desto größer war die Chance, dass er bis vier Uhr zurück war. Er öffnete die Gartentür, um die Hunde hinauszulassen. Dann zog er sich schnell an. Vielleicht war dieser unerwartete Charterflug ja genau das, was er jetzt brauchte – etwas, das ihn an diesem Tag beschäftigte und seine Gedanken von dem ablenkte, was der Arzt vielleicht zu sagen hatte.

Neunzig Minuten später hatte Mike die Wetterbedingungen überprüft, den Flugplan gemeldet und alle Tests durchgeführt, die er vor jedem Flug absolvieren musste. Jetzt half er Mr Blake in eines der Charterflugzeuge von *Dolans Flugservice*. Blake war um die vierzig, hatte eine steinerne Miene und trug einen teuren Nadelstreifenanzug. Verkrampft hielt er einen Aktenkoffer umklammert. „Müssen Sie geschäftlich nach Springfield?", fragte Mike. Mit den Jahren hatte er gelernt, dass es manchmal half, nervösen Fluggästen die Angst zu nehmen, wenn man mit ihnen plauderte.

„Es ist privat." Blake legte den Sicherheitsgurt an und öffnete seinen Aktenkoffer, ohne Mike auch nur eines Blickes zu würdigen. So wie er seine Unterlagen aus dem Koffer holte, um darin zu lesen, hatte Mr Blake kein Interesse an einer Unterhaltung.

„Es müsste eigentlich ein schöner, ruhiger Flug werden", sagte Mike, während er seinen eigenen Sicherheitsgurt befestigte. „Und ein toller Ausblick. Die Blätter an den Bäumen verfärben sich schon. Ich werde es nie leid, sie aus der Luft zu betrachten." Er rangierte, beschleunigte die Maschine und hob ab, ohne eine Antwort zu erwarten. Er erhielt auch keine.

In Springfield wartete schon ein Mietwagen mit laufendem Motor auf Mr Blake. „Ist es in Ordnung, wenn ich den Aktenkoffer im Flugzeug lasse?“, fragte Blake, während er an dem kleinen Rädchen drehte, um den Koffer zu verschließen.

„Klar. Das Flugzeug und ich werden hier auf Sie warten.“

Blake sah auf seine Uhr. Als er Mike darüber informiert hatte, dass er in maximal neunzig Minuten zurück sei, fuhr er davon. Zum ersten Mal, seit er heute Morgen das Haus verlassen hatte, musste Mike an seinen Arzttermin denken. Dabei zog sich sein Magen zusammen. Er rückte seine Baseballkappe zurecht und schlenderte in den Hangar, um jemanden zu suchen, mit dem er eine Runde plaudern konnte.

Neunzig Minuten später, beinahe auf die Sekunde genau, hielt der Mietwagen mit quietschenden Reifen. Wieder war Blake während des gesamten Fluges in seine Papiere vertieft und schien den weiten blauen Himmel über ihnen oder die in bunte Herbstfarben getauchten Hügel unter ihnen gar nicht zu bemerken. Erst als sie gelandet waren, sprach er wieder.

„Es könnte sein, dass ich Ihre Dienste noch einmal kurzfristig in Anspruch nehmen muss“, sagte er. „Ich weiß noch nicht wann.“ Dann sah er auf seine Armbanduhr. „Man sagte mir, mein Vater werde bald sterben. Zur Beerdigung muss ich noch einmal hin- und zurückfliegen.“

„Das tut mir sehr leid“, sagte Mike. „Den Vater zu verlieren – das ist hart.“ Er hätte gerne gefragt, wie lange Mr Blakes Vater schon krank war und ob die beiden sich nahestanden und wie er die tragische Nachricht verkraftet habe. Er suchte in der Miene des anderen Mannes nach Anzeichen der Trauer. Er würde ihm bereitwillig zuhören, falls Mr Blake reden wollte. Stattdessen sah er nur kalte Ungeduld.

„Der Zeitpunkt ist wirklich denkbar ungünstig“, knurrte er. „Ich habe im Moment schrecklich viel Arbeit. Heute Morgen habe ich deswegen sogar eine wichtige Sitzung verpasst.“

Mike wollte gerade sagen, dass der Tod kaum jemandem gelegen kam, aber er verkniff sich die Bemerkung. „Ich nehme an, Ihre Arbeit ist sehr wichtig“, sagte er stattdessen.

„Das ist sie.“ Ohne ein Wort des Dankes drehte Blake sich um und ging zu seinem Wagen.

Gerade als die Sonne hinter einer Wolke verschwand, betrat Mike das Büro, das er sich mit seinem Sohn teilte. Steve und er führten den Flugservice gemeinsam, ein schönes kleines Unternehmen, das Mike irgendwann seinen Enkeln vermachen wollte. Schade, dass Steve nicht an seinem überladenen Schreibtisch saß oder an dem Motor seiner Flugzeuge herumbastelte. Nach der unterkühlten Begegnung mit Mr Blake hatte Mike das Bedürfnis nach der Wärme und Lebendigkeit seines Sohnes. Aber Steve war auch bei der Arbeit und flog die Anglergruppe.

Mike sank auf den Schreibtischstuhl und fühlte sich mit einem Mal erschöpft. Er musste gleich zu seinem Arzttermin aufbrechen, aber jetzt schloss er die Augen und fragte sich, ob der eilige Besuch seines Sohnes den schwerkranken Mr Blake aufgemuntert und ob er sich darüber gefreut hatte. Mike hoffte von ganzem Herzen, dass der sterbende Mann nicht gespürt hatte, wie ungelegen seinem Sohn sein Tod kam.

Wilhelmina Brewster trug noch Bademantel und Schlafanzug, als die antike Kaminuhr ihrer Großmutter die volle Stunde schlug. Zwölf Schläge zählte sie. Mittag. Und Wilhelmina war noch nicht einmal angezogen. Gestern hatte sie auch den ganzen Tag im Schlafanzug verbracht. Als sie noch ein Kind war, hätte nichts außer einer Krankheit als angemessene Ausrede für ein solch liederliches Verhalten gezählt, aber sie war nicht krank. Hätte jemand sie nach dem Grund gefragt, hätte Wilhelmina verächtlich geschnaubt und erwidert: „Warum um Himmels willen soll ich mich denn anziehen, wenn es nichts gibt, was ich tun kann, und keinen Ort, wohin ich gehen könnte?"

Jetzt starrte sie aus dem Wohnzimmerfenster auf den Ahornbaum, dessen Blätter sich allmählich verfärbten. Der Herbst war für Wilhelmina immer eine erfüllende Zeit gewesen; sie hatte Vorlesungen vorbereitet, Konzerte geplant, Studierende beraten, Konzertvorspiele angehört und Mühe gehabt, ihrem viel zu vollen Terminkalender gerecht zu werden. Aber nicht in diesem Jahr. Nach einundvierzig Jahren als Musikprofessorin am Faith College war sie im vergangenen Frühjahr fünfundsechzig geworden und hatte damit das Alter erreicht, in dem sie zwangsweise in den Ruhestand verabschiedet worden war.

Sie nahm sich das Buch, in dem sie gerade gelesen hatte, wieder vor, aber ihre Gedanken waren nicht bei dem Text, sondern zehn Kilometer entfernt auf dem Campus des Colleges. Während sie an ihr ehemaliges Büro dachte und sich fragte, wer jetzt auf ihrem Flügel Etüden übte, fiel Wilhelmina siedend heiß ein, dass sie heute tatsächlich irgendwohin musste und einen sehr guten Grund hatte, sich anzuziehen. Schon vor Wochen hatte sie eingewilligt, an diesem Nachmittag ein inoffizielles Klavierkonzert im Krebsberatungszentrum zu geben. Die Stücke, die sie spielen wollte, lagen ordentlich gestapelt auf dem Tisch neben ihrem Klavierhocker. Wilhelmina erhob sich aus dem Sessel, legte das Buch beiseite und schüttelte ihre melancholischen Gedanken von sich ab, um anschließend hinaufzueilen, ein Bad zu nehmen und ihren dunkelbraunen Hosenanzug anzuziehen.

Natürlich war sie mehr als pünktlich – eine halbe Stunde zu früh, um genau zu sein –, und als sie den schäbigen Raum sah, in dem man eine Handvoll Liege- und Klappstühle für das Publikum aufgestellt hatte, und das alte Klavier an einer fensterlosen Wand, spürte sie, wie ihre Stimmung wieder in Richtung Trübsinn sank. Sie würde mit dem Rücken zum Publikum spielen müssen und es war fraglich, ob sich der Klang dabei entfalten konnte. Oder ob die Pedale überhaupt funktionierten. Den Hocker konnte man nicht in der Höhe verstellen – und Wilhelmina war überdurchschnittlich groß. Trotzdem schwor sie sich, dass sie so gut spielen würde, wie sie konnte.

Wie viele Konzerte hatte sie im Laufe der Jahre schon gegeben? Beinahe lächelte sie, als sie daran dachte, wie viel Freude ihr diese Auftritte gemacht hatten. Vielleicht würde ihr der Auftritt heute ja auch Freude bereiten. Dann verging ihr das Lächeln, als sie an ihre Brüder dachte. Sie würden sagen, dass es unter ihrer Würde sei, in einem so schäbigen Aufenthaltsraum für Patienten zu spielen. „Wo soll das noch hinführen“, würden sie fragen, „dass du in irgendeiner zwielichtigen Bar am Klavier sitzt, auf dem ein Teller für Trinkgeld steht?“

Wilhelmina setzte sich auf den wackeligen Klavierhocker und stellte gerade ihre Noten auf den Ständer, als der Leiter des Beratungszentrums herbeigeeilt kam. „Professor Brewster! Herzlichen Dank, dass Sie heute für uns spielen. Sie haben mit Ihrer Arbeit am College bestimmt alle Hände voll zu tun, aber ich bin sicher, alle hier werden sich freuen, Sie zu hören.“

Wilhelmina konnte nur nicken, während sie sich auf die Unterlippe biss, um die Tränen zurückzuhalten, die ihr in den Augen brannten.

Um vier Uhr saß Mike Dolan im Behandlungszimmer und knetete seine Baseballkappe in seinen Händen. Jeden Augenblick konnte der Arzt hereinkommen und würde Mike mit seinem Schicksal konfrontieren. Unruhig rutschte er auf seinem Stuhl hin und her und wünschte, er könnte aufstehen und durch ein paar Schritte seine Nervosität ein wenig lindern, aber der Raum war zu klein. Die Urkunden an den Wänden hatte er längst eingehend studiert, aber von seiner Angst konnten sie ihn nicht ablenken. Zudem hatte er sie aufgrund der vielen Fremdwörter kaum verstehen können.

Schließlich stand er doch auf, streifte seine Arbeitsschuhe ab und stieg auf die Waage, die in dem Behandlungsraum stand. Er schob die kleinen Gewichte hin und her, bis sie im Gleichgewicht waren. Knapp vierundsiebzig Kilo. Nicht gut. Er hatte schon wieder abgenommen. Er überlegte, mit der Größenanzeige zu spielen, aber er wusste schon, was die ihm sagen würde. Er war genau eins zweiundsiebzig groß, ohne Schuhe. Vor etwa vierzig Jahren hatte er mit seinem athletischen Körperbau vielen Mädchen den Kopf verdreht, vor allem, wenn er die Pilotenuniform der *US Air Force* getragen hatte. Er blickte in den Spiegel, der über dem Waschbecken hing, und strich sich über den Kranz aus weißen Haaren. Jedes Jahr in der Weihnachtszeit versuchten seine Enkelkinder ihn davon zu überzeugen, er solle doch seinen Bauch ausstopfen, sich einen weißen Bart wachsen lassen und im Einkaufszentrum den Nikolaus spielen. „Du wärst genau der Richtige, Grandpa“, behaupteten sie steif und fest. Er betrachtete sein Spiegelbild und strich sich über das glatt rasierte Kinn. Dem Nikolaus ähnlich zu sehen, war eigentlich gar nicht so schlecht, beschloss er. Mit einem müden Stöhnen setzte Mike sich wieder hin und bückte sich, um seine Schuhe zu binden.

Er sah auf seine Armbanduhr. Seit die Krankenschwester ihn vor zwölf Minuten in dieser fensterlosen Zelle geparkt hatte, war er gezwungen gewesen, klassischer Klaviermusik zuzuhören, die irgendwo in der Ferne erklang. Allmählich ging ihm das Geklimper auf die Nerven. Mike war kein Musiker, aber selbst als Laie hörte er, dass das Instrument, auf dem gespielt wurde, völlig verstimmt war. Es kam ihm vor wie ein schlechtes Omen. Klaviermusik in einem Ärztehaus? Woher kam der Klang denn nur? Jedenfalls nicht aus den Lautsprechern, wie es oft bei Büros der Fall war, sondern sie drang leise und gedämpft durch die dünne Wand zum Raum nebenan. Mike überlegte eine Weile, wie das sein konnte, bis ihm einfiel, dass das Beratungszentrum in diesem Gebäude einen Aufenthaltsraum für Tagespatienten hatte. Er meinte sich zu erinnern, dass er dort ein Klavier gesehen hatte, als er nach seiner ersten Krebsoperation vor ein paar Jahren dort gewesen war. Das musste es sein.

Nachdem er das Geheimnis um die Klaviermusik gelüftet hatte, hatte Mike wieder nichts zu tun. Er beugte sich vor, um die Fotos von Frau und Kindern auf dem Schreibtisch des Arztes zu betrachten, während die Klaviermusik wie ein Hagelschauer auf dem Dach eines Hangars auf ihn einhämmerte. Er hielt nicht viel von dieser eingebildeten, intellektuellen Musik. Im Gegenteil, sie machte ihn nervös.

Das Wartezimmer des Arztes war überfüllt gewesen und Mike fragte sich, wie viele Patienten wohl gekommen waren, um ihre Untersuchungsergebnisse abzuholen, so wie er. Ihm wurde bewusst, dass dieses kleine Drama sich in Zimmern wie diesem Dutzende Male in diesem Land abspielten, vielleicht überall auf der Welt. Manche Menschen erhielten gute Nachrichten und gingen erleichtert mit ihrer Familie nach

Hause, lächelnd und wieder frei atmend. Andere wurden mit schlechten Befunden konfrontiert. Er fragte sich, wie die meisten Menschen mit solchen Nachrichten fertigwurden. Er hatte in gut einer Woche, die seit den Untersuchungen verstrichen waren, genügend Zeit gehabt, darüber nachzudenken, und Mr Blakes Last-minute-Flug an diesem Vormittag hatte Mikes Entscheidung bekräftigt. Er wusste genau, was er tun würde.

Jetzt klang es so, als würde der Klavierspieler nebenan auf der Tastatur abwechselnd Loopings, Sturzflüge und Drehungen um die eigene Achse vollführen. Sobald dieser Arzttermin vorüber war, egal, mit welchem Ergebnis, würde er zum Flugplatz zurückfahren und mit einem seiner Flugzeuge selbst den einen oder anderen Looping, Sturzflug oder Überschlag vollführen. Dieser Entschluss stand fest. Ungeduldig rutschte er auf dem Stuhl hin und her, weil er es kaum erwarten konnte, sich in den Himmel hinaufzuschwingen.

Endlich hörte er draußen auf dem Gang Schritte und die murmelnde Stimme von Dr Bennett. Er setzte kurz die Kappe auf und wischte sich die Hände an der Hose ab. Schließlich konnte er den Arzt nicht mit schwitzigen Händen begrüßen. Mike stellte sich vor, wie der Arzt seine Karte aus der Plastikhülle an der Tür nahm und betrachtete: MICHAEL G. DOLAN, MÄNNLICH, ALTER 65, KARZINOM: COLON [C2] Hemikolektomie rechts 1984, Verdacht auf Rezidiv.

Mike wartete und hielt dabei, ohne dass er es merkte, die Luft an. Er erinnerte sich an das letzte Mal; die hässliche Hilflosigkeit, im Krankenhaus auf dem Rücken zu liegen, die mitleidigen Blicke, mit denen jeder ihn ansah, das aufgesetzte Lächeln und der gedämpfte Tonfall ihrer Stimmen. Das würde er nicht noch einmal mitmachen, komme, was wolle. Und er würde auch nicht in Selbstmitleid baden, wenn der

Krebs zurückgekehrt war. Er hatte ein langes, glückliches Leben hinter sich, voller Spaß und Abenteuer, und wenn dies das Ende für ihn war, dann würde er sich nicht beschweren. Er wusste nicht viel über das Jenseits, aber er vermutete, dass es der beste Flug seines Lebens sein würde – so wie ohne Flugzeug zu fliegen.

Nebenan schwang sich die Musik in die Höhe und stürzte dann in ein kraftvolles Finale. Mike schüttelte den Kopf. Das verstimmte Klavier sorgte für eine ziemlich unsanfte Landung.

Endlich ging die Tür auf und Dr. Bennett trat mit einer Mappe in der Hand ein. Der Arzt war gut fünfzig, groß und kantig, mit wildem schwarzem Haar und dunklen Ringen unter den Augen. Seine grimmige Miene ließ Mikes Herz schneller schlagen. Sie gaben einander die Hand.

„Wie geht es Ihnen, Mike?"

„Das müssten Sie doch eigentlich wissen."

„Entschuldigung?"

„Gut, Doc. Mir geht es gut." Warum sagte man immer *gut* – egal, wie es einem ging?

Der Stuhl des Arztes quietschte, als er sich hineinfallen ließ. Dr. Bennett nahm sich Zeit, während er die Untersuchungsergebnisse studierte und dabei mit seinen knochigen Fingern auf den Schreibtisch trommelte, die Lippen gespitzt. Er vertiefte sich in die Unterlagen, anstatt Mike anzusehen. Kein gutes Zeichen.

„Mike, diesen Laborberichten zufolge scheint es Metastasen in der Leber zu geben." Mike hatte das Gefühl, dass sein Magen einen Satz machte, so als wäre er in einen plötzlichen Aufwind geraten. „Was bedeutet das?"

„Es bedeutet, dass der Krebs sich auf Ihre Leber ausgeweitet hat."

„Sind Sie sicher?"

„Ich fürchte, ja."

Mike dachte, er wäre auf diese Nachricht vorbereitet gewesen, aber jetzt durchfuhr ihn ein Gefühl von Panik. So intensiv, als wäre er ein unerfahrener Pilot, dem während eines Fluges plötzlich der Motor unter ihm den Dienst versagt. Wenn Mike in einem Cockpit säße, würde er mit seiner jahrelangen Erfahrung wissen, was zu tun war. Aber jetzt saß er nicht im Cockpit. Er befand sich auf unbekanntem Terrain. Und es war ein Blindflug. Eine Welle von gemischten Gefühlen zog ihn gegen seinen Willen hinunter und mit dem verzweifelten Instinkt eines Piloten, der sich im tödlichen Sturzflug befand, versuchte er krampfhaft, die Kontrolle wiederzuerlangen. Wie auf Kommando begann das Klavier nebenan ein langsames, trauriges, mitfühlendes Stück zu spielen, genau wie im Kino.

„Ich würde gerne weitere Untersuchungen machen, um festzustellen, ob Sie ein Kandidat für eine Resektion sind", fuhr Dr. Bennett fort. Mike hörte ihn kaum. Es konnte nicht wahr sein. Sie hatten einen Fehler gemacht. Seine Gedanken taumelten, waren außer Kontrolle geraten.

Plötzlich dachte er an Helen. Die Erinnerung an den Mut seiner Frau im Angesicht des Todes beruhigte ganz unerwartet sein rasendes Herz. Er hatte sich wieder im Griff, seine Emotionen reagierten auf seine Willenskraft. Er bestimmte wieder, wohin es ging. Mit einem schwachen Lächeln und einem kaum sichtbaren Nicken bestätigte er, dass er die Wahrheit akzeptieren würde. *Für mich brauchst du keine traurigen Stücke zu spielen*, hätte er dem Klavierspieler nebenan am liebsten gesagt. *Ich will mit einem Tanz abtreten.*

„... und wenn die Untersuchungen zeigen, dass Sie ein Kandidat für eine Resektion sind, dann werde ich einen Termin für die Operation ansetzen", sagte Dr. Bennett.

„Warten Sie mal, Doc. Was bedeutet das unterm Strich?

Wahrscheinlich werde ich trotzdem sterben, oder?" Er lächelte, weil er hoffte, es würde den Arzt davon überzeugen, dass er die Wahrheit verkraften konnte. Dr. Bennett klappte die Akte zu und faltete die Hände darauf.

„Der Krebs hat gestreut. Wahrscheinlich können wir ihn nicht aufhalten oder alle bösartigen Zellen entfernen."

„Warum wollen Sie dann noch mal operieren?"

„Bei einer erfolgreichen Resektion erhöht sich die Lebensdauer um zirka 15 Prozent und ..."

„Nein. Wenn es nur eine Frage der Zeit ist, würde ich es lieber nicht in die Länge ziehen." Mike hatte sich diese Szene vorher ausgemalt und zitierte die Zeilen als Antwort auf die Stichworte des Arztes wie in einem gut geprobten Theaterstück.

„In manchen Fällen können eine Operation und eine Chemotherapie dem Patienten etwas mehr Zeit geben. Das Ganze erträglicher machen ..."

„Das ist nichts für mich."

„Hören Sie, Mike ..."

„Es hat doch eigentlich keinen Sinn, wenn Sie wissen, was ich meine. Wenn die Operation mich nicht heilen kann, warum sich die Mühe machen? Ich will nicht noch einmal ins Krankenhaus und meiner Familie diese Situation zumuten."

„Lassen Sie mich wenigstens sagen, zu welcher Behandlung ich Ihnen raten würde."

Mike lächelte. „Nein, danke. Sagen Sie mir einfach, wie lange ich noch habe."

Der Arzt nahm einen dünnen goldenen Stift von seinem Schreibtisch und fing an, ihn zwischen den Fingern zu drehen. „Das ist schwer zu sagen."

„Schätzen Sie. Ich werde Sie nicht vor Gericht zerren, wenn Sie sich irren."

Dr. Bennett wandte den Blick ab. „Wenn Sie sich weder

einer Operation noch einer Chemotherapie unterziehen … vielleicht drei Monate. Höchstens sechs."

Mike wiederholte die Worte in Gedanken, aber eigentlich verstand er sie kaum. Er hatte noch drei Monate zu leben. Höchstens sechs.

Im Nebenraum triefte das Klavier vor Mitgefühl wie ein Wischmob trieft, wenn die Putzfrau ihn auswringt, aber die schiefen Töne ließen es komisch klingen wie bei einem alten Stummfilm. Mike stellte sich vor, wie die ganzen blau gefärbten Damen, die ehrenamtlich im Beratungszentrum der Krebshilfe mitarbeiteten, ihre Taschentücher zückten. Bei dem Gedanken musste er unwillkürlich lächeln.

„Danke, Doc. Ich weiß es zu schätzen, dass Sie so ehrlich zu mir sind."

Jetzt, wo Mike die Wahrheit kannte, wollte er dieses kleine Zimmer so schnell wie möglich hinter sich lassen und mit dem, was ihm von seinem Leben noch blieb, weitermachen. Die Herbstluft atmen. Sich in den blauen Himmel hinaufschwingen. Er stand auf und machte einen Schritt auf die Tür zu. Der Stuhl des Arztes gab ein dumpfes Geräusch von sich, als der Mann sich auf ihm drehte und Mike ansah.

„Bitte denken Sie noch einmal darüber nach, Mike. Sprechen Sie wenigstens mit Ihrer Familie darüber. Und wenn Sie es sich anders überlegen, kann ich Sie sofort einschieben." Mike nickte unverbindlich und machte die Tür auf. „Darf ich Ihren Namen an die Krebshilfe weitergeben?", fragte der Arzt. „Sie bieten eine Menge hilfreicher Dienstleistungen an."

„Klar. Kein Problem." Mike war schon halb zur Tür hinaus, als er noch einmal stehen blieb und sich umdrehte. „Übrigens, wie oft spielen die da drüben eigentlich auf diesem schrecklichen Klavier?" Er zeigte mit dem Daumen auf die Wand zum Nebenraum.

„Sie meinen im Zentrum? Ich weiß nicht … vielleicht ein, zwei Mal im Monat. Meistens bei Spendenaktionen und Veranstaltungen für die Patienten, nehme ich an."

„Dann würde ich mir Ohrstöpsel kaufen, wenn ich Sie wäre, Doc."

Er schwenkte seine Kappe zum Gruß, zog sie dann auf und schlenderte durch das Wartezimmer ins Foyer. Die hohen Türen umrahmten einen herrlichen Blick auf sanfte grüne Hügel, hier und da von den ersten Herbstfarben unterbrochen; in leuchtendem Kupfer, Bronze und Gold. Mike erstarrte bei diesem wundervollen Anblick. Er liebte den Herbst und genoss es, mit seinem Flugzeug über die vertrauten Landschaften von Connecticut zu fliegen, so wie er es an diesem Morgen getan hatte.

In drei Monaten würde die feurige Schönheit des Herbstes erloschen sein – genau wie sein Leben. Drei Monate blieben ihm noch. September, Oktober und November. Er dachte an die Zeit vor drei Monaten. Juni. Als wäre es gestern gewesen.

Plötzlich hörte Mike donnernden Applaus durch den Flur dringen und er erinnerte sich an das Klavier. Er folgte dem Klang, weil er wissen wollte, welcher Pianist die musikalische Begleitung zu Dr. Bennetts tragischen Neuigkeiten gespielt hatte. „Bin ich zu spät für das Konzert?", fragte er die Dame am Empfang.

„Ja, ich fürchte, es ist fast vorbei, aber vielleicht spielt Professor Brewster ja eine Zugabe. Im Aufenthaltsraum auf der rechten Seite."

Der Raum war zum Bersten gefüllt, jeder verfügbare Platz war mit Klappstühlen und Sesseln bestückt. Mike quetschte sich in den Raum und fand einen Stehplatz hinten an der Wand, neben einer hübschen blonden Krankenschwester. Er blickte über die Köpfe hinweg und entdeckte Professor Brewster. Es war eine Frau, Frau Professor, die sich steif neben dem Klavier verbeugte. Sie sah überhaupt nicht so aus, wie Mike gedacht hatte. Statt eines vornehmen Herrn mit weißem Bart und Frack sah er eine prüde aussehende Frau mit unförmigem Körper, die einen hässlichen schlammfarbenen Hosenanzug trug. Sie war ungefähr so alt wie er selbst, schätzte Mike, und trug ihr Haar kurz. Ihre Haltung war steif und aufrecht und alle Falten in ihrem Gesicht schienen sich zu einem dauerhaften Stirnrunzeln zusammenzufügen.

„Ist das Professor Brewster?“, fragte er die Krankenschwester in einem aufgesetzten Flüsterton.

„Ja.“

„Meinen Sie, sie weiß, dass ihr Klavier verstimmt ist?“

„Schhh …“ Professor Brewster hatte das Wort ergriffen.

„Danke sehr, meine Damen und Herren. Sie sind sehr freundlich.“ Ihre Stimme klang kalt und förmlich und ihr Lächeln wirkte aufgesetzt. Aus irgendeinem Grund kam sie Mike bekannt vor und er versuchte, sich daran zu erinnern, wo sie sich schon begegnet sein könnten.

„Als Zugabe werde ich ein kurzes Stück von Bach spielen.“ Sie sprach den Namen des Komponisten mit heiliger Ehrfurcht aus, so wie Fernsehevangelisten das Wort „Gott“ aussprachen.

Während die Zugabe erklang, stellte Mike fest, dass es viel interessanter war, Professor Brewster beim Spielen zu beobachten, als ihr durch die Wand zuzuhören. Sie saß steif auf dem Klavierhocker, gefährlich nah an der Kante, und starrte das Klavier an wie ein General, der den Feind abschätzt. Ihre langen, schmalen Finger schwebten regungslos über den Tasten und griffen dann plötzlich an wie gut gezielte Raketen. Die Musik ratterte wie eine Maschinengewehrsalve. Wenige Augenblicke später wurde die Musik langsamer und die Professorin streichelte mit den Fingern jede Note, als wollte sie um das Instrument werben, während sie seinem Korpus beruhigende Klänge entlockte. Mike sah ihr fasziniert zu.

Als die Zugabe zu Ende war, brach das Publikum erneut in wilden Beifall aus. Plötzlich wusste Mike, warum die Dame ihm bekannt vorkam, und er lachte laut auf. Die blonde Krankenschwester sah ihn an, als erwarte sie eine Erklärung.

„Tut mir leid", sagte er lachend. „Ich habe nur gerade festgestellt, dass die Professorin mich an ein Kartenspiel erinnert, das ich als Kind hatte. Sie sieht aus wie ‚Die alte Jungfer'."

Die Schwester riss die Augen auf. „Also wirklich, Sir! Wilhelmina Brewster ist in unserem Vorstand! Sie ist Musikprofessorin am Faith College und eine sehr bedeutende Persönlichkeit unserer Stadt!"

„Äh, tut mir leid, Miss." Mike lächelte und berührte sie am Arm. „Ich wollte die Gute nicht beleidigen. Verzeihen Sie mir?"

„Ja, ist schon okay", sagte die Krankenschwester mit einer lässigen Handbewegung.

„Sagen Sie, Miss ..." Er beugte sich vor und flüsterte wie ein Verschwörer. „Ist Professor Brewster verheiratet?"

Die junge Frau warf der Pianistin, die sich jetzt steif verbeugte, einen Blick zu und hielt sich dann die Hand vor den Mund, um ein Lächeln zu verbergen. „Nein ... ist sie nicht." Mike legte einen Finger auf seine Lippen und zwinkerte.

Als der Applaus endete und die Zuhörer aufstanden, um zu gehen, watete Mike durch die Menge auf das Klavier zu. Professor Brewster begrüßte einige Personen aus dem Publikum, als wären sie Trauernde bei einem Begräbnis. Feierlich und mit grimmiger Miene gab sie ihnen die Hand. Mike wartete, bis er an der Reihe war, überrascht, wie groß sie aus der Nähe war – eine gute Handbreit größer als er. Als er schließlich vor ihr stand, ergriff er ihre trockene, schlaffe Hand und schüttelte sie heftig.

„Hi, Professor Brewster. Mein Name ist Mike Dolan. Ich habe Ihre Zugabe genossen, aber wissen Sie, dass Ihr Klavier verstimmt ist?“

Professor Brewsters Augenbrauen schossen in die Höhe und sie starrte ihn mit offenem Mund an, als hätte der Puppenspieler versehentlich die Strippen fallen lassen. Jemand hinter ihm murmelte: „Wie unverschämt!“ Das war gar nicht Mikes Absicht gewesen. Er beeilte sich, seinen Fehler wiedergutzumachen.

„Es tut mir leid. Ich wollte Sie nicht beleidigen, Ma'am. Aber wenn das Beratungszentrum es sich nicht leisten kann, das Klavier stimmen zu lassen, kann ich ein bisschen was beisteuern. Ich weiß, dass es immer schwierig ist, an Gelder zu kommen. Glauben Sie mir, das Geld wäre gut investiert!“ Miss Brewsters Blick hätte Lava in Stein verwandeln können. Ihre Mundwinkel zogen sich missbilligend nach unten, während sie ihre Hand aus Mikes enthusiastischem Griff riss. Wie konnte er ihr verständlich machen, dass er sie nicht hatte kränken wollen? „Natürlich bin ich nur ein normaler Mensch und verstehe nicht so viel von Musik wie Sie, da bin ich mir sicher. Aber der Klang geht einem schon ziemlich auf die Nerven, wissen Sie? Weil das Ding so verstimmt ist. Vor allem, als ich nebenan im Zimmer des Doktors saß und erfahren habe, dass ich in drei oder vier Monaten sterben werde. Wahrscheinlich stört es andere auch.“ Mike lächelte breit, aber die strenge Miene der Professorin blieb unverändert.

„In Ordnung, wie wäre es hiermit, Professor? Sie organisieren einen guten Instrumentenbauer, der das Klavier stimmt, und dann rufen Sie mich an.“ Er kramte in der Tasche seines Arbeitshemdes. „Hier ist meine Karte. Rufen Sie mich an, dann überweise ich etwas, um mich an den Kosten zu beteiligen.“

Sie machte keine Anstalten, seine Karte entgegenzunehmen, darum schob Mike sie ihr in die Tasche ihres Hosenanzugs. Dann wandte er sich zum Gehen, drehte sich aber noch einmal um.

„Ach ja, und in der Zwischenzeit gewähren Sie einem Sterbenden eine letzte Bitte … lassen Sie niemanden auf dem Ding spielen, bis es repariert ist, okay?“ Er streckte die Hand aus und klappte den Klavierdeckel mit einem leisen, melodischen Knall zu. Die Saiten des Instruments schienen erleichtert zu sein. „Ciao.“ Mike tippte sich an die Kappe und machte sich auf den Weg zum Flugplatz, um sich ein Stück Himmel zu gönnen.

Wilhelmina Brewster trat mit raschen Schritten durch die Tür des Beratungszentrums. Sie hatte keinen Grund, sich zu beeilen, aber die lebenslange Gewohnheit ließ sich nicht abschütteln. Während sie zu ihrem Wagen ging, ohne ihre Umgebung und den schönen Herbstnachmittag wahrzunehmen, ging sie in Gedanken jede Note des Klavierkonzerts durch, das sie gerade gegeben hatte. Sie hatte gut gespielt.

Als Wilhelmina auf die Straße trat, um zum Parkplatz zu gehen, schoss plötzlich ein Cabrio vorbei, vor dem sie erschrocken zurückwich. In dem Auto saßen junge Leute, einige von ihnen in Sweatshirts mit dem Logo des Faith College. Sie hupten und stimmten das Football-Lied des Colleges an. Wilhelminas gute Laune verschwand in Sekundenschnelle. Stattdessen stieg ein Groll gegen diese Fremden in dem lauten Cabrio in ihr auf, weil die jungen Leute sie an einen Ort erinnerten, an dem sie sein wollte, zu dem sie aber nicht mehr gehörte; einen Ort, der einen so wichtigen Teil von ihr darstellte, an dem sie aber nicht mehr erwünscht war. Der Wagen bog um die Ecke und buntes Laub stob auf.

Sie schloss ihre blaue Buick-Limousine auf und stieg ein. Das Kunstlederpolster war heiß von der Nachmittagssonne. Nach sieben Jahren roch der Wagen immer noch neu. Hoffnung keimte in ihr auf, als sie den Motor anließ. Es musste doch einen Ort geben, an dem sie erwartet wurde: ein Treffen der *Pro-Life*-Vereinigung von Connecticut, die Frauengruppe der Missionsgesellschaft, ihre wöchentliche Bibelstunde, der Gartenverein? Aber es gab nichts außer ihrem Haus, wohin sie konnte, nirgendwo wurde sie gebraucht oder gewollt. Sie spürte, wie ihr die Tränen kamen, und schämte sich deswegen. Sie war immer so stark gewesen, so stolz auf ihre Unabhängigkeit. Warum war sie in letzter Zeit nur so emotional?

Sie stellte den Motor wieder aus und kramte in ihrer Jackentasche nach einem Taschentuch. Stattdessen fand sie darin eine Visitenkarte. In einer Ecke war ein Flugzeug abgebildet und darunter stand in leuchtend blauen Buchstaben:

Michael G. Dolan
Dolan und Söhne Flugservice
Transport- und Pendelflüge
Privatunterricht

Einen Moment lang starrte sie auf die Karte und wusste nicht, wie sie in ihren Besitz gekommen war, doch dann erinnerte sie sich an den unhöflichen kleinen Mann, der ihr gesagt hatte, das Klavier sei verstimmt. Als wenn das *ihre* Schuld wäre! Jeder wusste, dass ein Pianist auf dem Instrument spielte, das vorhanden war! Ein Klavier kann man schließlich nicht einfach so stimmen wie eine Geige oder eine Harfe! Sie ließ die Szene vor ihrem geistigen Auge noch einmal ablaufen und überlegte, welche vernichtende Antwort sie ihm hätte geben können. In dem Moment selbst war sie angesichts seiner Unverschämtheit sprachlos gewesen. Was hatte er sonst noch gesagt? *„… nur noch drei oder vier Monate zu leben … einem Sterbenden eine letzte Bitte gewähren …“*

Mit einem Seufzer tat sie den Zwischenfall ab. Sie dachte nicht gerne daran, aber wahrscheinlich waren heute in ihrem Publikum viele todkranke Menschen gewesen. Sie selbst war seit einigen Jahren ehrenamtliche Helferin, nachdem ihre Mutter an Krebs gestorben war. Sie wusste aus eigener Erfahrung, wie Mr Dolans letzten drei oder vier Monate sein würden. Aber wusste er es auch? Wahrscheinlich nicht. Er hatte zu fröhlich gewirkt, hatte gar nicht um Mitleid gebettelt. Bestimmt hatte er die Wahrheit noch gar nicht richtig erfasst. Er leugnete sie noch. Aber wenn diese Phase vorbei war …

Wieder kamen ihr die Tränen und sie schimpfte mit sich selbst, während sie in der Handtasche nach einem Taschentuch suchte. „Also wirklich, Wilhelmina! Sei doch nicht so sentimental!“

Sie erinnerte sich daran, wie sie bei ihrer Verabschiedung in den Ruhestand im Frühjahr der langen Rede von Dekan Bradford gelauscht hatte. Tapfer lächelnd hatte sie gute Miene zum bösen Spiel gemacht und ihren unerträglichen Schmerz verborgen, während er sie von dem Leben abschnitt, das sie so sehr liebte.

„Natürlich ist dies kein Abschied“, hatte der Dekan gesagt. „Als emeritierte Lehrkraft wird Frau Professor Brewster bestimmt oft wegen ihrer Expertise und Erfahrung zu Rate gezogen werden.“ Er hatte angedeutet, dass er vielleicht eine Ausnahme von der Pflichtpensionierung für sie erwirken könne, sodass sie in Teilzeit am Institut bleiben konnte, aber das war nicht geschehen. Sie hatten ihre Stelle wieder ausgeschrieben und ihr Name stand nicht auf der Liste der Juroren für das Vorspiel der Studienanfänger, die sich um ein

Stipendium bewarben. Auch die Einladung zur jährlichen Herbstfeier der Fakultät war nie eingetroffen. Sie hatte tapfer gelächelt, als hätte es überhaupt nicht wehgetan, so wie Mr Dolan an diesem Nachmittag gelächelt hatte. Aber jetzt war der Campus wieder zum Leben erwacht, ein neues Semester hatte begonnen und zum ersten Mal seit einundvierzig Jahren gehörte Wilhelmina nicht dazu. Wahrscheinlich saß ein selbstbewusster junger Doktorand jetzt in ihrem Büro und stellte seine Bücher in ihre Regale, während sie alleine hier saß. Sie hatte dem Faith College ihr ganzes akademisches Leben gewidmet und sie hatten es genommen und ihr nur eine kleine Pension gelassen und sie mit ein paar Abschiedsgeschenken abgespeist.

In vielerlei Hinsicht starb auch sie, genau wie Michael G. Dolan, nur dass Mr Dolan bald in Frieden ruhen würde, während sie ihre triste Existenz fortsetzen musste. Sie schnäuzte sich in ihr spitzenbesetztes Taschentuch. Ja, die Wahrheit war endlich durchgesickert.

Sie ließ den Motor wieder an und legte den Gang ein, um den langen Weg nach Hause zu fahren, anstatt die Abkürzung über den Campus zu nehmen. Ihr Haus, ein schickes, zweigeschossiges Backsteingebäude aus dem frühen 20. Jahrhundert sah im Licht des Herbstnachmittags kalt und dunkel aus. Sie fuhr bis zum Ende der geschwungenen Auffahrt, vorbei an ihren gepflegten Blumenbeeten und Rosenbüschen. Sie war stolz auf ihren Garten. Die meisten Nachbarn von ihr beauftragten Gärtner oder Landschaftsarchitekten mit bestimmten Aufgaben, aber Wilhelmina liebte die Arbeit mit ihren Blumen beinahe so sehr wie das Klavierspielen. Mit dem Unkrautjäten, Düngen und sorgfältigen Beschneiden war sie den Sommer über meist beschäftigt gewesen, aber der erste Frost in zwei Wochen würde ihr auch diese Freude noch rauben.

Sie fuhr den Wagen in die Garage und ging um das Haus herum, um den Briefkasten zu leeren in der Hoffnung, einen Brief mit dem vertrauten Logo des Colleges darin zu finden. Inzwischen müssten sie doch gemerkt haben, dass ihnen ein Fehler unterlaufen war. Sie würden sich für das Versehen entschuldigen und sie bitten zurückzukommen. Aber das Einzige, was im Briefkasten lag, war eine Broschüre: „Angebot zum Semesterbeginn – eine große Pizza – mit Studentenausweis $2 günstiger." Erbost schloss sie die Haustür auf und warf den Flyer kurzerhand in den Papierkorb im Flur.

Als sie ihr Wohnzimmer betrat und das Licht einschaltete, kam es ihr vor, als wäre sie erst vor wenigen Minuten zu ihrem Konzert aufgebrochen. Ihre Möbel aus poliertem Kirschholz reflektierten den Schein der Lampe, aber der Raum wirkte immer noch dunkel auf sie. Vielleicht sollte sie die orientalischen Teppiche und die Vorhänge reinigen lassen. Eine feine Staubschicht lag auf dem Flügel, aber sie widerstand dem Drang, mit der Hand darüberzufahren, weil sie wusste, dass es dem Lack schadete. Stattdessen steckte sie den Finger in die Erde ihrer Usambaraveilchen, die im Erkerfenster standen. Sie brauchten Wasser. Vielleicht sollte sie das ganze Haus von oben bis unten putzen und die langen Wintertage mit anstrengender Arbeit füllen. Ihr älterer Bruder hatte ihr geraten, sich für den Winter eine Beschäftigung zu suchen. Aber was konnte schon ihren Lehrberuf ersetzen?

Wilhelmina legte eine Chopin-Etüde auf, schaltete die Musik aber gleich nach den ersten Tönen wieder aus. Einer ihrer Studenten hatte diese Etüde bei seinem Vorspiel im letzten Frühjahr gespielt. Wie lange würde es dauern, bis die Erinnerungen verblassten? Wie lange, bis sie sich eine Aufnahme anhören oder ein Konzert besuchen konnte, ohne diesen schrecklichen Schmerz zu empfinden?

Die Uhr verriet ihr, dass es Zeit fürs Abendessen war, aber

sie hatte keinen Hunger. Sie stocherte ein wenig in einem Rest Salat, aß einen halben Muffin und schüttete dann eine Kanne abgestandenen Kaffee in den Ausguss. Müde sah sie die Notizen durch, die sie sich selbst zur Erinnerung geschrieben und mit kleinen Magneten in Form einer Viertelnote an den Kühlschrank geheftet hatte. Für heute Abend war nichts geplant. Und für morgen auch nicht.

Plötzlich läutete das Telefon und sie eilte, um den Anruf entgegenzunehmen in der Hoffnung, sie würde Dekan Bradfords vertraute Stimme hören, die ihr ein Ende ihres sinnentleerten Daseins versprach. „Hallo, Wilhelmina? Carol hier. Wie geht es dir?“ Enttäuschung und Wut trieben Wilhelmina erneut die Tränen in die Augen und erstickten ihre Antwort. „Ich rufe an, um dich an das Treffen diesen Freitag im Krebsberatungszentrum zu erinnern. Wir bekommen die Adressen von neuen Patienten, die wir nächste Woche anrufen sollen und …“

„Von dem Treffen weiß ich schon, Carol.“

„Ja, aber ich soll alle anrufen. Ich mache nur meinen Job.“

„Tut mir leid“, sagte Wilhelmina und blinzelte die Tränen fort. „Brauchst du am Freitag eine Mitfahrgelegenheit? Ich kann dich abholen.“ Carol brauchte immer eine Mitfahrgelegenheit.

„Ja, das wäre nett, wenn es dir nichts ausmacht. Also dann bis Freitag. Mach's gut.“

Wilhelmina vergewisserte sich, dass der Termin in ihrem Kalender stand, und war froh darüber, dass wenigstens eine der riesigen leeren Seiten mit etwas gefüllt war. Das Bild für September zeigte ein verwittertes altes Schulhaus mit einem Klassenraum unter einer Eiche im Herbstlaub. Der Spruch dazu ermahnte sie: „Freut euch im Herrn allezeit!“ Was sollte das wohl bedeuten? Wie sollte sie sich freuen, wenn man ihr gegen ihren Willen ihren Lebensinhalt genommen hatte?

Sich im *Herrn* freuen? Sie hatte Gott ihr ganzes Leben geopfert, aber jetzt schien sie ihm nicht mehr wichtig zu sein. Nicht einmal ihre Gebete erhörte er! Sie riss das Bild vom Kalender und zerknüllte es, bevor sie es quer durchs Zimmer warf. Dann setzte Wilhelmina Brewster sich an den Tisch, ließ den Kopf auf die Arme sinken und weinte.

2

Dienstag, den 8. September 1987

Mike Dolan betrachtete sich im Badezimmerspiegel, während er sich rasierte. Er hatte weiter an Gewicht verloren, aber wenigstens sah sein Gesicht noch immer braun gebrannt und gesund aus. Er würde seinem Sohn Steve sagen, dass er eine Diät machte. Immerhin konnte es nicht schaden, wenn er ein bisschen abnahm. Er klopfte sich auf den kleinen Bauch, der immer noch über seinen Gürtel hing. Seine Familie würde die Wahrheit nie erfahren müssen.

Als er das Dröhnen eines Jets über sich hörte, sah er auf die Uhr. Wie ein Matrose, der sich an den Sternen orientiert, richtete er seine täglichen Abläufe nach den Passagierflugzeugen, die auf dem Weg zum oder vom etwa vierzig Kilometer entfernten Flughafen in Hartford über sein Haus hinwegdonnerten. Dieser Pendlerflug von United nach Washington erinnerte ihn daran, dass er bald zur Arbeit aufbrechen musste.

Er schaltete das Licht im Bad aus und ging in den Flur. Von hier aus konnte er sein ganzes Haus auf einmal sehen. In dem winzigen, überfüllten Wohnzimmer zu seiner Rechten hingen Spinnweben an den Elchgeweihen und der Staub lag auf seinen Bowlingpokalen. Das Bärenfell auf dem Boden musste unbedingt gesaugt werden. Zeitungen und Luftfahrtzeitschriften lagen überall verstreut. Im Schlafzimmer zu seiner Linken sah er sein ungemachtes Bett. Kleine Haufen schmutziger Wäsche zierten diesen Raum, dazu weitere Fliegermagazine. Hinter ihm in der Küche stand ein Stapel schmutziges Geschirr in der Spüle und drohte umzukippen. Er wusste, dass er aufräumen sollte. Aber Buster und Heinz, seine vierbeinigen Mitbewohner, saßen erwartungsvoll zu seinen Füßen und klopften mit dem Schwanz auf die Holzdielen.

Sie waren große Hunde – zu groß für seinen winzigen Bungalow – und jedes Mal, wenn sie sich bewegten, fegten sie mit ihren buschigen, wedelnden Schwänzen irgendetwas von einem Beistelltisch oder Regal und hinterließen eine Spur der Unordnung und Hundehaare. Buster, überwiegend ein Golden Retriever, hatte eine bewundernswerte Persönlichkeit und öffnete Freunden wie Fremden gleichermaßen sein Herz. Heinz, eine schwarzweiße Mischung aus ungefähr fünfzig Arten, war der Wachhund von den beiden, vorsichtiger und mit einem ausgeprägten Beschützerinstinkt, was sein Haus und sein Herrchen betraf.

„Ach, verschieben wir das Saubermachen", sagte Mike zu den beiden. „Morgen können wir uns immer noch darum kümmern, nicht wahr, Jungs? Gehen wir in den Park, da können wir durch das Laub laufen." Buster sprang auf und rannte mit wedelndem Schwanz zum Hinterausgang. Heinz bellte zustimmend. „Gut, das ist also beschlossene Sache. Aber erst rufe ich Steve an." Er ging zu dem Apparat, der in der Küche an der Wand hing, und wählte die vertraute Nummer.

„Hi, Cheryl, ist Steve da? Oh … er ist schon weg? Okay, dann erwisch ich ihn nachher beim Hangar. Gib den Kindern einen Kuss vom Grandpa, in Ordnung? Tschüss." Als er nach seiner Jacke griff, rannten die Hunde plötzlich an ihm vorbei zur Haustür und bellten. Eine Sekunde später klingelte es an der Tür. „Okay, Jungs, okay! Ihr habt eure Arbeit gemacht, und jetzt beruhigt euch!" Er musste brüllen, weil die Hunde weiterbellten, einer lauter als der andere.

Mike öffnete die Tür und erstarrte vor Überraschung. Professor Brewster – die Klavierdame – stand auf seiner Veranda! Sie sah ähnlich überrascht aus, ihn zu sehen, und einen Augenblick lang sagte keiner von beiden etwas. Buster brach das Schweigen, indem er gegen die alte Fliegengittertür sprang und zur Begrüßung freundlich bellte. Hinter ihm knurrte Heinz eine eher bedrohliche Warnung. Professor Brewster und die zerbrechlich wirkende Frau neben ihr wichen ein paar Schritte zurück. Mike zog an Busters Halsband.

„Runter, du Kalb! Du erschreckst diese netten Menschen ja zu Tode! Ist schon gut, meine Damen", rief er über den Hundelärm hinweg. „Die beiden wollen nur freundlich sein und tun niemandem etwas." Mit der anderen Hand packte er Heinz am Halsband und schob beide Tiere in Richtung Küche. „Geht schon, Jungs … legt euch hin." Die Hunde krochen in die Küche wie schuldbewusste Schuljungen, die zum Direktor zitiert wurden. Mike hielt die Gittertür auf.

„Kommen Sie rein, meine Damen. Schön, Sie wiederzusehen, Professor. Haben Sie das Klavier schon stimmen lassen?"

„Wir sind nicht wegen des Klaviers hier, Mr Dolan." Ihre Miene war ernst, so als würde sie die Nachricht von einer schrecklichen Katastrophe überbringen.

Mike wandte sich an die zweite Frau und bekam einen ganz anderen Eindruck. Ihr Gesicht leuchtete, so als wäre sie gekommen, um ihm zu sagen, dass er in der Lotterie gewonnen hatte. Mit ihrem feinen grauen Haar und den flinken, vogelartigen Bewegungen bildete sie einen lustigen Kontrast zu der großen, lehrerhaften Musikprofessorin, wie ein zwitschernder Spatz neben einer finster dreinblickenden Eule.

„Hallo, ich bin Carol Nugent. Wir arbeiten beim Hospizprogramm mit. Haben Sie ein paar Minuten Zeit für uns?"

„Natürlich! Kommen Sie rein!“ Heinz bellte seinen Protest aus der Küche. Mrs Nugent zögerte auf der Schwelle.

„Ach, du liebe Güte … vielleicht besser nicht. Ich bin furchtbar allergisch gegen Hunde, müssen Sie wissen.“

Die Professorin funkelte sie an, als wäre sie eine Klavierschülerin, die einen falschen Ton gespielt hat. „Also wirklich, Carol. Es dauert doch nur ein paar Minuten.“

„Also gut … aber …“

Mike hielt ihnen die Tür auf und sie betraten vorsichtig das Wohnzimmer. Er bemerkte den Blick, mit dem sie das Durcheinander betrachteten, und wünschte, er hätte aufgeräumt.

„Tut mir leid wegen der Unordnung“, begann er, aber ein heftiges Niesen von Mrs Nugent unterbrach ihn.

„Ach, du liebe Güte“, stöhnte sie wieder, während sie ihr Taschentuch zückte.

„Setzen Sie sich doch, meine Damen.“ Mike zog ein T-Shirt und drei Zeitschriften vom Sofa und schob mit dem Fuß ein Paar Socken unter den schiefen Couchtisch – außer Sichtweite der beiden Damen.

Die Damen setzten sich, während ein neuerlicher Niesanfall Mrs Nugent überkam, gefolgt von einem jämmerlichen „Ach, du liebes bisschen“ und weiterem Taschentuchwedeln. Mike setzte sich auf einen Hocker.

„Wir vertreten das Hospizprogramm der Krebshilfe“, begann Mrs Nugent und putzte sich die Nase. „Haben Sie schon davon gehört?“ Mike schüttelte den Kopf. Mrs Nugent nieste. „Wir sind eine Gruppe Freiwilliger, die sich um Krebspatienten und ihre Familien kümmern und …“ Sie hielt inne, um dreimal hintereinander zu niesen, was offenbar für die Professorin zu viel war.

„Also wirklich, Carol! Vielleicht wartest du besser im Wagen. Ich mache hier weiter.“ Sie nahm ihr die Broschüren und das Klemmbrett aus der Hand und Mrs Nugent entschuldigte sich mit einem erneuten Niesen, während sie zum Auto floh.

Die Professorin räusperte sich. „Wie Mrs Nugent gerade sagte, sind wir eine Gruppe Freiwilliger, die sich um Krebspatienten und ihre Familien kümmern. Wir haben Ihren Namen von Dr. Bennetts Praxis erhalten."

Sie machte eine Pause, um eine Hochglanzbroschüre vor ihm auf den Tisch zu knallen. Mike nahm sie in die Hand und warf einen Blick auf die Bilder, dann legte er den Prospekt so hin, dass er ein halb aufgegessenes Wurstbrot verdeckte, das selbst die Hunde nicht hatten fressen wollen.

„Unser Hospizprogramm bietet Menschen wie Ihnen und ihren Familien Hilfe an – Fahrdienste zu Therapieterminen, Mahlzeiten für diejenigen, die eine bestimmte Diät befolgen müssen, Hilfe bei der Hausarbeit …" Ihr Blick huschte durch den Raum. „… solche Dinge. Außerdem haben wir auch Geistliche und Berater im Team, wenn Sie und Ihre Angehörigen eine geistliche Begleitung wünschen."

Mike tat die steife Professorin leid. Sie schien sich im Umgang mit Menschen schwerzutun, vor allem im Umgang mit todkranken Menschen. Er vermutete, dass die zart besaitete Mrs Nugent für gewöhnlich einen Großteil des Redens übernahm. Um es Miss Brewster leichter zu machen, lächelte er, aber das änderte nichts an ihrer finsteren Miene. Er hatte irgendwo einmal gelesen, dass man beim Stirnrunzeln mehr Muskeln bewegte als beim Lächeln, und er überlegte kurz, ob er ihr diese Erkenntnis mitteilen sollte.

„Wir bieten auch praktische Hilfe bei der Pflege zu Hause an", fuhr sie fort, „für diejenigen Patienten, die im Endstadium ihrer Krankheit darauf angewiesen sind. Und natürlich haben wir Selbsthilfegruppen, in denen Sie und Ihre Angehörigen sich mit anderen Krebspatienten und ihren Familien austauschen können." Sie rutschte auf dem durchgesessenen Sofa ganz weit nach vorne, so als könne sie es kaum erwarten, die Unterhaltung zu beenden. „Ich kann Ihnen helfen, dieses Informationsblatt auszufüllen, wenn Sie möchten, Mr Dolan. Dann bekommen wir einen besseren Eindruck davon, was Ihre speziellen Bedürfnisse sind." Sie zückte einen Stift und machte ihn mit einem Klick schreibbereit.

„Also, ich weiß es wirklich zu schätzen, dass Sie sich die Mühe gemacht haben hierherzukommen, Professor, aber um ehrlich zu sein, glaube ich nicht, dass ich all diese Hilfeleistungen brauchen werde ... obwohl Sie wahrscheinlich finden, dass eine Haushaltshilfe hier ganz nützlich wäre."

„Vielleicht interessieren sich ja Ihre Angehörigen für unser Programm, Mr Dolan."

„Na ja, genau genommen wissen sie gar nicht, dass ich sterbe, jedenfalls noch nicht, und ich möchte eigentlich auch, dass das so bleibt. Wissen Sie, ich habe nur noch meinen Sohn Steve, seine Frau Cheryl und ihre drei Kinder. Mein ältester Junge ist in Vietnam gefallen und meine Frau Helen ist vor siebzehn Jahren gestorben. Deshalb möchte ich, dass die Zeit, die mir mit ihnen bleibt, so ist wie immer, verstehen Sie? Nicht düster und traurig, weil ich sterbe. Ich kann das Gefühl nicht ertragen, dass ich allen leidtue und so." Der Reaktion der Musikprofessorin nach zu schließen, vermutete Mike, dass er gleich eine ganze Reihe falscher Töne angeschlagen hatte.

„Aber Ihre Familie hat das Recht, von Ihrer Krankheit zu erfahren, Mr Dolan. Außerdem werden Sie Ihren Zustand auf Dauer nicht verheimlichen können. Ihr Sohn sollte seinen Teil dazu beitragen, sich um Sie zu kümmern."

„Oh, ich weiß, dass Steve gerne alles tun würde, was er kann. Er hat mir bei Helen geholfen, als sie an Krebs starb. Aber genau das will ich ja vermeiden. Meine Frau war sehr lange krank, und obwohl wir sie sehr geliebt haben, war es ungeheuer schwer für alle, sie leiden zu sehen."

„Da kann das Hospiz Ihnen helfen. Und Ihrem Sohn auch."

„Wissen Sie was? Bei Menschen, die man liebt, kommt man irgendwann an einen Punkt, an dem sie so sehr leiden, dass man sich nur noch wünscht, sie könnten sterben. Und dann hat man deswegen ein schlechtes Gewissen. Ich kann Steve das nicht noch einmal zumuten. Oder Cheryl und meinen drei Enkeln."

„Es gibt auch noch das Mercy Hospital, das sich auf die Pflege unheilbar Kranker spezialisiert hat. Sie müssen Ihre Familie nicht damit belasten."

„Ich möchte aber nicht an Schläuchen und Maschinen sterben, Ma'am. Wollen Sie das etwa?"

„Nun … ich weiß nicht …"

„Hören Sie, mein ältester Sohn, Mikey junior, war Helikopterpilot. Er hat Huey Cobras über Vietnam geflogen und die Verwundeten eingesammelt und zu den Lazaretten gebracht. Damals hat er vielen Männern das Leben gerettet. Als sein Helikopter abgeschossen wurde, war er sofort tot …" Mike schnipste mit den Fingern. „Aber er ist *lebendig* gestorben – wissen Sie, was ich meine? Er hat ein erfülltes Leben gehabt, bis zum Schluss. Das will ich auch tun … *lebendig* sterben."

Sie starrte ihn an, ohne etwas zu erwidern. Mike wusste nicht, ob sie ihn verstanden hatte. „Ich weiß, dass mein alter Körper voller Krebszellen ist, aber im Moment fühle ich mich noch ziemlich gut. Also werde ich einfach weiterleben, wie ich es immer getan habe, und Steve nicht erzählen, dass etwas mit mir ist. Wenn die Zeit kommt und der Krebs die Oberhand gewinnt, dann werde ich wohl einfach mit meiner Cessna losfliegen und vergessen zu landen."

Professor Brewster reagierte, als wäre sie geschlagen worden. „Mr Dolan! Sie würden doch nicht Ihrem Leben ein Ende setzen!"

„Mein Arzt sagt, mein Leben ist sowieso bald zu Ende. Was machen ein paar Tage oder Wochen schon aus?"

„Ich finde, das müssen Sie sofort mit Ihrem Geistlichen besprechen."

Mike lachte. „Ein alter Sünder wie ich? Ich kann nicht behaupten, dass ich einen Geistlichen kenne, der mit mir reden würde."

„Beim Personal im Hospiz sind verschiedene Konfessionen vertreten. Ich arrangiere gerne ein Treffen mit einem Pastor oder Priester." Mike tätschelte ihr die Schulter, um sie zu beruhigen, aber bei seiner Berührung erstarrte sie. Schnell zog er die Hand wieder zurück.

„Ich weiß Ihre Fürsorge wirklich zu schätzen, Ma'am, und es tut mir leid, wenn ich sie schockiert habe. Aber ich habe mir das alles wirklich gut überlegt und ich weiß, dass es das Beste ist, was ich für meine Familie tun kann. Meine Enkel werden meinen Tod viel besser verkraften, wenn sie wissen, dass ich im Cockpit gestorben bin. Denn da tue ich das, was ich am liebsten tue."

Professor Brewster stand abrupt auf und klopfte sich die Hundehaare von ihrem dunklen Wollrock. „Ich muss jetzt wirklich gehen." Ihre Reaktion verwirrte Mike. Er hatte nicht vorgehabt, jemandem von seinen letzten Plänen zu erzählen. Aber er konnte nicht verstehen, warum sie so aufgebracht war. Wenn er doch sowieso starb, was spielte es dann für eine Rolle, wann oder wie? Er folgte ihr zur Tür. „Unsere Telefonnummer steht in der Broschüre, falls Sie uns anrufen wollen, Mr Dolan."

„Gut, danke … und äh … ich hoffe, Sie werden niemandem erzählen, worüber wir gesprochen haben, Professor."

„Natürlich nicht. Guten Tag." Die Fliegengittertür fiel hinter ihr zu, während sie zu ihrem Wagen marschierte.

„Ach, Professor!" Mike öffnete die Tür noch einmal und rief ihr nach. „Vergessen Sie nicht, das Klavier zu stimmen!" Sie stieg in ihren Wagen, als hätte sie ihn nicht gehört.

Mike ging kopfschüttelnd in die Küche. Er war noch nie gut darin gewesen, Frauen zu verstehen. Seine Hunde drängten sich um seine Beine. „Gut, Jungs, gehen wir spazieren."

Wilhelmina umklammerte das Lenkrad und fuhr durch die aufwirbelnden Blätter, als wären Gangster hinter ihr her. Wieder vor dem unhöflichen kleinen Mann zu stehen, hatte sie überrascht. Aber was er ihr über seine Suizidpläne erzählt hatte, erschütterte sie zutiefst. Sie hörte kaum, was Carol zu ihr sagte.

„... und es tut mir wirklich leid, dass ich dich im Stich gelassen habe, aber du liebe Güte, ich konnte da drin einfach nicht aufhören zu niesen! Die ganzen Hundehaare und der schreckliche schwarze Teppich. Was glaubst du, was das war? Ein toter Bär? Jedenfalls konnte ich nicht anders. Es war auch sehr staubig dort, nicht wahr? Ich hoffe, Mr Dolan hat sich für eine Haushaltshilfe entschieden ..."

Wilhelmina trat fester aufs Gaspedal, während sie wünschte, sie könnte Carol den Mund verbieten. Was machte schon ein bisschen Staub, wenn Mr Dolan vorhatte, sich das Leben zu nehmen! Der Gedanke war zu schrecklich. Wilhelmina war noch nie im Leben mit so etwas konfrontiert worden, aber Carol plapperte weiter, beinahe ohne Luft zu holen.

„Hat er die Formulare alle ausgefüllt, meine Liebe? Ich wollte dir wirklich nicht die ganze Arbeit überlassen, aber ..." Plötzlich riss Wilhelmina das Steuer herum, um einem langsameren Wagen auszuweichen, und Carol stieß einen kleinen Schrei aus. „Gütiger Himmel, Wilhelmina! Warum fährst du denn so schnell?"

Wilhelmina antwortete nicht.

Selbstmord! Sie versuchte, sich nicht vorzustellen, wie Mr Dolan in seinem Keller vom Deckenbalken hing oder über seinem Waschbecken eine Überdosis Pillen schluckte oder sich eine geladene Pistole an den Kopf hielt.

„Warum biegst du hier ab, Wilhelmina? Das ist nicht der Weg zu …"

„Ich weiß. Ich bringe dich nach Hause."

„Nach Hause? … Aber wir müssen doch noch drei Patienten besuchen."

„Es geht mir nicht gut. Können wir sie nicht auch morgen besuchen?"

„Das könnten wir wohl, aber … hör mal, bist du mir böse? Du hast kaum ein Wort gesagt, seit wir bei dem letzten Haus weggefahren sind, und jetzt willst du Schluss machen? Es tut mir leid, dass ich immerzu niesen musste …"

„Ich bin dir nicht böse. Das war schließlich nicht deine Schuld."

„Was ist denn dann los? Hat dir der Mann dort das Leben schwer gemacht? Eigentlich hatte ich einen ganz netten Eindruck von ihm."

Wilhelmina fuhr bis vor Carols Haus und trat etwas heftiger auf die Bremse, als sie beabsichtigt hatte. Sie ließ den Motor laufen. „Können wir ein anderes Mal darüber reden, Carol? Ich muss nach Hause und mich hinlegen."

„Natürlich … in Ordnung … Ich rufe dich an." Carol hatte kaum die Wagentür geschlossen, da trat Wilhelmina schon das Gaspedal durch und das Fahrzeug schoss davon. Im Rückspiegel sah sie Carol am Bordstein stehen, wo sie dem Wagen mit großen Augen nachsah. Wilhelmina wusste, dass sie Carol eine Erklärung schuldig war und sich entschuldigen musste, aber nicht jetzt. Nicht, während sie so aus der Fassung war. Sie musste mit jemandem über diese Sache reden, aber ganz gewiss nicht mit Carol Nugent. Carol konnte eine Geschichte schneller verbreiten, als Wilhelmina eine Telefonnummer wählen konnte.

Selbstmord. Der Gedanke traf sie bis ins Mark. Vielleicht sollte sie mit dem Leiter des Hospizes reden. Aber sie hatte Mr Dolan versprochen, nichts zu sagen. Während sie blind durch die Straßen fuhr und sich fragte, was sie tun sollte, fiel ihr plötzlich der Pastor ihrer Gemeinde ein. Er würde ihr Vertrauen niemals missbrauchen. Sie konnte ihm Mr Dolans Namen und Anschrift geben und er würde genau wissen, was er zu dem Mann sagen musste. An der nächsten Ecke bog sie ab und fuhr auf direktem Wege zu ihrer Gemeinde.

„Ist Pastor Stockman da?“, fragte sie die Gemeindesekretärin. „Ich habe keinen Termin, aber ich würde gerne kurz mit ihm sprechen, wenn das geht.“

„Er telefoniert gerade, Professor Brewster, aber das dauert bestimmt nicht lange. Setzen Sie sich doch so lange.“

Wilhelmina war zu aufgebracht, um sich zu setzen. Stattdessen schritt sie pausenlos im Eingangsbereich auf und ab, bis Pastor Stockman endlich in seiner Bürotür erschien und sie hereinbat. Der Pastor war ein groß gewachsener, vornehm aussehender Mann Anfang fünfzig mit schwarzem Haar, Geheimratsecken und einem grau melierten Bart. Er hatte eine freundliche, sanfte Art und strahlte so viel Kompetenz und Weisheit aus, dass er Wilhelmina an einen der Erzväter oder Propheten aus dem Alten Testament erinnerte. Er führte sie in sein geräumiges Arbeitszimmer, in dem Hunderte Bücher die Wände säumten; alles von Kommentaren und Konkordanzen bis hin zu Seelsorge und Sektenkunde. Wilhelmina ergriff das Wort, noch bevor sie Platz genommen hatte.

„Ich habe heute etwas erlebt, das mich sehr belastet, Herr Pastor. Ich muss einfach mit jemandem darüber sprechen und ich weiß, Sie verstehen, dass es vertraulich sein muss."

Der Pastor sank in den Sessel hinter dem riesigen Schreibtisch und nickte ernst. „Natürlich."

„Ich habe gerade im Rahmen des Hospizprogramms der Krebshilfe einen Mann besucht, der unheilbar an Krebs erkrankt ist. Während unserer Unterhaltung hat er mir anvertraut, dass er die Dienste des Hospizes nicht brauchen wird, weil er vorhat, seinem Leben ein Ende zu setzen!"

Der Pastor richtete sich abrupt auf. „Ach, du liebe Güte."

„Sie verstehen bestimmt, warum ich so aufgebracht bin. Wir haben zum Thema Sterbehilfe die gleiche Ansicht. Als Mitglieder der *Pro-Life*-Organisation von Connecticut können wir nicht einfach wegsehen, wenn jemand einen Selbstmord plant. Aber ich weiß nicht, was ich tun soll. Er hat tatsächlich gesagt, dass er sich umbringen will."

„Ich verstehe gut, dass Sie das erschüttert hat, Miss Brewster."

„Ich hatte gehofft, Sie könnten ihn vielleicht davon abbringen, irgendwie. Mir ist bewusst, dass ich ihn nirgendwo melden kann, oder? Wegen der Schweigepflicht?"

„Hmm … da haben Sie wahrscheinlich recht …" Pastor Stockman strich sich nachdenklich über den Bart. Er sprach immer sehr langsam, so als würde er sich jedes seiner Worte genau überlegen, bevor er sie aussprach. Es war eine Angewohnheit, die ungeduldige Menschen wie Wilhelmina verrückt machte und die ihr das Gefühl gab, Besprechungen mit ihm würden eine Ewigkeit dauern.

„Wissen Sie, ob er Mitglied in irgendeiner Gemeinde ist?", fragte er schließlich. „Vielleicht könnten Sie mit seinem Pastor oder Priester sprechen."

„Er sagt, dass er zu keiner Kirche gehört und keinen Seelsorger hat. Ich habe ihm angeboten, ihn mit einem unserer Hospizgeistlichen in Verbindung zu bringen, aber das wollte er nicht."

Pastor Stockman überlegte. „Hmm ... Sie glauben also nicht, dass er Christ ist?"

„Das muss ich wohl annehmen. Und das macht es noch schlimmer, nicht wahr, wenn er Selbstmord begeht?"

Der Pastor blickte eine Weile zur Decke hinauf, als wäre die Antwort, nach der er suchte, in den winzigen Punkten auf den Deckenpanelen zu finden. „Hat er einen spezifischen Plan, wie er sein Leben beenden will, Miss Brewster, oder war es nur eine vage Drohung?"

Wilhelmina überlegte einen Augenblick. Was hatte Mr Dolan gesagt? Etwas über einen Flug und dass er vergessen würde zu landen.

„Nein, es war keine vage Drohung. Er scheint alles geplant zu haben."

„Hmm ..." Ein blinkendes rotes Licht an Pastor Stockmans Telefon ließ lautlos die Sekunden verstreichen. Endlich beugte er sich vor. „Meinen Sie, das könnte eine Form von Selbstmitleid sein? Es wäre nur natürlich, wenn er keine Hoffnung hat, nachdem er erst vor Kurzem erfahren hat, dass er unheilbar krank ist. Selbstmordgedanken sind oft eine Anfangsreaktion auf Nachrichten dieser Art. Wirkte er auf Sie emotional aufgewühlt?"

Beide Male hatte Mike Dolan gelächelt, als sie mit ihm gesprochen hatte. Er schien mit der Welt im Reinen zu sein, während er in aller Seelenruhe plante, was er für seine Familie als das Beste betrachtete. Wenn er nur so tat, als würde er damit klarkommen, war er ein sehr überzeugender Schauspieler.

„Nein, er wirkte nicht außer sich", sagte sie. „Genau genommen war er ganz ruhig." Wilhelmina öffnete ihre Handtasche und kramte darin. „Ich habe hier irgendwo seine Karte. Könnten Sie nicht mit ihm reden, Pastor?"

Der Seelsorger schüttelte den Kopf. „Ich kann nicht ungebeten bei ihm zu Hause erscheinen. Das ist eine sehr sensible Situation, Miss Brewster."

„Ach, du liebes bisschen. Dann können wir also gar nichts tun?"

„Ich finde, jemand sollte noch einmal mit ihm reden. Und da Sie den anfänglichen Kontakt zu ihm hatten, meine ich, dass Sie dieser Jemand sein sollten."

Wilhelmina riss die Augen auf. „Ich? Ich bin doch kein Pastor und auch kein ausgebildeter Seelsorger!" In Mr Dolans schäbiges kleines Haus zurückzukehren, war für sie ein abstoßender Gedanke.

„Ich verstehe Ihre Ängste, Miss Brewster. Aber Sie sind eine gute Christin und ich bin sicher, dass Gott Ihnen zeigen kann, wie Sie diesem Mann vom Evangelium erzählen können. Wenn er Christus annimmt, beschließt er vielleicht, sich nicht das Leben zu nehmen."

Wilhelmina lief ein Schauer über den Rücken. Das konnte sie nicht tun. Sie hatte sich zurückgewiesen gefühlt, als Mr Dolan das Hospizangebot abgelehnt hatte. Der Gedanke, ihm das Evangelium von Jesus Christus anzubieten, nur damit er das ebenfalls ablehnte, war unvorstellbar.

„Hat er Ihnen einen Grund gegeben, ihn noch einmal zu besuchen?", hakte der Pastor nach. „Ich weiß, dass es schwierig ist, zu einem Menschen zu gehen, wenn man dort nicht willkommen ist, aber fällt Ihnen ein überzeugender Grund ein, warum Sie noch einmal mit ihm sprechen könnten?"

Das verstimmte Klavier. Das ließ Mr Dolan offenbar keine Ruhe. Es wäre eine gute Ausrede, um sich noch einmal mit ihm zu treffen. Wilhelmina wusste, dass es ihre Christenpflicht war, Mr Dolan zu helfen, damit er Christus fand.

Aber sie wollte es einfach nicht tun. Sie war an diesem Tag in die Gemeinde gefahren, weil sie gehofft hatte, Mike Dolan beim Pastor abladen zu können und ihn dann zu vergessen. Jetzt war sie in der unangenehmen Situation, ihrem eigenen Pastor erklären zu müssen, dass sie kein Interesse daran hatte, an der Rettung von Mr Dolans unsterblicher Seele beteiligt zu sein. Sie hatte noch nie im Leben vor einem anderen Menschen Zeugnis von ihrem Glauben abgelegt. Schließlich war sie Musikerin. Ihr Dienst am Leib Christi war die Musik, nicht die Evangelisation.

„Ich muss darüber nachdenken", sagte sie schließlich und erhob sich. „Vielleicht laufe ich ihm im Beratungszentrum noch einmal über den Weg. Danke für Ihre Zeit, Pastor. Ich weiß, dass Sie viel zu tun haben."

„Gern geschehen. Es tut mir leid, dass ich Ihnen keine größere Hilfe sein kann. Aber bitte lassen Sie mich wissen, wie die Sache ausgegangen ist, ja?"

Jetzt fühlte Wilhelmina sich noch elender als vorher. Sie eilte zurück zu ihrem Wagen und fuhr mit quietschenden Reifen vom Parkplatz, sodass der Schotter aufstob. Während sie an dem Gemeindegebäude vorbeiraste, trafen sie die Worte des Banners wie ein Tadel:

Ich bin die Auferstehung und ich bin das Leben.
Wer an mich glaubt, der wird leben, selbst wenn er stirbt.
(Johannes 11,25)

Wilhelmina wusste, dass sie Mike Dolan niemals von Jesus erzählen konnte. Sie hatte keine Ahnung, was sie zu jemandem wie ihm sagen sollte oder wie sie das anstellen könnte. Aber zweifellos würde sie irgendwann in der Zeitung von seinem tödlichen Absturz bei einem Flugzeugunglück lesen und sie fragte sich, wie sie dann mit ihrer Schuld leben sollte.

3

Dienstag, den 15. September 1987

Wilhelmina starrte aus dem Fenster des Pfarrhauses und sah zu, wie die goldenen Ahornblätter eins nach dem anderen zu Boden schwebten. Sie konnte vor Rastlosigkeit kaum still sitzen und sehnte sich nach einer sinnvollen Beschäftigung an einem anderen Ort, anstatt in dieser öden Frauenbibelstunde zu sitzen, die von Ellen, Pastor Stockmans Frau, gehalten wurde. Wilhelmina hätte es als Zeitverschwendung betrachtet, wenn sie nicht so viel Zeit zu verschwenden hätte.

Erst seit Anfang September ging sie zu den nachmittäglichen Bibelstunden, aber schon jetzt langweilte sie sich. Ihr Glaube und ihre Beziehung zu Christus waren etwas zutiefst Persönliches und sie sprach nicht gerne mit anderen darüber. Außerdem hasste sie es, die richtigen Antworten in das Arbeitsheft einzutragen. Es war fast so, als ließen sich die Antworten auf alle Fragen des Lebens in die wenigen leeren Zeilen quetschen. Im wahren Leben gab es nur selten einfache Antworten.

Diese Bibelstunden waren für einsame alte Damen gedacht, die nichts Besseres zu tun hatten. Aber nicht für Professor Wilhelmina Brewster. Jedenfalls nicht bis zu diesem Jahr. Wie sie die jugendliche Energie ihrer College-Studenten vermisste, deren Begeisterung und Lebensdurst. An schönen Tagen wie heute hatte sie die jungen Leute oft dabei ertappt, wie sie aus dem Fenster geschaut und ihren Vorlesungen zu Barock- und Renaissancemusik kaum Aufmerksamkeit geschenkt hatten, während sie sich wahrscheinlich wünschten, sie könnten draußen mit ihren Freunden auf dem Rasen sitzen. Zum ersten Mal im Leben verstand Wilhelmina, wie sie sich gefühlt hatten.

Sie trank einen Schluck lauwarmen Kaffee und lehnte sich auf dem Sofa zurück. Mrs Stockman hatte das gemütliche Wohnzimmer des Pfarrhauses mit Bibelversen und Souvenirs aus Olivenholz aus dem Heiligen Land geschmückt und die Sofas und Sessel waren bequem. Es war ein Hort der Ruhe, alles sorgfältig geordnet und gründlich abgestaubt, und duftete nach Potpourri. Abgesehen von den leicht abgenutzten Teppichen hätte niemand erraten, dass die Stockmans in diesem Haus drei Söhne großgezogen hatten.

Neben Wilhelmina hatte Carol Nugent ihre Bibel bei 2. Mose, Kapitel 3 und 4 aufgeschlagen. Wilhelmina suchte die Stelle in ihrer eigenen Bibel, dann schlug sie im Arbeitsheft die heutige Lektion auf. Die Antwortzeilen waren allesamt leer! Sie hatte vergessen, ihre Hausaufgaben zu machen und den Text für heute vorher zu lesen. Ihr ganzes Leben lang war sie stolz darauf gewesen, wie effizient sie war. Warum war sie plötzlich so achtlos und chaotisch geworden? An anderen Menschen hasste sie diese Eigenschaften.

Sie warf einen schnellen Blick zu Mrs Stockman hinüber, um zu sehen, ob sie die leeren Seiten bemerkt hatte, aber Ellen plauderte fröhlich über die Lektion und beachtete Wilhelmina gar nicht. Die Frau des Pastors war eine hübsche, rundliche Frau mit grau werdenden blonden Haaren und einem herzlichen, offenen Lächeln. Sie schien mit einem lieben Naturell geboren worden zu sein und Wilhelmina konnte sich nicht vorstellen, dass Ellen jemals die Beherrschung verlor oder den Hund der Familie trat. Ein Dutzend Haftnotizen ragten aus Ellens Bibel und ihre anmutige Handschrift ergoss sich über den vorgesehenen Antwortplatz im Arbeitsheft bis über den Seitenrand hinaus. Ganz offensichtlich genoss sie ihre Rolle als Lehrerin, aber Wilhelmina fühlte sich als Schülerin schrecklich fehl am Platze.

Wilhelmina hielt ihr Arbeitsheft höher, um ihr Versäumnis zu verbergen, und warf einen Blick auf die Überschrift der heutigen Lektion: „Zu Gott Ja sagen." Sie zog eine Grimasse. Sie hatte nicht vor, überhaupt irgendetwas zu Gott zu sagen, und stellte erschrocken fest, dass sie ihm böse war. Ja, sie war Gott böse! 42 Jahre lang hatte sie ihm treu am College gedient, hatte alles andere aufgegeben, um die Lehre zu ihrem Lebensinhalt zu machen, aber Gott hatte dieses Leben so schnell und gründlich ausgelöscht wie die Kerzen auf einem Geburtstagskuchen. Alles, was er ihr anstelle des Unterrichts bot, waren diese verschlafene Bibelstunde und eine ehrenamtliche Tätigkeit – wahrlich ein magerer Ersatz für ihr Leben als College-Professorin. Ja, sie war sauer auf Gott.

Jetzt schluckte sie den Rest ihres kalt gewordenen Kaffees hinunter und beugte sich vor, um den Becher auf einen Untersetzer zu stellen, entschlossen, sich trotz ihrer anhaltenden Verbitterung auf die Lektion zu konzentrieren.

„Gott akzeptiert unser ‚Nein' vielleicht nicht immer", sagte Mrs Stockman gerade. „In diesem Abschnitt werden wir sehen, wie oft Mose versucht hat, dem Ruf Gottes für sein Leben auszuweichen. Sollen wir reihum gehen, meine Damen? Jede liest ein paar Verse?" Sie nickte der Frau zu, die rechts neben ihr saß und daraufhin zu lesen begann:

„Aber Mose erwiderte: ‚Ich soll zum Pharao gehen und die Israeliten aus Ägypten herausführen? Wer bin ich schon?'"

Aus irgendeinem bizarren Grund erinnerte der Vers Wilhelmina an Mike Dolan. Die Worte von Mose schienen ein Echo ihres trotzigen Protests zu sein, als sie mit Pastor Stockman gesprochen hatte: *„Ich bin doch kein Pastor oder ausgebildeter Seelsorger!"* Bei der Erinnerung an diese Reaktion errötete sie, dann warf sie einen Blick auf die Uhr. Noch eine Dreiviertelstunde bis zur Freiheit.

Die Zeit zog sich zäh dahin. Mrs Stockman schien in Zeitlupe zu unterrichten. Wilhelminas Gedanken gingen auf Wanderschaft, während die Frauen sich austauschten. Ihr Unterkiefer schmerzte vom unterdrückten Gähnen.

„... selbst nach all diesen Verheißungen“, sagte Mrs Stockman, „was sagte Mose zu Gott?“

Eine der Frauen im Kreis las: „‚Was ist, wenn die Israeliten mir nicht glauben und nicht auf mich hören?‘“

Wilhelmina rutschte unbehaglich auf dem Sofa herum. Wieder hatte sie das unheimliche Gefühl, dass Moses Haltung gegenüber dem Pharao ihrer eigenen Einstellung Mike Dolan gegenüber glich. Ihre Reaktionen waren einfach zu ähnlich. „Das kann ich unmöglich tun!“ Plötzlich fühlte der Raum sich heiß und stickig an. Sie starrte aus dem Fenster.

Carol Nugent las als Nächste: „‚Ach, Herr‘, entgegnete Mose, ‚ich bin noch nie ein guter Redner gewesen, die Worte kommen mir nur schwer über die Lippen.‘“

„Und meine Gabe ist die Musik und nicht die Evangelisation!“, hätte Wilhelmina am liebsten geschrien.

Mrs Stockman lächelte Wilhelmina freundlich an. „Aber Gott hat Mose versichert, dass er ihm helfen würde, nicht wahr?“, sagte sie.

Wilhelminas Herz hämmerte. Warum zitterten ihre Hände? Sie starrte auf ihren Schoß, weil sie Angst hatte, man könnte ihr die Schuldgefühle ansehen – wie bei einem ungezogenen Kind, das mit schwarz gefärbter Zunge vor der Großmutter steht und leugnet, den Lakritzvorrat geplündert zu haben. Wilhelmina hörte die lebhafte Diskussion, aber die Worte verstand sie nicht. Am liebsten würde sie nach Hause gehen. Plötzlich wurde es still im Raum. Sie blickte auf.

„Miss Brewster, Sie sind dran“, sagte Ellen Stockman. „Lesen Sie bitte die Verse 12 und 13?" Wilhelmina packte ihre Bibel und räusperte sich.

„‚Darum geh jetzt! Ich bin bei dir und werde dir sagen, was du reden sollst.' Doch Mose bat: ‚Ach, Herr, sende doch lieber einen anderen!'"

Beinahe wäre sie an ihren eigenen Worten erstickt.

Diese Verse waren mehr als ein Dialog zwischen Mose und Gott vor 4.000 Jahren. Wilhelmina spürte die überwältigende Gewissheit, dass Gott zu ihr sprach. Er befahl ihr, zu Mike Dolan zu gehen, so wie er Mose befohlen hatte, zum Pharao zu gehen. Und wie Mose brachte sie Ausreden vor und sagte ihm, er solle jemand anderen schicken.

Wenn sie doch nur jemanden hätte, mit dem sie über all das reden könnte! Sie traute sich nicht, zu Pastor Stockman zurückzugehen und ihr Versagen und ihre Zweifel einzugestehen, ganz zu schweigen von der Tatsache, dass sie wütend auf Gott war. Immerhin war sie die Organistin der Gemeinde! Was würde er von ihr halten? Und Mrs Stockman schien die raue Wirklichkeit von Selbstmord und unheilbarer Krankheit gar nicht wahrzunehmen. Wilhelmina hatte das dringende Bedürfnis, sich Carol Nugent anzuvertrauen, einfach um sich alles von der Seele zu reden, aber Carols größte Schwäche war ihre Neugier. Wilhelmina wusste, dass ihre Freundin niemals Ruhe geben würde, bis sie ihr die ganze Geschichte aus der Nase gezogen hatte, Mr Dolans schrecklichen Plan, sich das Leben zu nehmen, eingeschlossen. Nein, mit Carol konnte sie nicht reden.

Ihr Blick fiel auf ihre Bibel und sie fragte sich, wie Gottes Antwort ausgesehen hatte, als Mose die Arbeit verweigert hatte. Im nächsten Vers stand: „Da wurde der Herr zornig." Da hatte sie ihre Antwort.

Diese bekannte Geschichte hatte Wilhelmina schon vor vielen Jahren in der Sonntagsschule gehört. Sie wusste, dass

Mose am Ende doch zum Pharao gegangen war. Es war eine Sache, wütend auf Gott zu sein, aber eine ganz andere, wenn *er* wütend auf einen war. Sie konnte die Hitze spüren, die von Gottes Zorn ausging, so echt wie ein brennender Dornbusch. Das Feuer würde wahrscheinlich immer heißer werden, bis sie irgendwann einwilligte, nach Ägypten zu gehen und mit dem Pharao zu reden – oder, in ihrem Fall, mit Mike Dolan.

Um Wilhelmina herum schlossen die Damen ihre Bibeln und zogen die Reißverschlüsse der Schutzumschläge zu, bevor sie sie in ihrer Handtasche oder dem Einkaufsbeutel verstauten. Endlich war die Bibelstunde vorbei.

„Während wir heute mit einem stillen Gebet schließen", sagte Mrs Stockman, „wollen wir im Herzen jene Bereiche unseres Lebens erforschen, in denen wir zu Gott vielleicht ‚Nein' sagen."

Wilhelmina neigte den Kopf. Mehrere Minuten lang rang sie mit ihrer anhaltenden Bitterkeit und konnte nicht beten. *Also gut, Herr*, brachte sie schließlich doch heraus. *Vielleicht finde ich doch eine Möglichkeit, noch einmal mit Mr Dolan zu sprechen. Aber du musst mir helfen. Ich kann das ganz eindeutig nicht gut.*

„Amen", sagte Mrs Stockman. „Danke für Ihr Kommen, meine Damen. Und denken Sie daran: Wenn Sie zu Gott ‚Ja' sagen, wird er Ihnen auch helfen, die Aufgabe zu bewältigen."

Als sie Carol abgesetzt hatte, legte sich Wilhelmina einen Plan zurecht, mit dem sie Mr Dolan mit möglichst geringem Aufwand von ihrer To-do-Liste streichen und dadurch ihr Gewissen erleichtern konnte. Zuerst hielt sie bei der christlichen Buchhandlung und kaufte zwei Hefte. *Der Heilsplan* hatte auf dem Umschlag ein Bild von Jesus, der an eine Tür klopfte. Das andere Traktat trug den herausfordernden Titel:

Wo werden Sie die Ewigkeit verbringen?, und zeigte eine goldene Stadt in den Wolken, hoch über einem brennenden See aus Feuer und Schwefel. Zugegeben, ein wenig düster. Die beiden Hefte würden Mr Dolan die ganze Sache erklären. Die Entscheidung, Jesus anzunehmen oder abzulehnen, war allein ihm überlassen.

Als sie zu Hause ankam, holte sie das Telefonbuch heraus, um ihren Plan so schnell wie möglich umzusetzen. Zuerst rief sie Anthony Amato, ihren Klavierstimmer, an und vereinbarte mit ihm ein Treffen im Beratungszentrum für den kommenden Tag um zwei Uhr nachmittags. Als Nächstes rief sie bei der Krebshilfeeinrichtung an, um dort wegen der Klavierstimmung Bescheid zu sagen. Schließlich holte sie tief Luft, nahm entschlossen Mr Dolans Visitenkarte zur Hand und wählte seine Nummer.

„Dolans Flugservice, guten Tag." Das Geräusch eines Motors war im Hintergrund zu hören.

„Schönen guten Tag. Kann ich bitte mit Mr Dolan sprechen?"

„Klar. Welchen hätten Sie denn gerne?"

Wilhelmina blickte auf die Karte. „Michael G. Dolan, bitte."

„Kein Problem. Warten Sie einen Moment … Hey, Dad! Ist für dich." Der Motor wurde ausgestellt und wenige Augenblicke später hörte Wilhelmina seine fröhliche Stimme.

„Hier ist Mike. Was kann ich für Sie tun?"

„Hallo, Mr Dolan, hier ist Wilhelmina Brewster. Ich …"

„Ach, hallo, Professor. Wie geht es Ihnen?"

„Sehr gut, danke. Ich rufe wegen des Klaviers im Beratungszentrum an und …"

„Mensch, das ist ja prima! Haben Sie es fit machen lassen?"

Sie wünschte, er würde sie nicht immer unterbrechen, sondern sie ausreden lassen, aber das sagte sie nicht. „Mein

Klavierstimmer kommt morgen um zwei Uhr ins Zentrum. Wenn Sie dazukommen möchten …"

„Das wäre toll! Ich habe noch nie gesehen, wie jemand ein Klavier stimmt. Werden Sie auch da sein?"

„Ja, das habe ich vor."

„Gut, dann haben wir eine Verabredung. Bis morgen um zwei dann. Auf Wiederhören."

Wilhelminas Hand zitterte, als sie den Hörer auflegte. Die Tatsache, dass er ihren Termin als „Verabredung" bezeichnet hatte, bereitete ihr Unbehagen, aber das ließ sich nicht ändern. Sie steckte die beiden Hefte in ihre Handtasche, zusammen mit einer Broschüre über ihre Gemeinde, und ließ die Tasche zuschnappen. Ihr Plan war eingeleitet. Sie würde ihn um zwei Uhr treffen, ihm die Hefte geben und endlich die Schuldgefühle um die unsterbliche Seele von Michael G. Dolan los sein.

Am nächsten Tag waren Wilhelminas Nerven gegen halb zwei schon so angespannt wie eine Klaviersaite. Schon den ganzen Morgen über fürchtete sie sich vor diesem Treffen und gleichzeitig wartete sie ungeduldig darauf, es endlich hinter sich zu bringen – so wie einen Besuch beim Zahnarzt, um einen schmerzenden Zahn ziehen zu lassen. Ihre Handflächen waren ganz feucht und sie hatte Mühe, die kurzen grauen Handschuhe überzustreifen, die zu ihrem grauen Wollkostüm passten. Sie schloss die Haustür ab, überzeugte sich davon, dass die Broschüren noch in ihrer Handtasche waren, und wollte gerade durch den Hintereingang hinausgehen, als das Telefon klingelte. Ein erschrockener Aufschrei entwich ihr. Diese ganze dumme Sache machte sie völlig nervös. Sie riss den Hörer von der Gabel.

„Oh, Professor Brewster, gut, dass ich Sie noch erwische. Angela Amato." Sie klang atemlos. „Tony kann heute doch nicht das Klavier für Sie stimmen. Er hat sich beim Stimmen eines Spinetts heute Vormittag am Rücken verletzt."

„Oh, nein!" Wilhelmina schloss die Augen. Was sollte sie jetzt tun?

„Er ist gerade beim Arzt, aber wenn er wieder arbeiten kann, meldet er sich bei Ihnen, in zwei Tagen vielleicht. Diese kleinen Spinette sind schwer zu stimmen, wissen Sie? Die machen einem wirklich das Kreuz kaputt! Ich habe ihm gesagt, dass er mehr Geld nehmen soll, aber er …"

„Danke, Mrs Amato. Er soll mich anrufen, wenn er wieder gesund ist." Als sie den Hörer auf die Gabel geknallt hatte, wurde Wilhelmina bewusst, dass sie gar kein Mitgefühl für den armen Mann gezeigt hatte. Aber dafür war keine Zeit gewesen. Sie musste Mr Dolan erreichen, bevor er umsonst zum Beratungszentrum fuhr. Hastig kramte sie in ihrer Tasche nach seiner Karte und wählte dann die Nummer.

„Dolans Flugservice, Guten Tag." Wieder hörte Wilhelmina das Heulen von Motoren im Hintergrund.

„Könnte ich bitte mit Mr Michael Dolan sprechen?"

„Tut mir leid, Ma'am, aber der ist nicht da. Ist vor etwa zehn Minuten gegangen. Er hat gesagt, dass er gegen fünf Uhr wiederkommt."

Wilhelmina legte auf, ohne auch nur Auf Wiederhören zu sagen. Warum gingen alle ihre sorgfältig geschmiedeten Pläne schief? Es würde sehr unangenehm sein, jetzt mit Mr Dolan zu sprechen, ohne dass der gesprächige Mr Amato dabei war und ohne die Ablenkung durch das Klavierstimmen. Nun musste sie ihm allein gegenübertreten und schon die Erinnerung an ihre letzte Unterhaltung mit ihm erfüllte sie mit Angst. Sie kamen aus zwei völlig unterschiedlichen

Welten und hatten so ganz und gar nichts, was sie verband, abgesehen von dem verstimmten Klavier. Und jetzt hatten sie nicht einmal mehr das als gemeinsamen Nenner.

„Ach, zum Henker!", schimpfte sie laut. Sie könnte das Treffen verschieben, aber dann würde sie noch einmal einen langen Vormittag voller Sorge und Stress über sich ergehen lassen müssen. Nein. Sie wollte ihm die Broschüren geben und es hinter sich bringen. Aber worüber sollten sie sich nur unterhalten?

Ohne Vorwarnung kamen ihr die Worte von Mose wieder in den Sinn: *„Herr, ich bin noch nie ein guter Redner gewesen …"*, und ihre Wut auf Gott flammte auf wie ein Buschfeuer. Warum musste Gott von allen Christen in dieser Stadt ausgerechnet sie auswählen, um Mr Dolan von Jesus zu erzählen? Und wie konnte ein liebender Gott ihr ihren Beruf wegnehmen? Jetzt konnte Wilhelmina ihre Tränen nicht länger zurückhalten und das machte sie noch wütender. Auf dem Weg nach draußen ins Freie knallte sie die Haustür zu, dann stapfte sie zu ihrem Wagen und fuhr zum Beratungszentrum, während die Tränen ihren Blick trübten.

Als Wilhelmina das Foyer betrat, stand Mr Dolan mit dem Rücken zu ihr, die Baseballkappe in der Hand, am Empfang und plauderte mit der Dame an der Rezeption. Er trug einen dunkelgrünen Arbeitsoverall mit dem Logo von Dolans Flugservice auf dem Rücken. Als er sich umdrehte, um sie zu begrüßen, sah sie den Namen „Mike", in roten Lettern auf die Brusttasche gestickt.

„Hi, Professor, schön, Sie wiederzusehen." Er lächelte herzlich und streckte ihr die Hand entgegen. Seine Kleidung war ordentlich und seine Hände sauber, aber der Duft von Motorenöl schien ihn zu umgeben.

„Ich habe vorhin versucht, Sie zu erreichen, Mr Dolan, aber Sie waren schon fort. Mr Amato kann das Klavier heute nicht stimmen, denn er hat sich heute Vormittag am Rücken verletzt."

„Oh, das tut mir aber leid. Ich hoffe, er wird wieder?"

„Davon gehe ich aus. Rückenprobleme sind ein Berufsrisiko bei Klavierstimmern."

„Wirklich? Das wusste ich gar nicht. Aber man lernt jeden Tag etwas dazu."

„Es tut mir leid, dass Sie umsonst hergekommen sind."

„Ach, das ist kein Problem, Professor. Mein Sohn ist wahrscheinlich ganz froh, dass ich eine Weile unterwegs bin."

Wilhelmina hatte keine Ahnung, was sie darauf erwidern sollte. Es herrschte ein verlegenes Schweigen. Am liebsten hätte sie ihm einfach die Traktate in die Hand gedrückt und sich verabschiedet, aber das wäre viel zu unhöflich. Mike brach das Schweigen zuerst.

„Sagen Sie, Professor, wie wäre es mit einer Tasse Kaffee? Einen Block weiter gibt es einen Donut-Laden. Ich weiß, dass Sie bestimmt viel zu tun haben und so, aber da wir schon mal hier sind ..."

Wilhelmina konnte sich kaum etwas vorstellen, wonach ihr weniger zumute war, als neben Mr Dolan in seiner bestickten Arbeitskleidung in einem Donut-Laden zu sitzen. Aber da sie keinen anderen Plan hatte, konnte sie seine Einladung genauso gut auch annehmen. Sie warf einen Blick auf ihre Uhr und tat so, als hätte sie einen vollen Terminkalender.

„Also ... ich denke, für einen Kaffee habe ich Zeit."

„Fantastisch! Gehen wir!" Er winkte der Rezeptionistin zum Abschied und hielt Wilhelmina die Tür auf. Dann gingen sie nebeneinander die Straße entlang.

„Wir haben ein wunderbares Herbstwetter, nicht wahr, Professor?"

„Ja, das ist wahr."

„Ich liebe diese warmen Tage und kühlen Nächte, Sie nicht auch?"

„Doch, durchaus."

„Bezeichnet man das als ‚Indian Summer'?"

„Ich bin mir nicht sicher."

„Ich wette, Ihre Studenten können sich an einem so herrlichen Tag wie heute kaum auf ihre Vorlesungen konzentrieren." Er klang ein wenig atemlos, weil er versuchte, mit Wilhelminas raschen Schritten mitzuhalten. Daher zwang sie sich, langsamer zu gehen.

„Genau genommen unterrichte ich nicht mehr am College, Mr Dolan. Ich bin im Ruhestand."

„Nein! Dafür sind Sie doch viel zu jung!" Er wirkte schockiert, aber sie entdeckte ein Funkeln in seinen Augen.

Wie kalt und unfreundlich ihr Naturell jemandem vorkommen musste, der so gutmütig war wie Mr Dolan! Wilhelmina versuchte, ihre entgegengesetzten Stimmungen damit zu rechtfertigen, dass er immer noch eine Arbeit hatte, der er täglich nachgehen konnte, während sie keine Beschäftigung mehr hatte. Dann fiel ihr ein, dass er unheilbar krank war.

Wilhelmina holte tief Luft. Sie musste einfach versuchen, etwas freundlicher zu sein. Immerhin war sie auf einer wichtigen Mission. Und außerdem würde sie ihn nach dem heutigen Tag nie wiedersehen.

„Doch, Mr Dolan, es stimmt. Ich bin im Frühjahr nach einundvierzig Jahren am Faith College pensioniert worden."

„Das ist doch toll. Da haben Sie jetzt bestimmt jede Menge Pläne, wo Sie so viel Freiheit haben? Eine Weltreise oder so etwas?"

„Nein, ich bin noch nie gerne gereist. Ich engagiere mich bei der Krebshilfe. Und in meiner Gemeinde natürlich." Sie war stolz darauf, dass es ihr gelungen war, die Religion in das Gespräch einfließen zu lassen. Das war ein guter Anfang. Aber sie hatten den Donut-Laden erreicht, und als sie schließlich einen Platz in einer schmierigen Ecke am Fenster gefunden hatten, war die Gelegenheit, Zeugnis zu geben, wieder verstrichen.

„Wir hätten gerne zweimal Kaffee", sagte Mike zu der Bedienung. „Ich nehme außerdem einen Donut mit Traubengelee … und was wollen Sie essen, Professor?"

„Ich habe eigentlich keinen Hunger."

„Aber hier gibt es die besten Donuts in der ganzen Stadt! Kommen Sie, probieren Sie einen."

Wie lange würde das noch dauern? Fettiges Essen schlug Wilhelmina immer auf die Gallenblase. Aber sie bestellte einen ungefüllten Donut, damit er zufrieden war und um eine längere Erklärung ihrer inneren Anatomie zu vermeiden. Nachdem die Bedienung das Essen gebracht hatte, suchte Wilhelmina krampfhaft nach einem Weg, ihre Unterhaltung wieder in die gewünschte Richtung zu lenken. Bevor ihr etwas einfiel, ergriff Mike das Wort.

„Ja, ich glaube, der Ruhestand ist die Belohnung für ein gutes Leben, meinen Sie nicht auch? Sagen Sie, Ihre ehrenamtliche Arbeit ist doch bestimmt nicht tagesfüllend. Was haben Sie denn sonst noch so vor?"

Wilhelmina wusste nicht, was sie darauf sagen sollte. Die meisten Menschen in ihrem Alter machten Pläne für die Rente, aber sie hätte sich nie träumen lassen, dass sie in Rente gehen würde. Wenn sie sich doch nur nicht auf die Zusage des Dekans verlassen hätte, dass sie in Teilzeit unterrichten könnte. Wenn er doch nur sein Versprechen gehalten hätte …

„Tut mir leid. Das geht mich wohl nichts an." Als Mike ihre Gedanken unterbrach, wurde Wilhelmina bewusst, dass er lange auf eine Antwort gewartet hatte. Im Stillen schalt sie sich für ihre schrecklichen Manieren und beschloss, ehrlich mit ihm zu sein.

„Genau genommen habe ich keine Pläne, Mr Dolan. Wissen Sie, ich habe für mein Leben gern unterrichtet. Etwas anderes habe ich nie getan. Und ich wollte auch nicht in Ruhestand gehen. Ich dachte, ich könnte vielleicht in Teilzeit am College bleiben, aber so ist es leider nicht gekommen."

„Das ist aber wirklich schade, Professor ... eine so begabte Lady wie sie ..." Sein Blick wich ihrem nicht aus und sie sah so viel Mitgefühl darin, dass Wilhelmina die Tränen kamen. Selbst jetzt wandte er nicht verlegen den Blick ab. Stattdessen hatte sie das Gefühl, dass er Anstalten machte, ihre Hand zu ergreifen. Schnell faltete sie die Hände auf dem Schoß.

„Aber selbst wenn das College so verrückt ist, Sie gehen zu lassen, muss es doch ein Dutzend anderer Stellen geben, wo man Sie liebend gerne einstellen würde, Professor."

„Ich bin fünfundsechzig, Mr Dolan. Die meisten Colleges suchen viel jüngeres Personal."

„Wie *dumm*!" Er schlug mit der Faust auf den Tisch, sodass die Kaffeetassen klapperten. „Sie gehören doch noch nicht zum alten Eisen!"

„Das ist wahr, aber so ist es nun einmal. Ich bin auch gar nicht sicher, ob ich mich an einem anderen College wohlfühlen würde. Ich selbst habe ja auch schon am Faith College studiert, müssen Sie wissen. Und mein Vater hat eine Ewigkeit dort unterrichtet und auch am Seminar. Mein ganzes Leben hat sich wohl um dieses College gedreht."

„Leben Ihre Verwandten hier in der Gegend?"

„Mein älterer Bruder Laurentius ist Pastor einer Gemeinde in Springfield und mein jüngerer Bruder Peter ist Professor für Religionswissenschaften in Yale."

„Wow! Sie sind ja *alle* so Schlaumeier!"

Gegen ihren Willen musste Wilhelmina lächeln. Ihre Abneigung gegen ihn ließ ein wenig nach. „Nein, eigentlich nicht. Aber Vater hat immer betont, wie wichtig eine gute

Ausbildung ist, und wir haben ihn wohl alle ernst genommen. Nach meinem College-Abschluss habe ich noch einen Master in Musik am Konservatorium in Hartford gemacht und dann hier die Stelle angenommen. Ich wüsste gar nicht, wo ich sonst lehren sollte, selbst wenn man mich woanders nehmen würde."

„Na gut. Aber wie sieht es dann mit anderen Dingen aus, von denen Sie ein Leben lang geträumt haben? Gibt es etwas, das Sie schon immer einmal machen wollten, als sie jung waren, aber wozu Sie bisher nicht die Gelegenheit hatten?"

Er schien so freundlich und ernsthaft an ihr interessiert, dass es Wilhelmina nicht schwerfiel, ihm gegenüber offen zu sein. „Um ehrlich zu sein, Mr Dolan, erinnere ich mich nicht daran, dass ich jemals von etwas anderem geträumt habe. Ich erinnere mich an Klavierstunden und Konzerte und das Üben für Musikwettbewerbe und …"

„Haben Sie welche gewonnen?"

„Wie bitte?"

„Die Wettbewerbe … haben Sie welche davon gewonnen?"

„Die meisten, ja." Sie erlaubte sich ein Lächeln. „Vater hat uns beigebracht, wie man sich Ziele setzt und daran arbeitet, sie zu erreichen."

„Schön, dass Sie gewonnen haben … und ich hoffe, Sie verstehen mich nicht falsch … aber das klingt alles ziemlich langweilig. Haben Sie denn nie Spaß gehabt? Sachen gemacht, die Kinder so machen? Sie mussten doch sicher nicht immer Klavier üben, oder?"

„Aber ich habe gerne geübt! Alberne Kinderspiele haben mich nie interessiert."

„Haben Sie denn nie die Schule geschwänzt und sind stattdessen angeln gegangen? Oder haben ein verwunschenes

Haus ausgekundschaftet? Sind Schlitten gefahren? Haben einen Drachen steigen lassen? Solche Dinge?"

„Ich kann mich nicht daran erinnern ... aber ich hatte eine glückliche Kindheit, Mr Dolan. Wirklich." Warum hatte sie nur plötzlich das Gefühl, etwas im Leben verpasst zu haben? „Die Musik war mein ganzes Leben und ich war damit sehr zufrieden." *Bis jetzt,* fügte sie im Stillen hinzu. Sie fragte sich, wie es eigentlich dazu gekommen war, dass sie von sich selbst erzählte, und beschloss, wieder auf ihn zu sprechen zu kommen. „Und wie ist es mit Ihnen, Mr Dolan, mögen Sie Musik?"

Mike lachte und es war ein entspannter, polternder Klang, wie bei einem Kind, das mit den tiefen Tönen eines Klaviers spielt. „Ich mag bestimmte Arten von Musik, aber über Ihre Musik weiß ich nicht viel. Ich war noch nie in einer Sinfonie oder beim Ballett oder so etwas. Und mein Vater hat anders als Ihrer nie auf mich eingeredet, wie wichtig Bildung ist. Er musste zwei Schichten in der Werft arbeiten, damit wir genug zu essen hatten, also haben wir ihn nicht oft zu Gesicht bekommen. Wir waren sieben Kinder und die meiste Zeit waren wir uns selbst überlassen. Dabei hatten wir viel Spaß zusammen. Und ein paarmal sind wir auch in ernsthafte Schwierigkeiten geraten!" Wieder lachte er.

„Und wann haben Sie angefangen, sich für die Fliegerei zu interessieren?"

„Als ich vierzehn war, lernte ich einen Typen namens Joe Donovan kennen. Er war im Ersten Weltkrieg ein echtes Fliegerass. Hat sogar einmal gegen den berühmten Roten Baron gekämpft. Ich verbrachte viele Stunden auf dem kleinen Flugplatz und Joe erzählte mir alle seine Fliegergeschichten. Und über Flugzeuge hat er mir auch eine Menge erklärt. Er hat mir sogar beigebracht, wie man eins fliegt. Joe war wirklich ein besonderer Typ! Wie ein Vater zu mir. Jedenfalls habe ich meinen Job gekündigt und mich bei der Air Force gemeldet, als der Zweite Weltkrieg sich zuspitzte. Dort haben Sie mir das Fliegen richtig beigebracht … P51 Mustangs … Bombergeleit. Wissen Sie, was ich meine?"

Wilhelmina nickte, aber die Welt, von der er sprach, war ihr fremd.

„Ich habe meinen ganzen Sold gespart und mir sogar noch etwas zusätzlich verdient und nach dem Krieg habe ich angefangen, alte Flugzeuge zu kaufen und zu reparieren. Bald hatte ich meine eigene kleine Flotte. Eine Weile habe ich als Buschpilot im Yukon in den Northwest Territories und Alaska gearbeitet. Ich könnte Ihnen Geschichten erzählen! Das waren noch Zeiten!"

Eine Weile schwieg er, aber sein Gesicht schien zu leuchten, während er sich an damals erinnerte. Wieder fiel Wilhelmina auf, wie unterschiedlich ihr Leben war und wie wenig sie gemeinsam hatten. Schließlich seufzte Mike. „Aber als ich geheiratet hatte und die Kinder kamen … Sie wissen ja sicher, wie das ist. Helen wollte wieder zurück nach Hause. Für sie waren die Winter im Norden nichts. Also zog der Flugservice *Dolan und Söhne* hierher."

Die Bedienung erschien und füllte wortlos ihre Tassen. Er trank ein paar Schlucke und aß seinen Donut. „Ich habe Sie nach Ihren Träumen gefragt, Professor, weil ich wohl immer meinen eigenen kleinen Traum hatte. Seit der Zeit mit Joe Donovan habe ich von meiner eigenen kleinen Flotte antiker Flugzeuge geträumt. Solche aus dem Ersten Weltkrieg – Sopwith Camels, Spads, Fokkers. Ich würde sie gerne reparieren und Flugschauen damit veranstalten – Schaukämpfe, so wie Eddie Rickenbacker und der Rote Baron. Damals war das Fliegen noch eine echte Kunst. Jetzt, bei den modernen Kampfflugzeugen, ist ja alles computergesteuert. Das macht gar keinen Spaß mehr. Aber damals hieß es Mann gegen Mann, Maschine gegen Maschine."

Wilhelmina wollte ihn gerade fragen, warum er seinen Traum nicht weiterverfolgte, doch dann fiel ihr wieder ein, warum. Sie starrte auf ihre Hände, schlang sie um ihren Kaffeebecher und überlegte krampfhaft, was sie sagen sollte.

„Man kann wohl sagen, dass das Fliegen mein Grund zu leben ist, Professor, und für Sie ist es die Musik. Ich bin lieber in der Luft als auf dem Boden. Vielleicht hätte ich als Vogel zur Welt kommen sollen. Fliegen Sie gerne?"

„Ich? Keine Ahnung … ich bin noch nie geflogen."

„Was? Noch nie im Leben?"

„Nein."

„Also, das können wir ändern!" Er sprang auf, zog ihre Hand von dem Kaffeebecher und hielt sie entschlossen fest. „Kommen Sie, meine Lieblings-Cessna ist vollgetankt und einsatzbereit. Und jetzt ist die beste Jahreszeit zum Fliegen. Sie kennen den Herbst in New England gar nicht richtig, bis sie ihn aus der Luft gesehen haben!"

Sie zog ihre Hand fort und starrte ihn an. „Das geht nicht!"

„Warum nicht? … Sie haben doch keine Angst vor dem Fliegen, Professor, oder?"

Wilhelmina war zu verdutzt, um etwas zu erwidern. Ein freundliches Grinsen erschien auf seinem Gesicht.

„Ma'am, in meinem Flugzeug sind Sie sicherer als auf Ihrem Nachhauseweg mit dem Auto. Kommen Sie, probieren Sie es aus. Ich verspreche Ihnen, dass wir sicher landen werden."

Seine unverblümte Freundlichkeit machte sie nervös. Dieser Mann war grundehrlich und hatte keine Hintergedanken wie so viele ihrer Kollegen in der akademischen Welt. Sie war praktisch eine Fremde und er bot ihr an, sie in sein Flugzeug zu setzen und durch die Gegend zu fliegen, damit sie das

Herbstlaub von oben sehen konnte. Er meinte es gut, aber das kam überhaupt nicht infrage.

„Nein, wirklich. Danke, aber ich kann nicht." Sie blickte auf ihre Uhr, ohne dabei die Zeit wahrzunehmen, und erhob sich.

„Wenn Sie es sich anders überlegen, Professor, dann können Sie jederzeit Bescheid sagen und ich spendiere Ihnen einen Rundflug."

„Das ist sehr freundlich von Ihnen, Mr Dolan, aber ..."

„Mike. Bitte nennen Sie mich Mike. Und das Angebot ist ernst gemeint, Professor." Er bezahlte für Kaffee und Donuts und gab ein großzügiges Trinkgeld.

Wilhelmina fiel nichts ein, was sie sagen konnte, während sie die von Bäumen gesäumte Straße in Richtung Beratungszentrum gingen. Mike lief durch das getrocknete Laub und ließ die Blätter dabei absichtlich rascheln. Dieses Geräusch kratzte an Wilhelminas Nervenkostüm. Die Blätter erschienen ihr hässlich – trockene, tote, nutzlose Gegenstände, abgeworfen und ungewollt, nur noch fürs Feuer gut.

„Ist das nicht ein wundervolles Geräusch, Professor?", sagte Mike plötzlich. „Die Herbstgeräusche sind eine Musik, die ich besonders gern mag. Wissen Sie, was ich einmal irgendwo gelesen habe? Die Blätter opfern sich eigentlich. Sie fallen von den Ästen und sterben, damit der Baum den kommenden Winter überleben kann. Ist das nicht erstaunlich?"

„Mmm ... Ja", murmelte sie. Wie konnte er so unbeschwert, so unglaublich fröhlich sein, vor allem unter diesen Umständen? Wilhelminas eigene Depression lastete so schwer auf ihr, dass sie morgens kaum aus dem Bett kam. Abends lag sie dann wach, weil sie nicht einschlafen konnte.

Als sie beim Beratungszentrum angekommen waren, sah sie ihn an. „Danke für den Kaffee, Mr Dolan. Es tut mir leid, dass das Klavierstimmen ausgefallen ist und Sie umsonst hergekommen sind."

„Ach was! Es hat mich gefreut, mit Ihnen zu plaudern. Passen Sie auf sich auf und ich warte auf Ihren Anruf, wenn Sie beschließen, ihren ersten Flug zu wagen. Machen Sie's gut." Er schwenke seine Baseballkappe zum Gruß und verschwand um die Ecke.

Langsam ging Wilhelmina zu ihrem Wagen und raschelte mit den Füßen im dürren Laub, während sie vergeblich versuchte, die „Musik" zu hören.

Als sie in ihrer Handtasche nach dem Autoschlüssel suchte, sah sie die beiden Traktate. Und zum ersten Mal im Leben fluchte Wilhelmina.

4

Samstag, den 19. September 1987

Mike summte eine Countrymelodie im Autoradio mit, während er seinen alternden Pick-up in die Einfahrt seines Sohnes lenkte. Als er die Hupe betätigte, flog die Tür des ranchartigen Hauses auf. Drei Kinder kamen herausgerannt und lachten und riefen gleichzeitig.

„Wo sind die Drachen, Grandpa? Hast du die Drachen mitgebracht?“ Auf der Ladefläche des Wagens stimmten Buster und Heinz mit kräftigem Gebell in den Lärm ein. Mike sprang aus der Fahrerkabine und ließ die Heckklappe herunter.

„Ja, die Drachen sind alle hier hinten und können gleich losfliegen – es sei denn, diese beschränkten Promenadenmischungen hier haben sie totgetrampelt.“

„Können wir sie sehen? Wo? Welcher ist meiner?“

Mike zog einen großen Kastendrachen heraus. „Das hier ist deiner, Mickey. Den habe ich selbst aus Aluminiumrohren und Fallschirmseide gemacht.“

„Klasse! Danke, Grandpa!“ Mickey nahm mit einer Hand den silbernen Drachen entgegen und schob sich mit der anderen die dicken blonden Haare aus der Stirn. Er war ein hübscher Junge von zehn Jahren und beinahe so groß wie Mike. Er hatte den kräftigen Körperbau eines zukünftigen Footballspielers. Mit seinen zerrissenen Jeans, den vollen Hosentaschen, dem beschmierten Gesicht und dem schiefen Grinsen hatte Mickey das freche Aussehen eines modernen Tom Sawyers, der zu jedem Abenteuer bereit war.

Mike boxte ihn spielerisch. „Ich hoffe nur, dass ich meinen Fallschirm nicht brauche, bis ich die ganzen Löcher zugenäht habe."

„Wo ist meiner, welcher ist meiner?"

„Warte mal, Pete. Hier, dieses hübsche kleine Propellermodell ist für dich." Völlig begeistert riss Pete die blauen Augen auf, als Mike ihm einen schnittigen schwarzen, pfeilförmigen Drachen überreichte. Dann grinste er, sodass sich eine große Lücke zeigte, wo seine vorderen Schneidezähne hätten sein sollen. Er war ein dürrer, hibbeliger Sechsjähriger mit dunklem Haar, das ihm wild in die Augen hing. Er wirbelte den Drachen herum und machte dazu Motorengeräusche. Mike war überzeugt davon, dass Pete sich stundenlang allein in einem leeren Zimmer beschäftigen konnte.

„Und – last but not least – für Ihre Majestät … diese Schönheit hier!" Er zog einen langen, seidigen bunten Röhrendrachen hervor und ließ ihn anmutig um den Hals seiner Enkelin Lori fallen. Sie war acht und hatte kurzes hellbraunes Haar und eine süße Stupsnase, die von Sommersprossen übersät war. So melancholisch wie eine Waldfee und so verschmitzt wie eine Elfe versprühte Lori ihren Charme wie Zauberstaub und jedes Mal zog sie Mike in ihren Bann.

„Oh, Grandpa! Ist der schön! Sogar lila und pink sind drin, meine Lieblingsfarben!"

„Ooooh, lila und pink …", äffte ihr großer Bruder sie nach. „Echt jetzt!"

Wieder schlug die Haustür zu und Mikes Sohn Steve kam über den Rasen geschlendert, die Hände in den Taschen seiner abgeschnittenen Jeans vergraben, das T-Shirt lässig darüber. Er war untersetzt und muskulös und hatte braunes Haar, das schon ein wenig schütter wurde. In den selbstbewussten Schritten seines Sohnes erkannte Mike sich selbst vor etwa dreißig Jahren wieder.

„Kommst du mit uns?“, fragte Mike.

„Nee … Ich habe Cheryl versprochen, dass ich heute ein paar Dinge am Haus erledige. Aber ich würde gerne.“

„Also gut, seid ihr drei fertig?“, fragte Mike.

„Ja!“

„Dann springt rauf.“

Pete kletterte über die Heckklappe zu Buster und Heinz auf die Ladefläche, dann hielt er einen roten diamantförmigen Papierdrachen mit einem Schweif aus geknoteten Socken hoch. „Grandpa, und für wen ist der hier?“

„Das ist ein Sondermodell für eine Freundin von mir. Wir sammeln sie auf dem Weg in den Park ein.“

„Sie? Ist sie so alt wie ich?“, wollte Lori wissen.

„Nee, sie ist so alt wie ich und sie hat mir erzählt, dass sie noch nie einen Drachen hat steigen lassen. Ist das nicht schrecklich?“

Steve grinste ihn an. „Erzähl mir nicht, dass du eine Verabredung hast! Ist das die geheimnisvolle Dame, die dich immer im Hangar anruft?“

Mike spürte, wie sein Gesicht warm wurde. Er hatte ganz bestimmt nicht die Absicht, Professor Brewster den Hof zu machen, aber seit ihrer Unterhaltung im Donut-Laden hatte er immerzu an sie denken müssen.

„Nein, das ist keine Verabredung in dem Sinne. Sie ist eigentlich ziemlich unattraktiv, wenn ich ehrlich sein soll, und überhaupt nicht mein Typ. Aber sie ist vor ein paar Monaten in Rente gegangen und weiß jetzt nicht, was sie mit sich anfangen soll. Ich glaube, sie hat eine Art Depression. Sie tut mir leid, das ist alles. Ich dachte, wir könnten sie vielleicht ein bisschen aufmuntern. Dass sie mal Spaß hat im Leben.“

„Klar, Dad … wie du meinst.“ Steve zwinkerte Lori zu. „Achte darauf, dass Grandpa keine Dummheiten macht, okay? Bis später.“

Während Mike durch die Stadt fuhr, prahlten die Kinder lautstark, was die zukünftigen Leistungen ihrer jeweiligen Drachen betraf, und stritten sich darum, wer den Wettbewerb gewinnen würde. Mike fuhr am Campus des Colleges vorbei und bog dann in eine breite Allee ein.

„Wow! Guckt mal, was hier für riesige Häuser stehen!", sagte Lori. Mike fuhr langsamer, um die Hausnummern zu überprüfen, bis er schließlich die richtige gefunden hatte. Er fuhr in eine lange, gewundene Auffahrt. „Wohnt hier deine Freundin, Grandpa? Das ist ja riesig!"

„Ja, das muss das richtige Haus sein, denn da ist sie."

Wilhelmina kniete im Garten vor dem Haus und setzte Tulpenzwiebeln. Sie trug eine alte Tweedhose, einen ausgeblichenen blauen Anorak und ein geblümtes Kopftuch. Als der Pick-up polternd hielt und Buster und Heinz laut bellten, blickte sie überrascht auf. Mike stieg aus und schwenkte seine Kappe zur Begrüßung.

„Hi, Professor. Ist das nicht ein herrlicher Tag?"

„Ach … Mr Dolan!" Sie rappelte sich auf und klopfte die Erde von ihren Knien.

„Meine Enkel und ich wollen im Park Drachen steigen lassen und ich dachte, vielleicht wollen Sie mitkommen."

„Also … danke, aber … ich sollte wirklich mit den Blumenzwiebeln weitermachen."

Mike grinste und schob die Hände in die Hosentaschen. „Neulich haben Sie mir erzählt, dass Sie nie einen Drachen hatten, als sie klein waren, und … einen Drachen steigen zu lassen, ist so dicht am Fliegen, wie es geht – ohne den Boden zu verlassen. Kommen Sie, versuchen Sie es."

„Nein … wirklich. Ich bin nicht dafür angezogen." Sie schnipste einen Krümel von ihrer Hose, der gar nicht da war.

Aus der Art, wie sie auf den Boden starrte, folgerte Mike, dass sie nach einer taktvollen Ausrede suchte. „Ich finde, Sie sehen prima aus, Professor. Außerdem habe ich beschlossen, ein ‚Nein' nicht gelten zu lassen, also können Sie genauso gut aufhören, sich Ausreden einfallen zu lassen, und stattdessen gleich mitkommen."

Sie machte den Mund auf, um ihm etwas zu erwidern, schloss ihn aber sogleich wieder, ohne dass ein Laut herauskam. Sie sah aus wie ein Fisch auf dem Trockenen.

„Bitte! Ich könnte wirklich Hilfe gebrauchen, Ma'am. Ich habe drei Kinder und drei Drachen, bin also hoffnungslos in der Unterzahl." Er lächelte so charmant, wie er nur konnte. Ein Lächeln, dem die Frauen noch nie widerstehen konnten, und sie seufzte resigniert.

„Also gut. Ich hole nur meine … äh … meine Handtasche." Sie verschwand im Haus. Mike entwirrte derweil Kinder, Drachen und Hunde und setzte sich dann in den Wagen, um auf sie zu warten.

Schließlich erschien Wilhelmina wieder, eine große braune Ledertasche in der Hand. Sie hatte ihren Anorak gegen eine Strickjacke eingetauscht und das Kopftuch abgenommen. Mike sah, dass sie bestürzt dreinsah und zögerte, als sie sich dem verbeulten Pick-up näherte, so als wäre ihr bei ihrer Einwilligung nicht klar gewesen, dass sie mit einer solchen Rostlaube würde fahren müssen.

„Er ist nicht hübsch, aber er bringt uns ans Ziel." Er nahm ihren Arm und half ihr auf den Beifahrersitz, bevor sie es sich anders überlegen konnte. Dann lief er um den Wagen herum zur Fahrerseite, stieg ein und legte den Rückwärtsgang ein, sodass sie zurücksetzten. Wenige Minuten später streckte Pete den Kopf durch das Heckfenster.

„Wie heißen Sie?", fragte er.

„Professor, darf ich Ihnen meine Enkel vorstellen. Pete … Mickey … und die reizende Prinzessin Lori. Das ist Frau Professor Brewster, Leute."

„Wow! Eine echte Frau Professor?", fragte Pete.

„Ja, ganz und gar echt."

Wilhelmina saß ganz dicht an die Tür gedrängt und umklammerte ihre Handtasche, so als hätte sie Angst, sie könnte ihr vom Schoß hüpfen. Als sie auf den Parkplatz bogen, öffnete sie die Tasche, lugte hinein und ließ sie mit einem lauten Geräusch wieder zuschnappen.

Mike band die Hunde an der Stoßstange fest, während die Kinder mit ihren Drachen herunterkletterten. Dann klemmte er sich den roten Papierdrachen unter den Arm und half Wilhelmina aus dem Wagen. Zusammen gingen sie zu dem Stand, über dem ein Banner den „12. Drachenwettbewerb" ankündigte.

„Ich möchte vier Drachen für den Wettbewerb melden", sagte Mike zu dem Mädchen am Schalter.

„Namen und Alter bitte?"

„Mickey Dolan ist zehn ... die reizende Prinzessin Lori Dolan ist acht ... Peter Dolan ist sechs ... und Miss Brewster ist neunundzwanzig." Das Mädchen blickte zu Wilhelmina auf und lächelte.

„Nein, wirklich, Mr Dolan", protestierte Wilhelmina. „Ich lasse keinen Drachen steigen."

„Aber sicher tun Sie das. Kommen Sie." Er bezahlte die kleine Meldegebühr und dann eilten Sie zu einer riesigen Fläche im Park. Kinder und Drachen aller Altersklassen und Größen waren an einer Seite des Feldes aufgereiht, während ein Angestellter der Parkgesellschaft mit einem Megafon wie ein Sergeant auf und ab schritt und die Regeln verkündete.

„Also, alle Mann zuhören! Hier sind die Regeln. Wenn der Schuss ertönt, steigen die Drachen auf. In genau einer Stunde ertönt die Trillerpfeife und der Drachen, der dann am höchsten ist, gewinnt. Irgendwelche Fragen?"

Als der Startschuss ertönte, rannte Mickey über den Rasen, als hätte der Mann auf ihn geschossen. Der Kastendrachen folgte ihm und wehrte sich gegen die Schwerkraft.

„Genau, Mickey!", feuerte Mike ihn an. „Gib ihm mehr Leine!"

Mickey wickelte seine Leine ab und blickte über die Schulter zurück, während er lief. Mühsam stieg der große Drachen höher und tanzte im Wind. Sein Drachen war als Erster in der Luft und die Zuschauer klatschten.

Peter zupfte an seinem Arm. „Hilfst du mir, Grandpa?"

„In Ordnung, Pete. Professor, können Sie der Prinzessin helfen?"

„Aber ... aber ... ich weiß gar nicht, wie!"

„So, meine Damen. Seht mal her." Er gab Pete den Drachen und der lief damit los. Mike gab die Leine nach. Sobald er merkte, dass der Wind den Drachen gepackt hatte, schrie Mike: „Okay, lass los!" Das tat Pete und schon flatterte und tanzte er laut über seinem Kopf. „So, Mädels!"

Doch einen Augenblick später schwebte Petes Drachen wie ein verwundeter Vogel wieder zu Boden. Während Pete loslief, um den Drachen zu holen, lernte Mike Wilhelmina und Lori an. Bald darauf schwebte Loris Drachen vorsichtig über ihnen, dann taumelte er wieder zur Erde hinab. „Mensch ... zu schade, Mädels. Versucht es noch mal."

Er wandte sich wieder Pete zu und nach mehreren Versuchen brachten sie den schwarzen Drachen endlich in die Luft, wo er wild über ihnen flatterte. „Grandpa, sieh mal Mickeys Drachen!"

Mickey war bis zur anderen Seite des Feldes gerannt und schien Erfolg zu haben. Der Kastendrachen hing in der Luft, als hätte jemand ihn an den Himmel geklebt.

„Bitte hilf uns, Grandpa." Lori war den Tränen nahe. Ihr Drachen lag in einem Haufen im Gras, während Professor

Brewster danebenhockte und versuchte, die Schnüre zu entwirren.

„Ich fürchte, ich bin keine große Hilfe", sagte Wilhelmina.

Mike holte sein Taschenmesser heraus, schnitt den verknoteten Teil ab und band die Spule dann schnell wieder an Loris Drachen fest. Nach ein, zwei Minuten vollführte die Röhre einen anmutigen Zickzacktanz über ihnen und färbte den Himmel bunt wie ein riesiger Pinsel. Er reichte ihr die Schnur. „Du hast den schönsten Drachen im ganzen Wettbewerb, Prinzessin."

Ein paar Minuten lang stand Mike da, die Hände in die Hüften gestemmt, und beobachtete seine Enkel, während sie ihre Drachen steigen ließen. Wenn er sich so gut fühlte, fiel es ihm leicht zu vergessen, dass seine Zeit begrenzt war, dass die Tage, die er noch mit seinen Enkeln hatte, kostbar und rar waren. Jetzt war er am Leben und das war alles, was zählte. Morgen war noch lange hin.

Schließlich nahm er den roten diamantförmigen Drachen mit seinem komischen Schweif aus alten verknoteten Socken und ging zu Wilhelmina hinüber. „Bitte schön, Professor. Hoch mit dem Teil."

„Ach nein … wirklich", sagte sie stirnrunzelnd. „Ich sehe lieber zu."

Mike drückte ihr die Spule mit dem Seil in die Hand und ignorierte ihre Proteste. „Sobald ich den Drachen loslasse, ziehen Sie einmal kräftig an der Schnur, und zwar so. Dadurch steigt er. Und dann lassen Sie einfach immer mehr Leine nach, okay?"

Er blickte zu den vielen Drachen hinauf, die den Himmel übersäten, dann sah er auf die Uhr. „Wir müssen uns beeilen, wenn wir gewinnen wollen", sagte er. Bevor sie antworten konnte, hielt Mike den Drachen hoch über seinen Kopf und lief los über das Feld, während Schlüssel und Kleingeld in seiner Hosentasche klirrten. Als er spürte, wie der Drachen vom Wind gepackt wurde, warf er ihn in die Luft.

„Okay, jetzt!“, rief er. Sie gab der Leine einen kräftigen Ruck und ließ dann die Schnur nach, genau so, wie er es ihr gezeigt hatte, und schon bald schwebte der Drachen über ihnen und zog an der Leine, als wollte er noch höher steigen. Mike lief zu Wilhelmina zurück und rief: „Er will fliegen, Professor! Lassen Sie die Schnur nach, so schnell Sie können. Ja! So ist es gut!“

Wilhelmina hielt die Spule so, dass die Leine sich von selbst abwickelte, und der Drachen stieg immer weiter hinauf. Ihre Augen klebten an dem roten Diamanten über ihrem Kopf und Mike bemerkte, dass die strengen Falten in ihrem Gesicht gar nicht mehr so mürrisch wirkten wie sonst. Zum ersten Mal, seit er sie kennengelernt hatte, lächelte sie vorsichtig – ein echtes Lächeln. Als sie sah, dass er sie beobachtete, wurden ihre Wangen rot.

„Übernehmen Sie jetzt besser, Mr Dolan.“

„Auf keinen Fall! Sie machen das super. Und bitte nennen Sie mich Mike.“ Sie warf ihm einen Blick zu und wandte dann schnell das Gesicht dem Himmel zu, um dem Drachen zuzusehen, der hoch über ihnen flog.

„Ist es nicht ein wunderbares Gefühl, diesen Drachen zu halten, Professor? Ich liebe das Gefühl, wenn er an den Händen zieht, als wäre er lebendig … als wollte er einen mit hinaufziehen … beinahe so, als wollte er sagen: ‚Komm, flieg mit mir.‘ Dann klettert das Herz die Schnur hinauf und fliegt dort oben mit, nicht wahr? Und dann ist man eine Zeit lang nicht mehr an die Erde gebunden, sondern an den Himmel! Wissen Sie, was ich meine?“

Sie lächelte ein wenig unsicher und nickte dann. „Ja, vielleicht weiß ich wirklich, was Sie meinen.“

„Aber Sie müssen ihm die ganze Leine geben, wenn Sie gewinnen wollen. Ich glaube, der orangefarbene Drachen und vielleicht der gelbe Kastendrachen sind noch höher als Ihrer. Wickeln Sie die Schnur ganz ab. Ich sehe nach den Kindern."

Mike fand Lori in Tränen aufgelöst mitten auf dem Feld. Ihre Schnur war mit einem anderen Drachen ins Gehege gekommen und jetzt lagen beide am Boden, begraben unter einem Haufen Schnüre, so hoffnungslos ineinander verwickelt wie Spaghetti.

Er nahm seine Enkelin in den Arm, sodass sie ihr Gesicht an seiner Schulter vergraben konnte. „Nicht weinen, Prinzessin … nicht weinen. Ich weiß, dass du enttäuscht bist … aber deiner ist immer noch der hübscheste Drachen im ganzen Wettbewerb. Komm, wir schneiden ihn los, und wenn du dir die Tränen abtrocknest, gehe ich mit dir nachher Hamburger und Pommes essen. Wie klingt das?"

Sie wischte sich die Tränen ab und lächelte schwach.

„So ist es gut, Kleines!" Er schnitt den Drachen los und faltete ihn dann feierlich zusammen wie die Flagge bei der Beerdigung eines Soldaten. Dann legte er ihr den Drachen auf die Arme. „So. Und jetzt frage ich mich, wo deine beiden Brüder sind."

Mike entdeckte den silbernen Kastendrachen in einem Ahornbaum am Rand des Feldes. Mickey kletterte gerade den Stamm hinauf, um ihn sich wiederzuholen. „Sieht aus, als wäre Mickey zu dicht an diese Bäume geraten", sagte er.

Lori zeigte auf den Spielplatz. „Und da ist Peter." Peter hatte den Spielplatz entdeckt und segelte auf einer Schaukel durch die Luft. Den Wettbewerb hatte er vergessen, sein Drachen schwebte ein paar Zentimeter über seinem Kopf.

„Wie es aussieht, ist Miss Brewster unsere einzige Hoffnung auf diesen Pokal. Komm, wir helfen ihr." Sie liefen zu

Wilhelmina zurück, aber die schien ihre Anwesenheit gar nicht zu bemerken. Sie blickte zu ihrem Drachen hinauf, als wäre er eine Million Kilometer entfernt und ihre Gedanken schienen in den Wolken über ihr verloren zu sein.

„Ich glaube, der orangefarbene ist immer noch höher als Ihrer, Professor, aber wenn Sie die ganze Schnur abwickeln, können Sie ihn wahrscheinlich schlagen."

Sie sah ihn überrascht an. „Aber die Schnur ist schon so straff gespannt. Ich habe Angst, dass ich den Drachen verliere, wenn ich loslasse. Wird die Schnur nicht reißen?"

„Könnte passieren. Das Risiko müssen Sie wohl eingehen. Aber wenn Sie es nicht tun, werden Sie den Wettbewerb nicht gewinnen. Sie können es doch ruhig probieren. Wenn man auf Nummer sicher geht, gewinnt man nicht, und wenn, dann fallen Sie wenigstens selbstbewusst auf die Nase."

Konzentriert starrte sie auf ihre Füße, als hätte sie eine unglaublich wichtige Entscheidung zu treffen. Er wollte sie daran erinnern, dass der Drachen nur ein Pfennigartikel war, aber sie schien so in Gedanken, dass er sie nicht stören wollte.

Schließlich lockerte sie den Griff um die Spule und ließ vorsichtig ein weiteres Stück von der Schnur abrollen. Dabei blickte sie jedoch weiter unverwandt zu Boden, so als hätte sie Angst zu sehen, wie die Leine riss oder ihr Drachen in die Wolken entschwebte. Mike betrachtete die Konkurrenz. Nur ein Dutzend Drachen war noch in der Luft, und während er zusah, kletterte Professor Brewsters Drache immer weiter hinauf, bis er nur noch ein winziger roter Fleck am Himmel war, genauso hoch wie der orangefarbene. „So ist es gut! Weiter, Professor! Sie können ihn schlagen. Wenn es sein muss, knoten wir noch ein Stück von Loris Schnur dran."

Wilhelmina hielt den Kopf gesenkt, dann schloss sie die Augen und wickelte langsam das letzte Stück Schnur ab.

„Sie gewinnt, Grandpa! Guck mal, sie gewinnt!"

„Lori hat recht! Sie haben ihn eingeholt!"

Plötzlich ertönte ein Pfiff und die Menge brach in Jubel aus. „Sie haben *gewonnen*! Sie haben *gewonnen*!", rief Lori und sprang auf und ab.

Eine Menschenmenge scharte sich um sie, inklusive Reporter und Fotografen und sogar jemand mit einer Kamera vom örtlichen Fernsehsender. „Verraten Sie uns Ihren Namen, Ma'am?"

„Ähem ... Wilhelmina ... äh, Brewster."

Fotoblitze zuckten auf wie ein Feuerwerk, als der Vorsitzende der Jury ihr die Hand gab und ihr einen kleinen Pokal überreichte. Er war zwanzig Zentimeter hoch und gekrönt von einem Drachen aus Metall. In den Sockel waren die Worte „12. Drachenwettbewerb, 1. Platz" eingraviert.

„Wir kommen ins Fernsehen!", sagte Lori. Peter und Mickey kamen zu ihnen gerannt, ihre Drachen in der Hand. Belustigt sah Mike zu, wie die Journalisten Wilhelmina mit Fragen und Glückwünschen bombardierten. All die Aufmerksamkeit machte sie nervös, aber trotzdem schien sie ihren Erfolg zu genießen. Er war froh, dass er sie mitgenommen hatte. Allmählich legte sich die Aufregung wieder.

„Sie werden also in den Nachrichten erscheinen", sagte Mike und klopfte ihr auf die Schulter. „Jetzt sind Sie doch bestimmt froh, dass Sie das Risiko eingegangen sind?"

Sie lächelte zögernd und nickte. „Ich wünschte, ich könnte das Gesicht von Dekan Bradford sehen, wenn er in der Zeitung davon liest."

„Ja, ich würde sagen, Ihr erster Flugversuch war ein ganz schöner Erfolg, Professor."

Ihr Lächeln schwand. „Bitte nennen Sie mich nicht so, Mike. Ich heiße Wilhelmina."

„In Ordnung, Willymina. Aber jetzt fangen Sie besser an,

die Schnur aufzuwickeln, denn das wird wahrscheinlich eine Weile dauern."

Sie starrte zu dem Drachen hinauf, der hoch über ihnen schwebte, und seufzte. „Ja, Sie haben recht. Obwohl es ein bisschen schade ist." Sie fing an, die Spule in ihrer Hand zu drehen, und zog langsam an der straff gespannten Schnur. Plötzlich ertönte ein knallendes Geräusch, als hätte jemand eine Geigensaite gezupft, und die Schnur erschlaffte in ihrer Hand. Der rote Drachen entschwand aus ihren Blicken.

„Die Schnur ist gerissen!", sagte sie. „Das tut mir leid. Ich habe Ihren Drachen verloren!"

„Ach, das macht nichts. Wenigstens ist die Schnur nicht gerissen, bevor Sie gewonnen haben. Und irgendwie passt es doch, oder? Es ist beinahe so, als hätten Sie ihn freigelassen."

Wilhelmina nickte. „Daran, wie er an der Leine gezogen hat, habe ich gemerkt, dass er immer weiterfliegen wollte."

„Können wir ihn nicht zurückholen, Grandpa?", fragte Peter. „Das war der beste Drachen überhaupt!"

Mike nahm den Jungen auf den Arm und sie gingen zum Pick-up zurück. „Weißt du was, Pete? Du und ich und Willymina steigen in die Cessna und fliegen über die ganze Stadt, bis wir den Drachen irgendwo sehen. Dann kannst du das Fenster aufmachen und ihn fangen!" Er kitzelte Peter, bis der nur noch hilflos kicherte.

Als sie beim Wagen ankamen, begrüßten Buster und Heinz sie mit schwanzwedelnder Begeisterung. „Kann ich vorne sitzen, Grandpa?", fragte Lori.

„Kein Problem, Prinzessin." Er hob sie in die Fahrerkabine und half Wilhelmina auf den Sitz neben ihr.

Ein paar Minuten, nachdem sie losgefahren waren, wandte Lori sich an Wilhelmina. „Werden Sie unsere neue Grandma?"

„Lori!" Mike überlegte krampfhaft, was er sagen sollte. Es

war zu peinlich! Peter streckte den Kopf durch das offene Heckfenster.

„Wir haben nur eine Grandma, wissen Sie? Und sie lebt in Texas. Wir mögen Professor Willymina, weil sie Drachen steigen lassen kann."

„Äh … ja … sie kann gut Drachen steigen lassen", murmelte Mike. Er warf Wilhelmina einen Blick zu und sah, dass sie mit brennenden Wangen den Pokal auf ihrem Schoß anstarrte. Er trat aufs Gaspedal. „Tut mir leid, Professor. Diese Kinder haben überhaupt keine Manieren."

Es waren nur wenige Häuserblocks bis zu dem Imbiss, aber Mike kam die Strecke deutlich länger vor. Vielleicht würden die Kinder still sein, wenn sie ihre Pommes im Mund hatten, und ihn dann nicht in Verlegenheit bringen. Als er auf dem Parkplatz hielt, jubelten sie. „Also gut, alle raus. Wir werden diesen Sieg stilvoll feiern."

Er setzte sie an einen Tisch und kam wenige Minuten später mit einem Tablett voller Hamburger und Pommes zurück. „Hier, Willymina, ein Riesenburger mit Zwiebeln und Pommes."

Sie stöhnte und hielt sich den Magen. „Ach, du liebe Güte! Ich kann nicht …"

„Klar können Sie." Er hob seinen Kaffeebecher aus Styropor. „Prost! Auf die beste Drachenmeisterin der Stadt, Willymina Brewster!" Die Kinder legten ihre Burger kurz ab, um zu applaudieren, während Wilhelmina verkrampft lächelte.

Es war schon fast dunkel, als Mike schließlich in Wilhelminas Einfahrt hielt. Er half ihr aus dem Wagen und begleitete sie zur Tür. „Danke, dass Sie mitgekommen sind. Ich hoffe, Sie hatten Spaß."

„Ja, das hatte ich! Danke, Mr … ich meine, Mike. Oh, und hier ist Ihr Pokal." Er wich zurück und hob abwehrend die Hände.

„Auf gar keinen Fall! Sie haben sich den Pokal mit redlichen Mitteln verdient, er gehört Ihnen, Professor. Stellen Sie ihn zu all den Musikpreisen." Er stieg ein und ließ den Motor an, dann legte er den Rückwärtsgang ein. Gerade hatte der Wagen sich in Bewegung gesetzt, als Mike hörte, wie Wilhelmina rief.

„Mr Dolan. Halt! Warten Sie! Bitte!" Sie rannte die Auffahrt hinunter zu seinem Wagen und kramte gleichzeitig in ihrer Handtasche. „Warten Sie, ich will Ihnen etwas geben."

„Kommt nicht infrage, Professor. Ich will kein Geld."

„Aber … aber …"

„Sie schulden mir gar nichts", sagte er und lehnte sich aus dem offenen Fenster. „Das heute war meine Einladung. Bis bald!" Mike ignorierte ihren lautstarken Protest, bog mit dem Pick-up auf die Straße und fuhr davon.

Am folgenden Tag verspätete Wilhelmina sich zum Gottesdienst. Ihre Gallenblase hatte die ganze Nacht gegen die Pommes frites gekämpft, deshalb hatte sie nicht gut geschlafen. Als der Wecker klingelte, gelang es ihr nur mit Mühe, sich aus dem Bett zu erheben und anzuziehen. Woher sollte sie nur die Kraft zum Orgelspielen nehmen?

Als sie vor Carols Haus hielt, um sie abzuholen, wartete ihre Freundin schon am Gehweg auf sie. Wilhelmina wappnete sich für einen Tadel, aber Carol stieg ein, ohne ein Wort zu sagen. „Guten Morgen, Carol. Tut mir leid, dass ich spät dran bin."

Sie erhielt keine Antwort. Stattdessen sah Carol sie merkwürdig von der Seite an, so als hätte Wilhelmina noch Lockenwickler im Haar. Wilhelmina warf einen kurzen Blick in den Rückspiegel. „Was ist denn", fragte sie ärgerlich. „Warum siehst du mich so an?"

„Ich kann es einfach nicht fassen!", sagte Carol. „Gestern Abend habe ich die Lokalnachrichten eingeschaltet und da habe ich dich gesehen! Ausgerechnet mit einem *Drachen!*"

„Ach, komm schon, Carol. Ich war in den Nachrichten. Na und?"

„Ich habe ja meinen Augen nicht getraut! Wir sind seit Ewigkeiten befreundet und noch nie habe ich erlebt, dass du einen *Drachen* hast steigen lassen."

„Du tust ja gerade so, als hätte ich einen Mord begangen.

„Du lieber Himmel, Wilhelmina! Das ist doch etwas für Kinder! Was hat dich nur geritten, bei einem Drachenwettbewerb mitzumachen?"

Mike Dolan. Er war der Grund für das alles. Wilhelmina dachte daran, wie er wieder ohne die Traktate davongefahren war und ihre Gereiztheit verwandelte sich in Zorn. „Ich hatte einen sehr guten Grund, in den Park zu gehen, und den Wettbewerb habe ich zufällig gewonnen. Das ist alles. Ich habe nicht vor, eine Karriere daraus zu machen. Können wir jetzt von etwas anderem reden?"

„In Ordnung, aber …" Carol starrte sie noch immer an.

„Aber was?"

„Das sieht dir so gar nicht ähnlich, Wilhelmina. Und du hast mich noch nie so spät abgeholt. Bist du sicher, dass alles in Ordnung ist?"

„Jedenfalls werde ich nicht senil, wenn du das damit andeuten willst. Ich bin in den Park gegangen, um jemandem zu helfen …"

„Wem denn?"

„Das spielt doch keine Rolle. Ich hatte nicht vor, bei dem Wettbewerb mitzumachen. Aber jetzt bin ich froh, dass ich es getan habe. Denn es hat Spaß gemacht." Dieses Geständnis überraschte sie selbst.

Den Rest des Weges legten sie schweigend zurück, während Carol ihr gelegentlich einen verstohlenen Blick zuwarf. Wilhelmina ließ Carol im Foyer der Gemeinde zurück und eilte zum Probenraum hinauf, in dem das Ansingen des Chores stattfand, zu dem sie bereits einige Minuten zu spät kam. Die Chormitglieder waren in ihre Gewänder gekleidet und hörten dem Chorleiter zu, einem ehemaligen Kollegen von Wilhelmina aus dem College. Sie versuchte, sich unbemerkt hineinzuschleichen, aber als sie die Tür aufmachte, verstummte der Chorleiter mitten im Satz. Sogleich waren alle Blicke auf sie gerichtet.

„Ah, da sind Sie ja, Professor Brewster. Ich habe dem Chor gerade von Ihrer neuen Ruhestandkarriere erzählt.“ Der Dirigent faltete die Morgenzeitung auseinander und hielt eine Fotoseite von dem Drachenwettbewerb hoch. Die ungläubigen Blicke von 42 Sängerinnen und Sängern durchbohrten Wilhelmina. Es war, als hätte man sie verhaftet, weil sie nackt durch den Park gelaufen war. Schließlich pinnte der Chorleiter den Artikel ans Schwarze Brett, sodass jeder ihn sehen konnte.

„Den ersten Platz, Professor! Gut gemacht! Wollen Sie uns an dem Geheimnis Ihres großen Erfolges teilhaben lassen?“

Sie hörte Gelächter und der erste Tenor, ebenfalls ein ehemaliger Kollege, hielt sich die Hand vor den Mund, um ein spöttisches Grinsen zu verbergen. Wilhelmina wünschte, sie hätte nie eingewilligt, Mike Dolan zu begleiten.

„Ich möchte lieber nicht darüber reden“, sagte sie.

„Ach, ich verstehe. Die Geheimnisse der Drachenflieger-Gilde können Sie nicht so einfach weitergeben, was?“ Der Chor brach in lautes Gelächter aus.

Noch nie im Leben hatte Wilhelmina sich so gedemütigt gefühlt. Für gewöhnlich hatten ihre Kollegen großen Respekt vor ihr und beglückwünschten sie zu ihren Leistungen, anstatt sich darüber lustig zu machen. Die Andeutung, dass

Drachen steigen zu lassen ihr neuer Beruf sei, verletzte sie am meisten. Sie setzte sich mit aller Würde, die sie aufbringen konnte, ans Klavier und weigerte sich, auf die grausamen Sticheleien des Chorleiters zu reagieren.

Später, als der Chor zum Gottesdienst in den Kirchenraum einzog, hörte Wilhelmina die geflüsterten Kommentare: „Wer hätte das gedacht! … Das sieht ihr aber gar nicht ähnlich! … Kannst du dir das vorstellen?“ Wilhelmina wäre den spöttischen Blicken und Bemerkungen am liebsten entflohen.

Der Gottesdienst war eine einzige Katastrophe. Wilhelmina spielte das Orgelvorspiel so rasant, dass Pastor Stockman kaum Zeit hatte, zu seinem Stuhl zu gelangen, bevor er aufspringen und die Kanzel betreten musste. Beide Choräle begleitete sie zu schnell, sodass die Gemeinde kaum mitkam, und auch beim Chorstück wählte sie ein zu großes Tempo. Der Chorleiter wedelte verzweifelt mit den Armen, damit sie langsamer spielte. Und die ganze Zeit dachte Wilhelmina an Mike Dolan. Das war alles seine Schuld. Noch einmal sah sie in Gedanken ihren würdelosen Sprint über die Auffahrt vor sich, während sie wie eine Verrückte die Traktate schwenkte, und schloss beschämt die Augen.

Warum setzte Gott sie dieser öffentlichen Demütigung aus? Sie versuchte doch nur zu tun, was er befohlen hatte. Würde er sie noch weiter erniedrigen, wie bei den zehn Plagen in Ägypten, bevor Mr Dolans Seele endlich ins verheißene Land einziehen konnte? Während des letzten Liedes trat sie in die Orgelpedale, als wären sie für ihre Schande verantwortlich.

Rette die Elenden, liebe die Sterbenden,
reiße sie gnädig aus Sünde und Tod …

Wie sollte sie das tun? Jedes Mal, wenn sie sich etwas überlegt hatte, schien alles schiefzulaufen. Sie zog die meisten

Orgelregister heraus, als sie die letzte Strophe anstimmte, so dass sogar die Bleiglasfenster klirrten.

Rette die Elenden, so ist's geboten,
Gott wird dir geben, was du dazu brauchst …

Und was war mit der öffentlichen Demütigung? Gab es auch eine Strophe darüber? Als das Lied zu Ende war, war es Wilhelmina gelungen, den Chor vollständig zu übertönen. Der Chorleiter kochte, aber Wilhelmina war es egal. Als sie ihr Orgelnachspiel beendet hatte und der Gottesdienstraum sich geleert hatte, beschloss sie, nicht in den Probenraum zurückzugehen, um sich noch weiterem Spott auszusetzen. Sie versuchte, durch eine Seitentür auf den Parkplatz zu entfliehen, als sie Pastor Stockman in die Arme lief, der den Zeitungsartikel schwenkte. Wilhelmina stöhnte.

„Sieh mal einer an, Miss Brewster! Was für eine Überraschung, Sie in den Nachrichten zu sehen. Ich wusste, dass Sie viele Gaben haben, aber ich hatte keine Ahnung, dass Sie so erfolgreich Drachen steigen lassen."

„Also … ja, ich …"

„Ich freue mich, dass Sie Ihren Ruhestand genießen." Er strahlte sie an und tätschelte ihren Arm, als wäre sie ein Kind, dann eilte er davon.

Die Ironie seiner letzten Bemerkung war der Tropfen, der das Fass zum Überlaufen brachte. Sie kämpfte gegen die Tränen an. Nein, sie genoss ihren Ruhestand nicht. Ihr Leben war sinnentleerter und einsamer, als sie es in Worte fassen konnte. Einige Minuten lang hatte sie an dem einfachen Drachen ihre Freude gehabt, hatte ihre öde Existenz vergessen können und jetzt sahen alle es als eine Farce an, so als hätte sie das Drachensteigenlassen als neuen Beruf gewählt, um ihr über das Fehlen des Unterrichts an der Uni hinwegzuhelfen. Warum machten sich alle darüber lustig, anstatt es als das zu betrachten, was es in Wirklichkeit war – ein tragischer Kommentar über die Sinnlosigkeit eines erzwungenen Ruhestandes?

Sie setzte sich in ihren Wagen und wartete auf Carol. Sie gehörte immer zu den Letzten, die das Gemeindehaus verließen, weil sie Angst hatte, sie könnte ein besonders pikantes Stück Tratsch verpassen. Als sie endlich da war, plapperte Carol mehrere Minuten lang über das neue Baby der Powers und den ältesten Sohn der Baldwins, bevor sie schließlich auf die größte Nachricht des Tages zu sprechen kam.

„Aber *du* warst heute das Hauptthema der Unterhaltungen, meine Liebe. Du und dein *Drachen*wettbewerb."

„Warum machen alle aus einer Mücke einen Elefanten?", wandte Wilhelmina müde ein. „Das verstehe ich nicht."

„Na ja, Wilhelmina, das sieht dir einfach so gar nicht ähnlich."

„Wenn ich das noch einmal höre, schreie ich."

„Wenn du nicht willst, dass die Leute über dich tratschen, hättest du so etwas nicht tun sollen."

„Seit wann ist es denn ein Verbrechen, einen Drachen steigen zu lassen?"

„Das habe ich ja gar nicht gesagt, aber in unserem Alter … du weißt schon …" Carol machte sich gar nicht erst die Mühe, ihren Satz zu vollenden.

Wilhelmina umklammerte das Lenkrad noch fester, während sie fuhr, und bemühte sich krampfhaft darum, dass sie nicht die Beherrschung verlor. Aber Carol sagte nichts mehr, bis sie vor ihrem Haus angekommen waren.

„Danke fürs Mitnehmen … und versuch, dich ein bisschen auszuruhen, meine Liebe. Du bist in letzter Zeit gar nicht du selbst." Als Carol die Wagentür schließen wollte, hielt Wilhelmina sie zurück.

„Carol. Eins will ich dir sagen: Es hat unbändigen Spaß gemacht, diesen Drachen steigen zu lassen. Und ich bereue es nicht, dass ich mich darauf eingelassen habe, auch nicht in meinem Alter." Carol verdrehte die Augen und schlug schnell die Tür zu, so als könnte Wilhelminas Verrücktheit ansteckend sein.

Als Wilhelmina zu Hause ankam, schien ihr das Haus kalt und sehr, sehr groß – größer als vorher. Ihr Blick fiel auf den Pokal, der auf dem Küchentisch stand. Dort hatte sie ihn am Abend zuvor abgestellt. Sie nahm ihn in die Hände und dachte daran, wie es sich angefühlt hatte, als die Drachenschnur so gespannt war, als wolle der Drachen sich befreien. Mr Dolan hatte recht gehabt – ihr Herz war mit dem Drachen in den Himmel hinaufgestiegen. Und einen kurzen Augenblick lang hatte es weit über der Erde geschwebt, nur gebunden an den Himmel.

Es war ein so unschuldiges Vergnügen gewesen, so ein einfacher, gewöhnlicher Akt. Warum hatten alle sie ausgelacht? Ihre Kollegen hatten sie schockiert angesehen, als hätte sie etwas getan, das überhaupt nicht ihrer Persönlichkeit entsprach. War ihr Leben so vorhersehbar, so langweilig, dass etwas ganz Normales wie einen Drachen steigen zu lassen außergewöhnlich wirkte, wenn sie es tat? Plötzlich sah sie sich in den Reaktionen der anderen so, wie sie wirklich war. Wilhelmina Brewster war keine Frau, die sich ein Vergnügen gönnte.

„Ich bin eine Langweilerin", sagte sie laut, und obwohl sie wünschte, es wäre nicht wahr, wusste sie, dass es stimmte. Niemand, der Mike Dolan kannte, hätte sich darüber gewundert, wenn er den Wettbewerb gewonnen hätte. Mike genoss das Leben in vollen Zügen – das, was ihm noch davon blieb.

Sie musste an ihre gescheiterten Versuche denken, ihm die Traktate zu geben, während sie sich an das düstere Bild erinnerte, das dem Ungläubigen Höllenqualen prophezeite.

Dann sah sie sich selbst – Wilhelmina, die hochnäsige Langweilerin –, die dem freundlichen, lächelnden, sterbenden Mr Dolan dieses Heft überreichte. Entschlossen schnappte sie sich ihre Handtasche, nahm die beiden Hefte heraus und zerriss sie in winzige Fetzen, und es war ihr sogar egal, dass die Schnipsel wie Konfetti auf ihrem Küchenfußboden landeten.

„Lieber Gott", flüsterte sie, „ich will nicht so sein!"

Wann hatte sie aufgehört, das Leben zu genießen? Oder hatte sie es überhaupt jemals getan? Ihr ganzes Leben war streng geregelt und strukturiert gewesen, die Pflicht immer im Mittelpunkt und ohne jeden Raum für Spontaneität. Wilhelmina nahm erneut den Pokal in die Hände, den einzigen Preis, den sie für etwas bekommen hatte, das nichts mit Musik zu tun hatte, und ging damit ins Wohnzimmer, während sie die Trophäe wie einen heiligen Gegenstand vor sich hertrug. Dann räumte sie einen Platz mitten auf dem Kaminsims frei, schob die antike Marmoruhr ihrer Großmutter zur Seite und stellte den bunten Pokal an ihre Stelle. Anschließend trat sie einen Schritt zurück, um das Ergebnis zu betrachten, und durch die Tränen hindurch lächelte sie zögernd.

5

Freitag, den 25. September 1987

Wilhelmina klingelte an der Tür ihres Bruders und wartete. Die Fahrt nach New Haven war ihr länger vorgekommen als sonst, aber ein Abend mit ihrem dynamischen jüngeren Bruder würde die anstrengende Fahrt mehr als aufwiegen. Sie war in der Hoffnung hergekommen, Peter könnte ihr einen guten Rat für das Problem geben, das sie die ganze Woche in ihrem Herzen bewegt hatte.

Mit dem üblichen Überschwang riss Peter die Tür auf und ergriff ihre beiden Hände. „Mina! Wie schön, dich zu sehen! Komm rein, komm rein!" Er lächelte sein breites, warmherziges Lächeln, das Wilhelmina so sehr an ihre Mutter erinnerte. Mit seinem hellen Teint und dem rötlich blonden Haar und Bart sah Peter der skandinavischen Seite der Familie, also Mutters Seite, sehr ähnlich. Auch sein Lächeln erinnerte sie an ihre Mutter, beruhigend und herzlich, mit einer winzigen Lücke zwischen den vorderen Schneidezähnen. Wilhelmina hatte die strengen, puritanischen Züge ihres Vaters geerbt.

Sobald sie die Wohnung betrat, fühle sie, wie der herzhafte Duft aus der Küche ihrer Schwägerin ihr das Wasser im Mund zusammenlaufen ließ. Während sie über das Wetter und den Verkehr in New Haven plauderten, erfreuten Wilhelminas Augen sich an den geschmackvoll eingerichteten Räumen. Peter war Professor in Yale und seine geräumige Wohnung war bequem in die altmodische Architektur der Universität integriert und hatte hohe, bogenförmige Fenster mit Bleiglas, breite goldene Eichenbalken und einen weißen

Kaminsims aus importiertem italienischem Marmor. Es war nicht die Art Unterkunft, die man Menschen mit einem gewöhnlichen Geschmack anvertraute, deshalb hatte Peter eine professionelle Innenarchitektin angeheuert, die mit echten Gemälden und europäischen Antiquitäten die gewünschte Wirkung erzielt hatte.

Peters Frau Janice kam aus der Küche geschwebt und berührte Wilhelminas Wangen hauchzart mit den Lippen. Ihre Armreifen und -bänder klirrten leise, wenn sie sich bewegte.

„Wie geht es dir, meine Liebe? Wir sind ja so froh, dass du beschlossen hast, uns zu besuchen." Sie war schlank und sehr modebewusst, eine Frau, die Peter bei Universitätsfeiern stolz an seiner Seite präsentieren konnte, eine sensationelle Gastgeberin und eine Expertin in Universitätspolitik.

Sie gingen alle in das elegante Speisezimmer, um das Essen einzunehmen, das Janice als „eine Kleinigkeit" bezeichnet hatte. Janes Vorstellung von einer Kleinigkeit zu essen waren mit Krebsfleisch gefüllte Muscheln, frische Spargelcremesuppe, Salat aus Brunnenkresse und Endivien und ein Schweinefleischragout mit Kastanien.

Während sie aßen, erzählte Peter von seinem aktuellen akademischen Nachwuchs und seinen Kursen und Janice brachte Wilhelmina auf den neuesten Stand, was ihre zwei Kinder und fünf Enkel betraf. Als sie den Käsekuchen, den es zum Dessert gab, zu sich genommen hatten, tranken sie in Peters Arbeitszimmer Kaffee. Es war ein gemütliches Herrenzimmer mit einer Täfelung aus Walnussholz und weichen Ledersofas und -sesseln. Eine massive Regalwand voller Bücher zog sich über eine gesamte Seite des Raumes. Peters antiker Schreibtisch war unter Bergen von Papier und einem ausladenden Computer kaum zu sehen.

„Dies ist das einzige Zimmer, in dem Janice mir erlaubt, nach dem Essen meiner Pfeife zu frönen", sagte Peter. Er sank in seinen Lieblingssessel und begann, mit Tabak und Pfeifenutensilien zu spielen. Normalerweise verbrachte er mehr Zeit mit den Vorbereitungen als mit dem eigentlichen Rauchen und Wilhelmina hatte den Verdacht, dass Peter diese Rituale eher vollführte, weil sie zu seinem Image als Professor passten, und weniger, weil er von Nikotin abhängig war.

„Und wie läuft es am guten alten Faith College?", fragte er, als seine Pfeife endlich brannte.

Wilhelmina starrte ihn an. „Du weißt doch, dass ich jetzt im Ruhestand bin, Peter."

„Aber doch nicht ganz, oder? Ich dachte, du wolltest nur die Stunden reduzieren."

„Das wollte ich ja auch, aber dann ist es anders gekommen." Sie hoffte, ihre Stimme würde nicht zittern und sie verraten. „Ich bin im Frühjahr aus meinem Büro ausgezogen, und seitdem habe ich von keinem mehr etwas gehört."

Peter hätte beinahe seine Pfeife fallen lassen. „Was?!"

„Natürlich überweisen sie mir jeden Monat meine Pension."

„Was ist dann da los?", fragte er streng und erhob sich aus seinem prall gepolsterten Sessel. „Ich rufe gleich Dekan Bradford an." Er machte einen Schritt auf das Telefon zu, das auf seinem Schreibtisch stand.

„Nein, Peter. Das ist nicht nötig."

„Schließlich haben die Brewsters das College zu dem gemacht, was es heute ist. Darum können sie dich nicht einfach so rauswerfen!"

„Hör mir zu, Peter. Wie könnte ich den anderen in die Augen sehen, wenn ich um meinen Job betteln und mich dabei auf mein Familienprivileg berufen müsste?"

„Aber sie haben nicht das Recht …"

„Ich weiß, ich weiß. Zuerst war ich auch wütend. Aber

jetzt ist es in Ordnung. Wirklich. Ich bin im Ruhestand und kann mich nun anderen Dingen widmen."

„Möchte noch jemand Kaffee?" Janice hasste jede Art von Konflikt, ob echt oder eingebildet, und Wilhelmina erkannte an dem leisen Klirren, dass ihre Schwägerin die Hände rang. Peter machte eine abwehrende Handbewegung.

„Hör mal, ich kenne dich doch, Mina. Dieser Job war dein Leben. Du kannst nicht einfach von einem Tag auf den anderen deinen Beruf verlieren und mir erklären, das sei so in Ordnung und du hättest etwas anderes gefunden, was du nun tun kannst. Was sonst *kannst* du denn tun?"

Die Wahrheit tat weh. Wilhelmina traten die Tränen in die Augen und sie war wütend. Auf sich selbst. Weil sie ihrem Bruder ihre Schwäche offenbarte. Weil das Bild einer starken, unabhängigen Frau, das er von ihr hatte, beschädigt war. „Vergiss es einfach, in Ordnung, Peter?"

„In Ordnung. Tut mir leid, Mina. Ich wollte dich nicht brüskieren."

„Versprich mir, dass du dich da raushältst."

„Wenn es das ist, was du willst." Er seufzte und sank wieder in seinen Sessel. „Und ich habe gut reden. Schließlich ist es bei mir in drei Jahren auch so weit."

„Was willst du dann machen?" Wilhelmina war froh, dass sie nun ein anderes Thema hatten, auf das sich seine Aufmerksamkeit richtete.

Peter zeigte auf die überfüllten Regale hinter ihm. „Die nächsten zwanzig Jahre werde ich damit beschäftigt sein, all die Bücher zu lesen, die ich lesen will. Und in meinem Kopf fliegen mindestens acht oder neun Bücher herum, die ich selber schreiben will. Ein befreundeter Lektor bei Yale Press drängt mich schon, eins davon in diesem Sommer zu schreiben."

„Und wir wollen auch mehr Zeit mit den Kindern verbringen“, fügte Janice hinzu. Sie schien erleichtert zu sein, dass sie wieder über neutralere Themen sprachen. „Und mit unseren Enkeln natürlich auch. Wie läuft deine Arbeit bei der Krebshilfe? Bist du dort immer noch aktiv?“

„Seit diesem Jahr bin ich im Vorstand. Und meine Freundin Carol hat mich dazu überredet, in diesem Herbst bei der Hospizgesellschaft mitzuarbeiten. Was mich zu einem der Gründe führt, warum ich mir dir sprechen wollte, Peter.“

„Ach ja? Worum geht es denn?“ Er beugte sich aufmerksam vor, während er kleine duftende Rauchwolken ausatmete.

„Einer der unheilbar kranken Patienten, die ich kennengelernt habe, hat mir anvertraut, dass er nicht warten will, bis der Krebs ihn umbringt. Er hat vor, sich selbst zu töten.“ Janice sog hörbar die Luft ein. „Ich weiß nicht ... was meinst du, Peter? Ist das so verwerflich?“

„Aus einer christlichen Perspektive? Ja, natürlich. Auf jeden Fall.“

„Das dachte ich zuerst auch. Aber in letzter Zeit bin ich mir nicht mehr so sicher. Er hat gesagt, dass er sowieso sterben wird, wieso ist es dann so wichtig, wann oder wie? Er will seiner Familie eine Menge Kummer ersparen. Du weißt ja, wie schrecklich es sein kann, wenn man an Krebs stirbt. Erinnerst du dich daran, wie sehr Mutter gelitten hat? Und wie schwer es für uns war, sie so sterben zu sehen? Er hat drei kleine Enkel, die ihn von Herzen lieben. Ist es falsch, dass er sie vor diesem Leid beschützen will?“

„Ich hole noch Kaffee.“ Janice schlüpfte zur Tür hinaus, während ihre Armreifen leise klirrten.

„Bist du dir sicher, dass es ihm nur um seine Familie geht und er nicht versucht, sich selbst das Leid zu ersparen?“, fragte Peter. „Vielleicht sucht er einen einfachen Ausweg.“

„Das könnte ich ihm nicht einmal vorwerfen. Du etwa?

Die Leute sagen, eine Selbsttötung sei der Ausweg eines Feiglings, aber ich glaube, es wäre eine Menge Mut nötig, um das eigene Flugzeug in einen Berg zu lenken."

„Das hat er also vor?"

„Etwas in der Art."

Peter seufzte und legte seine Pfeife beiseite. „In der Bibel steht, dass alles seine Zeit hat – es gibt eine Zeit, geboren zu werden, und eine Zeit zu sterben. Wir haben nicht das Recht, den Zeitpunkt unseres Todes oder die Todesart zu bestimmen. Das ist allein Gottes Entscheidung. Unsere christliche Tradition lehrt, dass Selbstmord Sünde ist, egal, unter welchen Umständen. Aber manchmal sind Christen verwirrt, weil im Philipperbrief auch steht, dass der Tod für einen Gläubigen ein Gewinn ist und es viel besser ist, bei Christus zu sein. Die Bibel fordert uns also auf, uns darauf zu freuen."

„Das ist das andere Problem. Er ist kein Christ."

„Dann wird er dem Leid nicht entgehen, auch wenn er sich umbringt." Peter zögerte. „Aber was hat das mit dir zu tun, Mina? Ich dachte, du hättest nur auf der Verwaltungsebene mit dem Beratungszentrum zu tun. Mir war nicht klar, dass du mit Patienten Kontakt hast."

Etwas an Peters Einstellung ärgerte Wilhelmina. Sein Tonfall war abschätzig, so als wäre es äußerst geschmacklos, mit Patienten auf einer persönlichen Ebene zu tun zu haben. Aber dann wurde ihr bewusst, dass sie bis vor Kurzem selbst so empfunden hatte. Bis sie die Bekanntschaft mit Mike Dolan gemacht hatte.

„Ich weiß nicht, wie es dazu kam, aber jetzt kenne ich diesen Mann persönlich. Er ist sehr nett, aber er ist kein Christ. Ich würde gerne mit ihm über Gott reden, aber ich weiß nicht, wo ich anfangen soll. Das ist ein schreckliches Geständnis von jemandem, der schon beinahe sein ganzes

Leben lang Christ ist, aber es stimmt. Ich hatte gehofft, du könntest mir helfen. Wie überzeugt man einen Menschen davon, an die Existenz Gottes zu glauben?“

„Ah! Christliche Apologetik! Das ist eines meiner Lieblingsthemen.“ Während er in seine Rolle als Professor schlüpfte, konnte Peter nicht sitzen bleiben. Er erhob sich und verlor sich schon bald in seinem Thema, während er seinen Vortrag begann. „Die Argumente für die Existenz Gottes kann man in drei Kategorien zusammenfassen. Erstens ist der Glaube an die Existenz Gottes intuitiv; sowohl notwendig als auch allgemein. Und Kant zufolge sind dies die unfehlbaren Voraussetzungen, um reines von empirischem Wissen zu unterscheiden. Dass er allgemein ist, zeigt die Tatsache, dass selbst primitive Kulturen an ein oder mehrere höhere Wesen glauben, auch wenn es primitive Gottheiten sind. Und notwendig ist er insofern, als wir den Gesetzen unserer eigenen Natur nicht gerecht würden, wenn wir die Existenz Gottes leugneten.“

Peter war jetzt richtig in Form und er schritt im Raum auf und ab und dozierte, als hätte er einen Hörsaal voller Studenten vor sich. Manchmal hatte er die Hände auf dem Rücken, während er sprach, manchmal legte er die Fingerspitzen unter seinem Kinn zusammen, manchmal machte er ausladende Gesten.

„Zweitens wird die Existenz Gottes von der Heiligen Schrift als wahr angenommen. Nirgends in der Bibel findet man eine wissenschaftliche Erörterung, die das Dasein eines göttlichen Wesens infrage stellt. Vielmehr wird seine Existenz vorausgesetzt und die Bibel erzählt von den allgemeinen und spezifischen Formen, in denen dieser Gott sich den Menschen offenbart.“

Er machte eine Pause, so als wollte er Wilhelmina Zeit geben, alles in ihr Notizbuch zu schreiben. Das jahrelange

Unterrichten hatte ihn den Rhythmus perfektionieren lassen, der dem Schreibtempo seiner Studenten entsprach.

„Drittens kann der Glaube an die Existenz Gottes durch rationale Argumente untermauert werden. Das sind allerdings keine empirischen Beweise, denn Gott, der ein Geist ist, kann nicht bewiesen werden, wie es in der materiellen Welt der Fall ist. Es gibt jedoch fünf rationale Argumente und zusammen genügen sie, um dem Glauben ein starkes Fundament zu geben."

Während Wilhelmina zuhörte, musste sie an ihren Vater denken. Von den drei Brewster-Kindern war Peter ihrem Vater am ähnlichsten. Nicht dem Aussehen nach, sondern in seiner Fähigkeit, klar und logisch zu denken, und in seinem ausgezeichneten Intellekt. Vater liebte natürlich alle seine drei Kinder, aber am stolzesten war er wahrscheinlich auf Peter – einen Professor für Religionswissenschaften in Yale mit einem Doktortitel in Philosophie und in Theologie.

„Das kosmologische Argument entwickelt sich aus der Annahme, dass es für alles einen Grund gibt, das sogenannte Kausalitätsprinzip; für alles, was beginnt, muss es einen angemessenen Grund geben. Dass das Universum entstand, führt notwendigerweise zu dem Schluss, dass es einen angemessenen Grund für seine Schöpfung gegeben haben muss."

Eine Menge von dem, was Peter sagte, kam Wilhelmina irgendwie bekannt vor. Wie oft hatte sie ihren Vater im Laufe der Jahre so auf- und abschreiten sehen, während er die Argumente für die Existenz Gottes vor seinen Studenten dargelegt hatte? Wie sie ihren Vater liebte! Nicht mit der herzlichen, offen gezeigten Zuneigung, die Mikes Enkel ihrem Großvater entgegenbrachten; Vater war beinahe wie eine gottähnliche Gestalt für sie – jemand, den sie mit ehrfürchtigem Respekt betrachtete und dem sie gehorchte, weil sie Angst davor hatte, seine Anerkennung zu verlieren. Er verlangte viel von seinen Kindern, aber er würdigte ihre Leistungen immer mit Anerkennung und Lob.

„Dann gibt es das teleologische Argument, bei dem es um den Design-Ansatz geht, der die Ordnung und intelligente Absicht im Universum anerkennt …"

Wilhelmina konnte sich kaum noch überwinden, ihren Vater zu besuchen. Inzwischen war er 89 Jahre alt und im Pflegeheim untergebracht. Sein letzter Schlaganfall hatte alle noch verbleibende Ähnlichkeit mit dem Vater, den sie liebte und kannte, weggewischt. Er war teilweise gelähmt, beinahe blind und konnte nicht einmal seine grundlegendsten Bedürfnisse selbst versorgen. Der brillante Geist, den sie geliebt und bewundert hatte, war verloren, vor ihr verschlossen durch den Zusammenbruch von Blutgefäßen und Nerven. Manchmal erkannte er sie, wenn sie ihn besuchte, aber meistens war sie ihm fremd und er ihr ebenfalls. Sein Körper wurde durch die Wunder der Medizin am Leben erhalten, aber die Persönlichkeit, der Geist ihres Vaters war ihr für immer genommen. Es war dasselbe Dilemma, vor dem Mike stand – warum sollte man versuchen, ein Leben zu verlängern, das in Wirklichkeit ein lebendiger Tod war?

„Als Nächstes ist das ontologische Argument zu erwähnen, das besagt, schon die Idee eines Gottes sei ein Beweis für seine Existenz und …"

„Peter."

„Ja …?" Er sah sie überrascht an, beinahe so, als hätte er ganz vergessen, dass jemand ihm zuhörte.

„Tut mir leid, wenn ich dich unterbreche, aber das werde ich mir niemals alles merken können. Ist es noch viel?"

„Also, da sind noch das moralische Argument und das Kongruenzargument. Aber ich kann dir Bücher geben, in denen all das erklärt wird, dann kannst du es selbst nachlesen."

Er ging an die Regale und zog mehrere dicke, in Leder

gebundene Bände heraus. „Hier sind einige Vorlesungen in Systematischer Theologie und etwas christliche Apologetik ... Und ich tu noch etwas Kant und Hume dazu, um die Sache abzurunden." Dann baute er zu ihren Füßen einen beeindruckenden Bücherstapel auf.

„Ich weiß das wirklich zu schätzen, Peter."

„Kein Problem." Er ließ sich in seinen Sessel fallen und wandte sich wieder seiner vernachlässigten Pfeife zu.

„Warst du in letzter Zeit bei Vater?", wollte Wilhelmina wissen.

„Weißt du, ich hatte es immer vor, aber irgendwie schaffe ich es nicht."

„Wir schicken ihm ab und zu kleine Karten", sagte Janice. Sie war mitten in Peters Vortrag mit einer Kanne Kaffee wieder in den Raum gekommen. „Und jede Woche einen frischen Blumenstrauß, um ihn aufzumuntern."

„Ich habe ein Tutorium über philosophische und christliche Ethik für Stipendiaten übernommen, das nimmt ziemlich viel Zeit in Anspruch", erklärte Peter, wobei er den Blickkontakt mit Wilhelmina vermied. Er tat noch etwas Tabak in seine Pfeife und presste ihn zusammen. „Wie geht es Vater?"

„Eigentlich so wie immer. Vielleicht ein bisschen schlechter. Der Arzt sagt, sein Herz sei in Ordnung, aber sein Gehirn ... Die meiste Zeit befindet er sich in einer anderen Welt. Sehr verwirrt." Es folgte ein verlegenes Schweigen. „Glaubst du, er würde so weiterleben wollen, wenn er die Wahl hätte?", fragte Wilhelmina leise. „Würde er wollen, dass man ihn unbegrenzt am Leben erhält, ihn seines Verstandes und seiner Würde beraubt?"

„Jetzt bist du wieder bei der Frage, über die wir vorhin sprachen, und bei deinem Freund mit dem Flugzeug. Noch einmal: Unser Glaube lehrt, dass es Sünde ist, Leben und Tod in die eigenen Hände zu nehmen."

„Aber ist es Sünde, eine medizinische Behandlung zu verweigern, wenn sie nur unser Leben verlängert, uns aber nicht heilt? Was ist der nächste Schritt für Vater … intravenöse Ernährung, künstliche Beatmung, Herzschrittmacher, Wunderdrogen? Sie halten seinen Körper vielleicht am Leben, aber Vater ist längst nicht mehr da, Peter. Wir haben ihn verloren. Vielleicht sagt Gott ja: ‚Lasst ihn sterben', und wir nehmen den Tod in die eigenen Hände, indem wir ihn am Leben erhalten."

„Wir müssen klar unterscheiden zwischen der Verlängerung von Leben und der Hilfe zum Tod. Es ist Sünde, den Prozess des Todes zu beschleunigen, nur um Leid zu lindern oder weil es der Familie besser passt oder weil die Krankenversicherung nicht mehr zahlt. Aber das ist etwas anderes als sich gegen eine künstliche Beatmung bei Patienten zu entscheiden, deren Tod naht und unvermeidlich ist. Dem Buch Prediger folgend hat Gott einen Zeitpunkt festgelegt, an dem Vater sterben wird. Wir können diesen Prozess nicht abkürzen, nur weil wir glauben, Vaters gegenwärtige Existenz sei es nicht wert, verlängert zu werden."

„Müssen wir denn unbedingt über solch schreckliche Dinge reden?", warf Janice ein. „Komm schon, wir sehen Wilhelmina doch nicht oft, da wollen wir den netten Besuch nicht verderben."

„Du hast recht, Liebling", sagte Peter. „Was würdest du denn heute Abend gerne unternehmen, Mina? In Yale gibt es ein Sinfoniekonzert, glaube ich. Janice, du könntest doch bei der Abendkasse anrufen und fragen, ob es noch Karten gibt."

„Nein, bitte macht euch keine Umstände", protestierte Wilhelmina. „Ihr müsst mit mir nirgendwo hingehen. Ich bin mir nicht sicher, ob mir nach einem Konzert zumute ist."

Doch Janice beachtete sie gar nicht. Ihre Armreifen klirrten, während sie die Nummer wählte. Peter hatte ihren Einwand offenbar auch nicht gehört, denn er kramte in seiner Schreibtischschublade und murmelte: „Ich hatte doch irgendwo das Konzertprogramm … Ah! Da ist es ja. Warte mal … heute Abend geben sie Beethovens Neunte mit dem Chor und Solisten der Universität. Das gefällt dir bestimmt, Mina."

„Sie haben noch Karten", sagte Janice. „Soll ich drei reservieren?"

Wilhelmina wollte nicht gehen. In der Vergangenheit hatte sie eine gute Aufführung als Herausforderung und Anreiz empfunden, aber jetzt, wo die Musik nicht mehr Teil ihres Lebens war, sah sie wenig Sinn darin, ein Konzert zu besuchen. Der Abend würde nur schmerzliche Erinnerungen wecken und sie an ihren Verlust erinnern.

Peter beobachtete sie und schwenkte das Programm vor ihrer Nase. Janice hielt eine Hand über den Hörer und wartete. Wilhelmina seufzte. „Na schön, wenn ihr beide wollt, können wir hingehen."

„Fantastisch! Sag ihnen, sie sollen drei Plätze im Parkett reservieren, Janice. Und vielleicht können wir anschließend noch irgendwo auf einen Kaffee und eine Kleinigkeit zu essen einkehren."

Peter würde etwas sehr Elegantes und Teures aussuchen. Wilhelmina dachte an den Kaffee, den sie mit Mike in dem Donut-Laden getrunken hatte, und sie fragte sich, ob die teleologischen und ontologischen Argumente für die Existenz Gottes wirklich das waren, was Mike brauchte. Vielleicht hätte Vater gewusst, was sie zu Mike sagen sollte und wie sie es sagen könnte, aber Vater konnte ihr nicht mehr helfen.

„Wir sollten zu Fuß gehen", sagte Peter. „Es ist ein herrlicher Abend." Er holte ihre Jacken aus dem Garderobenschrank und schob alle zur Tür hinaus. Aber Wilhelminas

Herz fühlte sich bleiern und müde an, als sie über den von Sternen beschienenen Campus lief.

Mehrere Minuten lang saß Wilhelmina auf dem Parkplatz vor dem Pflegeheim in ihrem Wagen und wappnete sich. Ihren Vater zu besuchen und seine Hilflosigkeit und den Verlust seiner Würde mit anzusehen, deprimierte sie immer. Kein Wunder, dass Peter und Janice sich davor drückten.

Der Aufenthaltsraum in dem Heim, das in kirchlicher Trägerschaft geführt wurde, war freundlich und hell und die hübsche Einrichtung erinnerte an ein heimisches Wohnzimmer. Aber der Geruch von Desinfektionsmitteln und Blumensträußen von der letzten Beerdigung machten diese Illusion zunichte. Heute war Besuchstag und beinahe alle Sofas und Sessel waren von Menschen besetzt, die fröhlich mit ihren Angehörigen und Freunden plauderten. Dies waren die älteren Herrschaften, die in den Seniorenwohnungen im Ostflügel wohnten. Vater wohnte im Westflügel. Die Atmosphäre im Pflegetrakt war nicht annähernd so freundlich.

Wilhelmina blieb am Tresen der Station stehen, um mit der Oberschwester zu sprechen. „Guten Tag. Ich wollte nur kurz fragen, wie es meinem Vater geht."

„Ungefähr genauso wie letzte Woche, als Sie hier waren, Professor Brewster. Er hat immer noch Probleme, nachts zu schlafen. Der Arzt wird seine Medikamente anpassen."

„Isst er denn?"

„Sein Appetit war noch nie gut, das wissen Sie ja …" Ein markerschütternder Schrei aus einem der Zimmer unterbrach sie. „Wenn Sie mich kurz entschuldigen wollen?" Die Schwester eilte den gebohnerten Flur entlang, wobei ihre Schuhsohlen leise quietschten.

Die klagenden Schreie folgten Wilhelmina, als sie zum Zimmer ihres Vaters ging. Der Geruch von Desinfektionsmittel und Urin war überwältigend. Sie hasste den Gedanken, ihren Vater an so einem Ort untergebracht zu haben, aber eine andere Möglichkeit gab es nicht.

Er saß zusammengesunken in seinem Rollstuhl und starrte wie immer mit leerem Blick vor sich hin. Wie unangenehm es ihm wäre, wenn jemand ihn so sehen könnte – vertrocknet und schlapp, das Gesicht unrasiert, das Haar fettig und ungekämmt. Er war mit Riemen locker fixiert, als erwarteten die Pflegekräfte, er könnte plötzlich entscheiden, dass er etwas Besseres vorhatte, sich aus seinem Stuhl erheben und weglaufen. Sie band ihn los und beugte sich über ihn, um ihm einen Kuss auf die Wange zu geben.

„Hallo, Vater. Ich bin es … Wilhelmina."

Er blickte auf, aber in seinen Augen leuchtete nichts auf, nichts deutete darauf hin, dass er sie erkannte. Sie hätte eine der Schwestern sein können oder eine ganz Fremde. Zärtlich nahm sie seine Hand in ihre beiden Hände und streichelte sie sanft, während sie mehrere Minuten leise mit ihm sprach, bis ihr irgendwann nichts mehr einfiel, was sie sagen konnte.

Auf seiner Kommode standen Blumensträuße in unterschiedlichen Stadien der Verwesung und fröhliche Gute-Besserung-Karten zierten den Rahmen seines Spiegels. Hatte er sie überhaupt gesehen? Wusste er, von wem sie waren? Warum kam sie überhaupt her? Tat sie es für ihren Vater oder um ihrer selbst willen?

„Vater, weißt du, wer ich bin?", fragte sie. Er antwortete nicht. Plötzlich war es Wilhelmina ganz wichtig, dass er sie erkannte und sie irgendein Zeichen dafür erhielt, dass diese Hülle von einem Mann wirklich ihr Vater war, der Mann, den sie so liebte.

„Gehen wir spazieren", sagte sie. Entgegen den Regeln

schob sie ihren Vater den Gang entlang und hinaus aus dem Pflegebereich mit seinen üblen Gerüchen und dem Schreien der Patienten. Sie wollte so tun, und sei es auch nur kurz, als wäre er wieder er selbst, als würden sie Zeit miteinander verbringen wie die Dutzenden anderen Senioren und ihre Angehörigen.

Der Flur und die Schwesternstation waren menschenleer. Niemand hielt sie auf, als sie ihn in den Aufenthaltsraum schob. Alle Sofas und Sessel waren besetzt, darum schob sie ihn zum Klavier und setzte sich auf den Klavierhocker. „Soll ich etwas für dich spielen, Vater?" Er schien jetzt etwas wacher zu sein, angeregt durch die Bewegung und die Stimmen der Menschen um ihn herum. Sie fing an zu spielen, zuerst ganz leise. Aber schon bald vergaß sie, wo sie war, und spielte lauter, kräftiger, während die Musik sie an einen anderen Ort versetzte. Beethoven. Chopin. Liszt. Sie bemerkte gar nicht, dass die Unterhaltungen verstummt waren und alle ihr zuhörten. Und sie sah auch nicht, dass ihr Vater die Augen geschlossen hatte und eine einzelne Träne über seine Wange lief.

Als ihr schließlich nichts mehr einfiel, was sie spielen konnte, erschreckte der spontane Applaus sie. Sie nickte ein wenig zum Dank. Dann legte Wilhelmina noch einmal die Hände auf die Tasten. Leise, beinahe wie ein Schlaflied, spielte sie den Lieblingschoral ihres Vaters: „Bleib bei mir, Herr". Die Worte gingen ihr durch den Kopf, während sie spielte:

Ganz schnell des Lebens kurzer Tag entweicht,
der Erde Lust wird welk, ihr Glanz verbleicht;
rings starrt Verwesung mir ins Angesicht.
Unwandelbarer, du, verlass mich nicht!

Sie hatte ohne Worte mit ihrem Vater gesprochen und ihm alles erzählt, was ihr Herz so gerne sagen würde, und durch ihre Musik hatte sie ihn berührt. Sie schloss den Deckel über den Tasten und stand auf, um ihn in sein Zimmer zurückzubringen. Aber er sah sie aufmerksam an und bewegte den Mund, als wollte er etwas sagen. Da kniete sie sich neben ihn und nahm seine Hand. Seine Stimme war nur ein Flüstern.

„Meine Mina …“

6

Samstag, den 3. Oktober 1987

Mike klopfte bei seinem Sohn an die Fliegengittertür und trat dann ein. „Jemand zu Hause?"

„Komm rein, Dad", rief Cheryl aus der Küche. „Das Abendessen ist fast fertig. Steve ist zum Laden gegangen, um noch Bier zu holen. Er kommt gleich zurück."

Das bescheidene Haus, in dem es drei Schlafzimmer gab, war gemütlich eingerichtet und wirkte mit seinen abgewetzten Teppichen und karierten Hussen über den Möbeln angenehm bewohnt. Mike streifte seine Arbeitsschuhe ab und machte es sich bequem. Mickey hatte sich unter dem Couchtisch seine Soldatenfiguren aufgebaut und war ihr Befehlshaber. Peter, in militärischer Tarnkleidung, half Luke Skywalker, die Rebellentruppen von ihrer Basis neben dem Fernseher aus zu kommandieren.

„Hey, dieses Wohnzimmer sieht ja aus wie das besetzte Frankreich im Zweiten Weltkrieg", sagte Mike. Vorsichtig bahnte er sich auf Socken einen Weg durch das Schlachtfeld. Er wusste aus Erfahrung, wie weh es tat, auf einen toten Soldaten oder eine vergessene Waffe zu treten, die irgendwo in dem goldfarbenen Langflorteppich verborgen war. Eine Reihe Puppen, Bären und andere Geschöpfe beobachtete den Kampf vom Sofa aus, wo Lori Tee servierte. Sie hielt Mike eine winzige Tasse mit Untertasse entgegen.

„Möchtest du Tee, Grandpa?"

„Liebend gerne." Er schlürfte lautstark den imaginären Tee. „Sagt mal, wer gewinnt denn den Krieg da drüben?"

„Ich", sagte Mickey. „Ich habe eine bessere Luftwaffe."

„Stimmt ja gar nicht!", rief Pete. „Ich hab den Millennium Falcon!"

Die Schlacht ging noch mehrere Minuten weiter, mit fliegenden Raketen und explodierenden Bomben, bis Steve mit einem Sixpack unterm Arm hereinkam.

„Das Essen ist fertig", rief Cheryl aus der Küche.

Alle setzten sich um den vollen Esszimmertisch. Der schwere, fettige Duft von gebratenem Hühnchen lag in der Luft. Für gewöhnlich liebte Mike diesen Geruch, aber heute Abend fand er ihn aus irgendeinem Grund unangenehm. Er hatte ein flaues Gefühl im Magen und hoffte, dass er wenigstens etwas von Cheryls Essen herunterbekam, damit er sie nicht beleidigte. Er nahm nur eine kleine Portion von dem Kartoffelbrei und den Erbsen, dann wählte er ein kleines Hühnerbein von dem Fleischteller.

„Komm schon, Dad, du darfst hier aber mehr als ein Stück Hühnchen essen. Nimm dir noch was." Einladend hielt Steve ihm den Teller hin.

„Ach, das reicht mir erst mal."

„Du wirst ja richtig dünn, weißt du das eigentlich? Meinst du nicht, dass du es mit der Diät ein bisschen übertreibst?"

„Du bist doch nur neidisch. Sieh dir mal den Bierbauch da an."

Steve tätschelte die Rundung über seinem Gürtel. „Ja, ich weiß, ich weiß. Aber ich finde, du solltest wirklich nicht noch mehr abnehmen, Dad. Du siehst ein bisschen kränklich aus."

„Ich lasse nur Platz für den Nachtisch. Da drüben steht nämlich ein Apple Pie, wie ich gesehen habe." Mit jeder Minute fühlte Mike sich elender. Er spielte mit seinem Essen, ohne viel davon zu sich zu nehmen, aber die anderen waren zu sehr mit ihren eigenen Portionen auf dem Teller beschäftigt, um es zu bemerken.

„Mom, Peter nimmt die ganze Sauce", sagte Lori.

„Peter, das langt jetzt, bis du deine Erbsen gegessen hast."

„Gibt es kein helles Fleisch mehr?", wollte Mickey wissen. „Ich hasse das dunkle Fleisch."

„Hör auf zu jammern und iss, was auf deinem Teller ist." Steve stand auf und ging zum Kühlschrank. „Willst du ein Bier, Dad?"

Mikes Magen machte einen Satz, so als wäre er plötzlich auf einen Aufwind getroffen. „Nein danke, für mich nicht." Er nahm sein Hühnerbein, aber als er es gerade zum Mund führen wollte, wurde ihm furchtbar übel und er wusste, dass er sich würde übergeben müssen. Er schob seinen Stuhl zurück und lief schnell zum Badezimmer.

Hinterher fühlte er sich schwach und zittrig. Er schob die Shampooflaschen und Spielzeugboote beiseite und setzte sich auf den Badewannenrand in der Hoffnung, dass der Schwindelanfall sich legen würde. Er war wütend auf sich, weil er vom Tisch hatte wegrennen müssen. Jetzt würde Steve bestimmt wieder Fragen stellen. Einen Augenblick später klopfte es an die Badezimmertür.

„Dad? Alles in Ordnung?"

„Ja, Steve. Mir geht es gut. Iss weiter. Ich komme gleich."

Steve öffnete die Tür. „Dir geht es nicht gut. Sieh dich doch nur an! Du bist ja ganz bleich. Was ist los, Dad? Sag mir die Wahrheit, okay?"

„Nur eine Magen-Darm-Grippe, vermute ich."

„Das hast du neulich beim Hangar auch gesagt, als dir plötzlich schlecht wurde."

„Ja, wahrscheinlich ist es ein Virus, das umgeht. Entweder das oder ich vergifte mich selbst mit meinen mangelnden Kochkünsten. Meine Hunde fressen immer die Reste und denen geht es in letzter Zeit auch nicht so gut." Er versuchte zu lachen, aber an Steves Stirnrunzeln sah er, dass dieser ihm die Geschichte nicht abkaufte.

„Warst du in letzter Zeit mal beim Arzt zur Untersuchung?"

„Was soll das werden, ein Verhör? Aber ich kann dich beruhigen, ich war beim Arzt. Vor ein paar Wochen." Er hoffte, diese Nachricht würde Steve besänftigen.

„Und ...?"

„Und was?"

„Muss ich dir alles aus der Nase ziehen? Was hat er gesagt?"

Mike wollte seinen Sohn nicht anlügen, aber er wollte ihm auch nicht die Wahrheit sagen. „Ich bin immer noch hier, nicht wahr? Du weißt doch, wie die Ärzte sind. Wenn etwas nicht in Ordnung wäre, hätte er mich sofort ins Krankenhaus geschickt. Aber jetzt komm, wir gehen raus."

Steve rührte sich nicht vom Fleck. „Bist du sicher, dass alles in Ordnung war?"

„Du bist schlimmer als eine alte Frau, Steve. Du kannst Dr. Bennett ja selbst anrufen, wenn du mir nicht glaubst." Er hoffte, Steve würde seinen Bluff nicht durchschauen.

„Ich kann jemand anderen fragen, ob er den Flug morgen übernimmt, wenn du nicht fit genug bist."

„Kommt gar nicht infrage! Morgen geht es meinem Magen bestimmt wieder besser. Und jetzt geh und iss weiter." Steve musterte ihn einen Moment lang und begab sich dann widerstrebend zum Tisch zurück. Das Haus schien zu schwanken, als Mike ihm folgte. Er würde seinen Teller nicht leer essen können und auch den Kuchen musste er stehen lassen.

„Tut mir wirklich leid, Cheryl", sagte er. „Das Essen war klasse, aber mir scheint, ich habe mir ein Virus eingefangen. Ich hoffe, du nimmst es mir nicht übel."

„Kein Problem, Dad. Leg dich doch ein bisschen hin."

„Cheryl und ich können auch zu Hause bleiben, wenn dir das Babysitting heute zu viel ist", schlug Steve vor.

„Nein, nein, das geht schon. Die Kinder können ja zur Abwechslung mal mich versorgen." Mike setzte sich vorsichtig in Steves Ohrensessel und stellte die Rückenlehne zurück, so weit es ging. Viel länger würde er den Schein nicht mehr wahren können. Steve hatte bereits Verdacht geschöpft. Je länger Mike wartete, desto größer war die Wahrscheinlichkeit, dass Steve die Wahrheit erfuhr und ihn dauerhaft ins Bett steckte. Mike schloss die Augen, weil er sich mit einem Mal ganz müde fühlte. Sanfte, graue Wolken aus Schlaf hüllten ihn ein. Bald würde er seinen letzten Flug antreten müssen.

Als Mike aufwachte, wusste er nicht, wie lange er geschlafen hatte, mehrere Stunden oder nur ein paar Minuten? Dann hörte er das Klappern von Geschirr und Lori und Mickey, die sich darüber stritten, wer mit dem Tischabräumen an der Reihe war. Da war ihm klar, dass er nur ein kurzes Nickerchen gemacht hatte. Sein Magen hatte sich beruhigt und er fühlte sich nicht mehr so, als würde er durch heftige Turbulenzen fliegen. Er richtete die Rückenlehne des Sessels auf und nahm die Abendzeitung zur Hand in der Hoffnung, dass sich sein Zustand in den Augen seines Sohnes ausreichend gebessert hatte. Einen Augenblick später kamen Steve und seine Frau ins Wohnzimmer, zum Ausgehen schick gemacht.

„Wie geht es dir, Dad?", fragte Cheryl.

„Jetzt ist es wieder in Ordnung. So eine merkwürdige Grippe hatte ich noch nie. Erst geht es mir prima und gleich darauf muss ich mich über die Kloschüssel hängen. Aber jetzt geht es wieder bergauf. Ich hoffe nur, dass sich keiner von euch dieses Virus einfängt."

Steve betrachtete ihn eingehend, als wollte er in ihn hineinsehen. Währenddessen blätterte Mike scheinbar unbesorgt in der Zeitung. Schließlich seufzte Steve. „Also gut, dann gehen wir mal lieber. Hey, Kinder, Mom und ich sind jetzt weg. Benehmt euch und macht eurem Grandpa nicht das Leben schwer, okay?"

Mike wandte sich den Sportseiten zu, um die Ergebnisse der ersten Liga nachzuschauen, und ignorierte Loris gelegentliche Bemerkungen, wer half und wer nicht. Das Gerangel ging weiter, bis die Spülmaschine irgendwann eingeräumt war und die Kinder ins Wohnzimmer kamen.

„Bist du immer noch krank, Grandpa?" Lori legte ihren dünnen Arm um Mikes Hals. Er ließ die Zeitung zu Boden fallen und nahm seine Enkelin auf den Schoß.

„Nein, jetzt geht es mir schon viel besser, Prinzessin."

„Erzählst du uns eine Geschichte?", fragte Peter und krabbelte auch auf Mikes Schoß. Mike genoss die Wärme und Lebendigkeit der Kinder und die Art, wie sie mit seinen Armen zu verschmelzen schienen.

„Mensch, was für einen Schoß voll ich hier habe! Hört ihr eigentlich nie auf zu wachsen? Ich kann euch ja kaum noch halten."

„Erzähl uns eine Geschichte übers Fliegen", sagte Mickey von seinem Kommandoposten unterm Couchtisch aus.

„Ja, erzähl uns davon, wie du abgestürzt bist." Peter untermalte das Ganze mit den Geräuschen eines Flugzeugs, das im Sinkflug seinem Untergang entgegenfällt, gefolgt von einer ohrenbetäubenden Explosion.

„Grandpa ist doch mehr als einmal abgestürzt, du Depp", sagte Mickey.

„Das sag ich Mom! Du sollst nicht zu anderen Depp sagen."

„Hey, hey, hey! Wenn ihr nicht aufhört zu zanken, gibt es

überhaupt keine Geschichte." Die Jungen warfen sich finstere Blicke zu, schwiegen aber. „So ist es besser. Also, welchen Absturz meintest du, Pete?"

„Den bei Lake Platzit."

„Du meinst Lake *Placid*", erwiderte Mike lachend, „und wenn ihr alle meine Geschichten schon kennt, warum soll ich sie denn dann noch mal erzählen?"

„Bitte!!!", flehte Lori. „Wir mögen deine Geschichten, Grandpa. Nur noch dieses eine Mal!"

„Okay, okay. Also, wartet mal … wie fängt die Geschichte noch gleich an?"

„Du musstest nach Lake Placid fliegen, um jemanden abzuholen."

„Ach ja, stimmt. Na, und als ich an dem Tag losflog, klang der Wetterbericht am Flugplatz der Adirondacks nicht besonders gut, es hieß, in einer Höhe von etwa 1.000 Fuß gebe es eine nahezu geschlossene Wolkendecke. Aber ich beschloss trotzdem, mit der Beech Bonanza loszufliegen und es darauf ankommen zu lassen, dass ich den Flugplatz durch die Wolken sehe."

„Du bist nach Sichtflugregeln geflogen, oder?", fragte Mickey.

„Das stimmt. Damals habe ich mich nicht um die Geräte gekümmert. Jedenfalls war ich unterwegs nach Norden und hatte ziemlich gute Flugbedingungen, bis ich zu den Adirondacks kurz hinter Glens Falls kam. Da schlug das Wetter ganz plötzlich um. Wahrscheinlich hätte ich umkehren sollen, aber stattdessen bin ich bis über die Wolken gestiegen, um aus dem schlechten Wetter rauszukommen. Ich dachte, ich könnte Mount Marcy über den Wolken sehen, dann könnte ich Whiteface Mountain etwas nördlich von Marcy finden. Der Flugplatz ist etwas über zwanzig Kilometer westlich von Whiteface.

Aber als ich dachte, ich wäre in der Nähe von Mount Marcy, war unter mir eine dichte Wolkendecke und es waren überhaupt keine Berge zu sehen. Nicht einmal den Marcy konnte ich entdecken, und der ist mehr als 5.000 Fuß hoch! Also flog ich weiter in Richtung Norden und hoffte, dass die Wolkendecke aufreißen würde, damit ich wenigstens herausfinden konnte, wo ich war, aber schon bald wurde mir klar, dass ich mich verflogen hatte. Unmöglich konnte ich durch diese Suppe runtergehen, um nach dem Flughafen der Adirondacks Ausschau zu halten, schließlich waren in dem grauen Zeug jede Menge hohe Berge versteckt! Die Flughäfen in Plattsburg und Burlington hatten beide noch schlechtere Bedingungen gemeldet als Adirondack, also blieb mir nichts anderes, als umzudrehen und nach Warren County in der Nähe von Glen Falls zurückzufliegen, bevor mir der Treibstoff ausging.

Ich wollte gerade wieder in Richtung Süden fliegen, als ich brennendes Öl roch. Ich sah auf die Anzeigen im Cockpit, die ich bis dahin ignoriert hatte, und versuchte den Boden zu sehen, und da wusste ich, dass ich in ernsten Schwierigkeiten steckte. Der Öldruck war auf null und die Temperaturanzeigen gingen beide nach oben. Inzwischen war das Cockpit schon voller Rauch, also drosselte ich den Motor und ließ das Flugzeug gleiten. Ich war nicht mehr als 7.000 Fuß hoch und ich wusste, dass Mount Marcy irgendwo da unten war, keine 2.000 Fuß unter mir."

„Und du hattest keinen Fallschirm", fügte Peter hinzu.

„Nein, den hatte ich nicht. Ich versuchte, das Flugzeug waagerecht zu halten und es so langsam wie möglich abzusenken, während ich die ganze Zeit nach einer Wolkenlücke oder dem dunklen Umriss eines Berges Ausschau hielt."

„Hattest du Angst, Grandpa?", fragte Lori.

„Darauf kannst du aber wetten! Meine Hände zitterten so

stark, dass ich kaum den Steuerknüppel halten konnte. Ein paarmal habe ich versucht, den Motor wieder anzulassen, denn manchmal kann man auch mit weniger Zylindern fliegen, aber der Motor war hinüber. Und ich dachte, ich wäre es auch. Das Schlimmste war das Warten – einfach immer weiter vom Himmel zu fallen und auf das Ende zu warten.

Ich sank also immer weiter und bei ungefähr 6.000 Fuß tauchte ich in die Suppe ein. Es ist ein unheimliches Gefühl, müsst ihr wissen, wenn man ganz still durch die Wolken gleitet, ohne außerhalb des Cockpits irgendetwas zu sehen, bis auf grauen Flaum. In den Wolken hat man nicht das Gefühl zu fallen und man hat auch keinen Orientierungssinn. Dass man sinkt, das sieht man nur an dem Höhenmesser.“ Mit dem Zeigefinger vollführte er kreisende Bewegungen.

„5.000 Fuß. 4.000 Fuß. Inzwischen war ich deutlich unter der minimalen Flughöhe und ich wusste, dass ich jeden Augenblick in den Mount Marcy oder Porter oder Allen Mountain krachen würde, je nachdem, wo ich war. Ich konnte nur die Zähne zusammenbeißen und mich für den Aufprall wappnen, der mit Sicherheit kommen würde.

3.000 Fuß. 2.000 Fuß. Ich konnte kaum glauben, dass ich immer noch am Leben war! Dann, ganz plötzlich – *wusch!* brach ich durch die Wolkendecke und sah rechts und links von mir Berge und genau vor mir die Spitze von Lake Placid. Ich war genau zwischen den Gipfeln durch das Tal geflogen und hatte Whiteface auf der einen und Moose Mountain auf der anderen Seite verpasst. Beinahe wäre mir das Herz aus der Brust gesprungen, aber jetzt wusste ich, dass ich immerhin eine kleine Chance hatte, aus der Sache lebend wieder rauszukommen. Ich musste es nur irgendwie schaffen, das Flugzeug irgendwo zu landen. Ich war in Schweiß gebadet, aber ich war wieder unter den Lebenden.

Lake Placid ist ziemlich groß, vielleicht sechs oder sieben

Kilometer lang, also beschloss ich, die Bonanza zum östlichen Ufer zu lenken, wo nicht ganz so viele Steine und Bäume waren, und in der Nähe des Ufers zu landen. Ich hatte keine Pontons, aber ich habe aufgesetzt, als hätte ich welche, und Mann, tat das gut, wieder auf der Erde zu sein!"

„Aber das Flugzeug hat sich überschlagen, oder?", fragte Mickey.

„Stimmt, nach der Landung hat die Bonanza einen Salto gemacht, aber ich habe mich abgeschnallt und bin ohne einen Kratzer ausgestiegen – sehr, sehr froh darüber, dass ich noch am Leben war."

Lori umarmte ihn ganz fest. „Ich bin froh, dass du nicht gestorben bist, Grandpa."

„Ich auch!", sagte Mike lachend. „Als ich immer weiter nach unten sank, musste ich an eure Grandma denken und an euren Dad und Onkel Mike. Was würden sie machen, wenn mir etwas zustieß? Dein Dad war ungefähr so alt wie Mickey jetzt und Onkel Mike war ungefähr zwölf, glaube ich."

„Warum mussten Grandma und Onkel Mike sterben?", fragte Lori. „Ich habe sie noch nicht mal kennengelernt."

„Tja, das Sterben gehört nun mal zum Leben dazu, Prinzessin. Jeder muss früher oder später sterben. Ich war ein paarmal nah dran, so wie damals über Lake Placid, aber da war meine Zeit noch nicht gekommen." Zärtlich strich er ihr eine Haarsträhne aus der Stirn. „Ich nehme an, eure Grandma und Onkel Mike hatten keine Zeit mehr."

„Aber was passiert denn, wenn man gestorben ist?"

Mike holte tief Luft. Er wünschte, er könnte ihr eine Antwort geben, die ihr in den kommenden Monaten in ihrer Trauer würde helfen können. Aber diese Antwort kannte er selbst nicht. Er versuchte, sich an das zu erinnern, was seine Frau über den Tod gesagt und was sie geglaubt hatte, wie sie ihn getröstet hatte, als sie erfahren hatten, dass Mike junior in Vietnam gefallen war. Woher hatte sie ihren Mut und ihre Kraft während der letzten Monate ihrer Krankheit genommen? Es war zu lange her und er konnte sich nicht mehr daran erinnern.

„Ich weiß nicht, was dann passiert, Lori", sagte er schließlich. „Wenn jemand stirbt, kann er nicht wieder zurückkommen und den anderen davon erzählen. Aber deine Grandma war eine wunderbare Frau. Sie ist jeden Sonntag in die Kirche gegangen und sie hat geglaubt, dass man in den Himmel kommt, wenn man stirbt, und dann bei Gott in den Wolken weiterlebt."

„Ich mag Gott nicht. Er macht, dass Menschen sterben."

„So darfst du nicht reden, Liebling. Ich finde, Gott muss ein ziemlicher guter Typ sein. Ich stelle ihn mir immer als den vor, der damals mein Flugzeug zwischen den Bergen hindurchgelenkt hat. Aber früher oder später kommt für jeden die Zeit zu sterben und daran können wir nichts ändern."

„Werden wir uns denn wiedersehen, wenn wir alle tot sind?"

„Ich will dich nicht anlügen, Prinzessin. Ich weiß es wirklich nicht."

Eine tiefe Traurigkeit legte sich auf Mikes Herz und zugleich eine namenlose Angst und Vorahnung. Es war dasselbe Gefühl der Vorahnung, das er in den Adirondacks gehabt hatte, als er blind durch die Wolken gesegelt war, auf den Aufprall gewartet und sich gefragt hatte, wo er war und was mit ihm geschehen würde. Aber noch trauriger war er wegen seiner Enkel. Er hatte nichts, was er ihnen zurücklassen konnte – keine Gewissheiten, keinen Trost, keine Hilfe für ihre Trauer.

Er wusste, dass er seinem Leben bald ein Ende setzen musste. Allmählich machten sich die Folgen seiner Krankheit bemerkbar. Aber während er die kleinen Gesichter betrachtete, die er so von Herzen liebte, sehnte er sich danach, ihnen Hoffnung und Gewissheit geben zu können. Um ihretwillen wünschte er, er könnte die Antworten auf ihre Fragen finden, bevor er starb.

7

Montag, den 5. Oktober 1987

Wilhelmina saß an ihrem Küchentisch, umgeben von Bücherstapeln aus der Bibliothek ihres Bruders. Ein feuchter, muffiger Geruch ging von einigen der älteren Bände aus, die einmal ihrem Vater gehört hatten. Angewidert rümpfte sie die Nase. Seit mehr als einer Stunde saß sie hier jetzt schon und starrte Löcher in die Luft, während die antike Uhr ihrer Großmutter in dem stillen Haus tickend die Sekunden zählte. Peters Bücher hatte sie noch nicht einmal aufgeschlagen, denn sie enthielten keine Antworten für Mike. Ihre Bibel lag offen vor ihr, aber sie wusste nicht, wo sie anfangen sollte, sah keine Verbindung zwischen den Lehren Jesu und dem Leben von Mike Dolan.

Was würde Jesus zu ihm sagen: „Mr Dolan, Sie werden bald sterben. Wollen Sie die Ewigkeit in der Hölle verbringen?“ oder vielleicht: „Du beeilst dich besser und lässt dich retten, Bruder, bevor es zu spät ist“? Ähnliche Sätze hatte Wilhelmina in ihrer Gemeinde schon gehört, aber sie fand nicht, dass sie so klangen, als würde Jesus sie sagen.

Sie kam sich schrecklich hilflos und unerfahren vor. Würde sie überhaupt die Gelegenheit haben, noch einmal mit Mike zu sprechen? Ungebeten an seine Tür zu klopfen, wäre zu unhöflich. Sollte sie einen neuen Termin mit dem Klavierstimmer vereinbaren? Oder sich eine neue Ausrede einfallen lassen?

Das Läuten des Telefons riss sie aus ihren Gedanken. Es war Carol. „Hallo, Wilhelmina. Wie geht es dir, meine

Liebe? Hör mal, ich rufe an, um dir zu sagen, dass ich am Wochenende nicht mit dir ins Ballett gehen kann. Meine Schwester und ihr Mann kommen aus Virginia zu Besuch und bleiben eine Woche. Ich hoffe, du findest jemanden, mit dem du gehen kannst. Vielleicht hat Ellen Stockman ja Interesse an meiner Karte."

Das war die Antwort auf Wilhelminas Gebete. Es war perfekt. An dem Tag, als sie zugegeben hatte, dass sie noch nie einen Drachen hatte steigen lassen, hatte er ihr gestanden, dass er noch nie im Ballett gewesen war. Und jetzt, nachdem sie mit ihm beim Drachenfest gewesen war, *musste* er mit ins Ballett. Auf dem Programm stand „Romeo und Julia" – konnte es einen besseren Einstieg in die Themen Tod und Selbsttötung geben als Prokoffiews schönes, tragisches Ballett? Ja, das war absolut perfekt.

Als sie aufgelegt hatte, zögerte Wilhelmina nicht lange und wählte Mikes Nummer am Flugplatz, bevor sie es sich anders überlegte und einen Rückzieher machte. Sie erkannte gleich Mikes fröhliche Stimme.

„Ach, hallo, Professor. Lange nichts von Ihnen gehört. Sagen Sie nichts, lassen Sie mich raten ... Sie haben sich entschieden, mein Angebot anzunehmen und mit mir fliegen zu gehen."

„Nein, eigentlich nicht." Überrascht stellte sie fest, dass sie lächelte.

„Das tut mir aber leid. Was kann ich dann für Sie tun?"

„Sie können am Sonntagnachmittag mit mir ins Ballett gehen."

„Ins Ballett!"

„Ja. Sie haben gesagt, Sie seien noch nie im Ballett gewesen, und ich habe zufällig zwei Karten, also wenn Sie am Sonntag noch nichts vorhaben ..." Plötzlich gingen ihr die Worte aus und ein verlegenes Schweigen hing in der Leitung.

„Ich bin sprachlos!“, sagte Mike schließlich.

„Ich habe beschlossen, ein ‚Nein‘ nicht zu akzeptieren, also können Sie ruhig aufhören, sich Ausreden auszudenken, und einfach mitkommen.“

Mike lachte sein herzliches, ansteckendes Lachen. „Wo habe ich den Satz denn schon mal gehört? Okay, Professor, da haben Sie wohl gewonnen.“

„Gut. Dann ist das abgemacht. Kommen Sie doch um ein Uhr zu mir nach Hause, dann können wir mit meinem Wagen nach Hartford fahren.“ Wilhelmina wollte deutlich machen, dass sie nicht den Wunsch hatte, noch einmal in Mikes Pick-up zu fahren.

„Hartford! Aber da brauchen wir nur halb so lange, wenn wir fliegen!“

„Nein“, sagte sie schnell, „ich möchte lieber mit dem Auto fahren.“

„Also gut, das ist Ihre Party. Am Sonntag um ein Uhr. Ich werde da sein.“

Am Sonntag waren Wilhelminas Nerven so angespannt wie bei einer Premiere in der Carnegie Hall. Dies war ihr großes Debüt, die Gelegenheit, die Gott ihr gegeben hatte, um mit Mike Dolan über seine unsterbliche Seele zu sprechen. Sie konnte diesmal nicht versagen – durfte es nicht. Denn vielleicht bekam sie keine weitere Chance.

In der vergangenen Woche hatte sie noch einmal alle vier Evangelien gelesen, um sich vorzubereiten, und versucht, einige der Schlüsselpassagen auswendig zu lernen. Zur Sicherheit hatte sie diese Verse auf Karteikarten geschrieben, die sie in ihrer Handtasche verstaut hatte. An diesem Morgen hatte sie der Predigt von Pastor Stockman kaum Beachtung geschenkt – etwas über Jesus, der sagte: „Lasst die Kindlein zu mir kommen …“ Jedenfalls hatte sie keine Zeit, sich über Kinder Gedanken zu machen. Ihr Auftrag war Mike. Also hatte sie während der

Predigt die Karteikarten noch einmal durchgesehen. *Johannes 3,16: „So sehr hat Gott die Welt geliebt ...“*

Als der Gottesdienst schon fast zu Ende war, hatte Wilhelmina angefangen zu zittern. Während der Stille des Schlussgebets war sie aus Versehen auf eines der Orgelpedale getreten und hatte damit einen tiefen, grollenden Laut verursacht, der die Gottesdienstbesucher hatte hochschrecken lassen. Viele von ihnen hatten wahrscheinlich gedacht, das Jüngste Gericht wäre angebrochen. In all ihren Jahren als Organistin war ihr das noch nie passiert, aber Wilhelmina hatte es zu eilig gehabt, um peinlich berührt zu sein. Sie war gleich nach Hause gefahren, um sich fürs Ballett umzuziehen.

Um fünf vor eins war sie oben in ihrem großen Schlafzimmer, als sie Mikes lauten Pick-up in die Auffahrt biegen hörte. Wilhelmina holte noch einmal tief Luft und murmelte ein schnelles Gebet. Dann ertönte die Türklingel. Sie eilte hinunter, um ihn hereinzulassen. Aber als sie die Haustür öffnete, war Mike nirgends zu sehen. Stattdessen stand seine kleine Enkelin in einem rosa Rüschenkleid und glänzenden Lacklederschuhen auf der Treppe.

„Hi, Professor Brewster“, sagte sie schüchtern.

Wilhelmina starrte sie mit offenem Mund an, ohne dass ein Laut herauskam. Aus dem Augenwinkel sah sie, wie Mikes Wagen aus ihrer Auffahrt zurücksetzte.

„Was? ... Wo? ...“ Wilhelmina war zu verblüfft, um einen zusammenhängenden Satz zu formulieren. Als ihr die schreckliche Wahrheit bewusst wurde, dass Mike gefahren war und an seiner Stelle seine Enkelin dagelassen hatte, machte sie ihrer Enttäuschung mit einem Stöhnen Luft. „Oh, nein!“

Das Lächeln des kleinen Mädchens erstarb und stattdessen fing seine Unterlippe an zu zittern.

„Es tut mir leid“, sagte Wilhelmina schnell. „Es ist nur ...

ich meine … ach, egal! Komm rein.“ Das Kind rührte sich nicht. Wilhelmina wusste, dass sie unhöflich gewesen war, aber wie sollte sie das wiedergutmachen? Mit Kindern hatte sie sich noch nie viel abgegeben, nicht einmal mit ihren eigenen Nichten und Neffen. Aber offensichtlich hatte sie einen Nachmittag lang dieses Kind am Hals und das machte sie wütend. Sie versuchte zu lächeln, aber ihre Stimme klang barsch.

„Komm doch rein, Kind! Ich habe deinen Namen vergessen.“

„Lori“, flüsterte die Kleine.

„Ach ja, stimmt. Komm rein, Lori.“ Sie fasste das Mädchen am Arm und zog es ins Haus. Loris ängstliche Miene gab Wilhelmina das Gefühl, die böse Hexe zu sein, die Hänsel und Gretel in ihr Pfefferkuchenhaus lockte. Sie ging voran ins Wohnzimmer und sah dabei zu, wie Lori den riesigen Flur und die großen Räume mit Ehrfurcht betrachtete.

„Setz dich.“ Es klang wie ein Befehl und nicht wie eine Einladung. Lori setzte sich gehorsam auf die Kante des Sofas, sah aber so aus, als wollte sie jeden Moment die Flucht ergreifen. „Möchtest du einen Keks oder so etwas?“ Lori schüttelte den Kopf. Diese Begegnung lief nicht gut. Wilhelmina beschloss, noch einmal von vorne anzufangen.

„Es tut mir leid, dass ich dich so unfreundlich begrüßt habe, Lori. Ich war nur überrascht. Schließlich hatte ich deinen Großvater erwartet.“

„Er musste eine Flugstunde geben.“

„Eine Flugstunde! Hätte das nicht noch einen Tag warten können?“, ließ Wilhelmina ihrem Ärger freien Lauf, ohne zu überlegen. Es war dumm von ihr gewesen zu glauben, Mike würde mit ihr ins Ballett gehen. Als sie an die ganze Planung und Vorbereitung dachte, die sie in diesen Tag gesteckt hatte und die jetzt ganz und gar verschwendet war, hätte sie heulen können.

„Grandpa hat versucht anzurufen, aber Sie waren nicht zu Hause. Er hat gesagt, Sie hätten bestimmt nichts dagegen, wenn ich mit zum Ballett gehe und nicht er." Lori hatte Tränen in den Augen. Wilhelmina wusste, dass sie ihre Wut unterdrücken musste, um Loris willen.

„Natürlich habe ich nichts dagegen. Warst du denn schon mal im Ballett?" Lori schüttelte den Kopf. „Ich glaube, es wird dir gefallen."

Dann saßen sie einander schweigend gegenüber und lauschten dem Ticken der Uhr auf dem Kaminsims. Die Fahrt nach Hartford dauerte vierzig Minuten. Worüber sollten sie sich nur währenddessen unterhalten? Jetzt wünschte Wilhelmina sich, sie hätte bei der Predigt heute Vormittag besser aufgepasst.

Als das Telefon klingelte, eilte sie in die Küche, um das Gespräch entgegenzunehmen, als hätte man ihr Aufschub gewährt. Wie sich herausstellte, war es der Vertreter einer Teppichreinigungsfirma, aber sie hörte sich die komplette Verkaufsmasche mit großem Interesse an, bevor sie ihn schließlich abwimmelte. Als sie ins Wohnzimmer zurückkam, stand Lori vor dem Flügel und strich vorsichtig über die glatten Elfenbeintasten.

„Spielst du?" Lori zuckte zusammen, als sie Wilhelminas Stimme hörte, und drehte sich schnell um, ihr Blick der eines erschrockenen Rehs, das in die Scheinwerfer eines näher kommenden Wagens starrt. Wilhelmina konnte es dem Kind nicht verübeln, dass es Angst vor ihr hatte.

„Nur zu. Du kannst ruhig spielen, wenn du willst." Lori schüttelte den Kopf. „Sieh mal ... so." Wilhelmina setzte sich an den Flügel und spielte eine einfache Etüde, wobei ihre Finger geschickt über die vertrauten Tasten huschten.

„Das ist schön", sagte Lori, als sie aufhörte. „Ich würde auch gerne so spielen können."

„Bislang hat niemand Klavierspielen gelernt, indem er es sich nur gewünscht hat. Warum nimmst du keinen Unterricht?"

„Daddy sagt, das ist Geldverschwendung."

„Ich verstehe. Habt ihr ein Klavier zu Hause?"

„Nein, aber Grandpa hat eins bei sich. Er kann aber nicht drauf spielen. Es hat Grandma Dolan gehört."

Während sie sprach, streichelte Lori das glänzende schwarze Holz des Flügels. Dabei hinterließ sie Fingerabdrücke, aber Wilhelmina biss sich auf die Zunge. Sie musste das Interesse des Kindes ausnutzen, sonst würde der Nachmittag unerträglich werden.

„Setz dich, Lori. Ich gebe dir eine kleine Klavierstunde." Lori hockte sich ganz außen auf die Kante des Klavierhockers. Wilhelmina fragte sich, wie sie es schaffte, nicht herunterzufallen. „So, Lori. Setz dich gerade hin, halte die Finger gebogen, die Handgelenke hoch und die Ellbogen locker. Versuch es." Lori schüttelte wieder den Kopf, offensichtlich überwältigt von Wilhelminas strengen Befehlen. Sie hatte so viele Jahre mit College-Studenten gearbeitet, dass sie nicht mehr wusste, wie man mit einem Anfänger umging. Warum, warum nur hatte Mr Dolan ihr das angetan? Warum konnte der Nachmittag nicht so verlaufen, wie sie es geplant hatte?

Wilhelmina atmete langsam aus. Wie hatte sie als Anfängerin vor all den Jahren mit dem Klavierunterricht begonnen? Ihre erste Klavierlehrerin war Mrs Schumann gewesen, eine lächelnde Hausfrau mit rötlich blonden Haaren, die früher in ihrer deutschen Heimat Opernsängerin gewesen war. Ihr winziges pfefferkuchenartiges Häuschen war immer makellos sauber gewesen und hatte nach warmen Äpfeln und Zimt geduftet. Oft hatte eine ihrer drei flachsblonden Töchter neben dem Klavier gestanden, während Mrs Schumann unterrichtete, und schweigend zugehört, als Wilhelmina ihre Tonleitern übte.

Mrs Schumann hatte ihr die Freude an der Musik vermittelt, indem sie allem kleine Namen und Charaktereigenschaften gegeben hatte. Mrs Violinschlüssel lebte in einem Haus und Mr Bassschlüssel wohnte ihr gegenüber. Viertelnoten waren kleine Häschen, die schnell hüpften, und ganze Noten waren schläfrige braune Bären, die langsam die Tonleiter hinunterstiegen. *„Mach das Ei nicht kaputt, Wilhelmina"*, hatte sie lachend gesagt, um sie daran zu erinnern, dass sie ihre Finger gekrümmt halten sollte. Wilhelmina hatte sehr, sehr lange nicht mehr an Mrs Schumann gedacht. Jetzt nahm sie all ihre Geduld zusammen und versuchte es noch einmal.

„Lass mal sehen, ob du ganz gerade und aufrecht sitzen kannst, Lori. Gut. Und jetzt berührst du nur mit den Fingerspitzen die Tasten, ja? Dieser Teil deiner Hand und das Handgelenk bleiben oben. Tu so, als läge ein Ei unter deiner Hand, das du nicht zerbrechen willst."

Lori kicherte. Wilhelmina entspannte sich ein wenig.

„So ist es gut. Sieh mal, nur deine Daumen dürfen auf der Seite liegen. Sie sind ziemlich müde Burschen, nicht wahr?" Lori ahmte nach, was Wilhelmina ihr zeigte, und lernte schnell. Es dauerte nicht lange, bis die Lehrerin in Wilhelmina zum Vorschein kam und sie ihre Unbeholfenheit verlor.

„Wie du siehst, gibt es weiße und schwarze Tasten. Heute fangen wir mit den weißen an. Jede von ihnen hat einen Namen. Diese hier heißt ‚eingestrichenes C'. Jetzt spiel du."

Lori ließ mit dem Zeigefinger den Ton erklingen. Ihre eingerissenen Fingernägel waren mit abblätterndem rosafarbenem Nagellack lackiert. „Gut. Spiel den Ton noch einmal." Während Lori die Taste erneut anschlug, schlug Wilhelmina eines ihrer Notenbücher auf und stellte es auf den

Notenhalter. „Alle diese Tasten – diese Töne – kann man in diesen Noten finden. Manche von ihnen wohnen im Haus hier oben bei Mrs Violinschlüssel. Sie hat eine hohe, helle Stimme, so.“ Sie spielte eine kurze Melodie in dem Bereich der hohen Töne. „Und andere Noten wohnen im unteren Haus bei Mr Bassschlüssel. Er hat eine ganz tiefe Stimme, so.“ Sie spielte die grollenden tiefen Töne auf dem Klavier. „Mr Eingestrichenes C fährt hier mit seinem Auto zwischen den beiden Häusern.“

Jetzt schien Lori sich wohlzufühlen und Spaß am Unterricht zu haben. Die Verlegenheit zwischen ihnen war beinahe verschwunden. Wilhelmina hatte gerade angefangen, die einzelnen Töne mit Namen vorzustellen, als ihr plötzlich bewusst wurde, wie spät es war. „Du liebe Güte, Kind! Das Ballett!“ Sie sah auf ihre Uhr und sprang dann auf, um Tasche und Handschuhe zu holen.

„Hat es schon angefangen?“

„Nein, wir schaffen es noch rechtzeitig. Aber wir müssen uns beeilen.“

Die Fahrt nach Hartford lief besser, als Wilhelmina erwartet hatte. Lori plauderte fröhlich über ihren Unterricht in der dritten Klasse, ihre Freundinnen in der Schule und ihre beiden „blöden“ Brüder.

„Weißt du, Lori, ich habe auch zwei Brüder. Der eine älter, der andere jünger als ich, genau wie bei dir.“ Sie lächelte, als sie daran dachte. Laurentius war groß und ernst und sah immer mit seinem düsteren, puritanischen Stirnrunzeln auf sie herab. Er war stets der Organisierer, der Anführer, der Chef gewesen. Und der blonde gutmütige Peter – alle liebten Peter. Wann immer er einen Raum betrat, war es, als hätte jemand endlich das Licht angemacht.

„Mickey denkt immer, dass er der Boss ist“, sagte Lori. „Er versucht die ganze Zeit, mich herumzukommandieren, nur weil er älter ist. Das finde ich total doof. Fand Ihr großer Bruder sich auch immer so toll?"

„Oh ja! Und weißt du was? Das tut er immer noch."

Laurentius hatte vor einigen Tagen angerufen, um seine maßgebliche Meinung loszuwerden, wie Wilhelmina ihren Ruhestand verbringen sollte. Sie wusste, dass Peter nach ihrem Besuch in New Haven mit ihm gesprochen hatte, und das machte sie wütend. Wie konnten die beiden es wagen, hinter ihrem Rücken über ihr Leben zu diskutieren? Es ging sie überhaupt nichts an!

„Und Peter ist manchmal ein richtiges Baby", sagte Lori. „Immer muss alles nach seinem Willen gehen. Mom verwöhnt ihn total."

„Mein kleiner Bruder heißt auch Peter", sagte Wilhelmina und es klang überrascht.

„Hat Ihre Mom ihn auch verwöhnt?"

„Manchmal kam es mir jedenfalls so vor. Peter steht immer noch gerne im Mittelpunkt."

„Spielen Ihre Brüder auch Klavier?"

„Nein. Das war mein eigenes Gebiet, etwas, das nur ich konnte. Larry hat eine Zeit lang Geige gespielt und Peter Oboe, aber als sie mit der Schule fertig waren, haben sie nicht weitergemacht. Ich habe sie beide in die Tasche gesteckt und deswegen waren sie ziemlich eifersüchtig." Sie lächelte, als sie an die Rivalität dachte, die in verschiedenen Lebensbereichen zwischen ihnen dreien geherrscht hatte, vor allem, wenn es um die Anerkennung durch ihren Vater ging. Aber in der Musik konnten ihr die Brüder nicht das Wasser reichen.

„Ich möchte auch so spielen können wie Sie. Dann würde ich es meinen doofen Brüdern so richtig zeigen!"

„Ach, du liebe Güte. Das ist aber kein schöner Grund, um Klavier spielen zu lernen." Aber Loris Einstellung kam Wilhelmina schmerzlich bekannt vor. Konnte dies der Grund für ihre Depression seit der Pensionierung sein? Hatte sie all die Jahre ihre musikalische Begabung nur benutzt, um die Anerkennung ihres Vaters zu erlangen und sich so ihren gelehrten Brüdern ebenbürtig zu fühlen? Wenn, dann würde es zumindest teilweise erklären, warum sie sich ohne ihren Beruf so verloren fühlte. Sie warf Lori einen Blick zu und war ihr merkwürdig dankbar.

Sie kamen so rechtzeitig bei der Konzerthalle an, dass Wilhelmina Lori noch den Text aus dem Programmheft vorlesen konnte, während das Orchester lautstark die Instrumente stimmte und sich aufwärmte. Als das Licht schließlich gedimmt wurde, legte sich eine erwartungsvolle Stille über das Publikum. Dann hob sich der Vorhang und gab den Blick auf den funkelnden Ballsaal der Capulets frei. Durch eine geöffnete Terrassentür schien der Mond golden über einem kleinen Teich. Das Wasser kräuselte sich in der Abendluft. Lori staunte mit aufgerissenen Augen.

Seit Monaten hatte Wilhelmina nicht mehr in einem Konzert sitzen können, ohne sich zu ärgern und deprimiert zu sein. Aber heute sah sie die Tänzer mit Loris Augen und hörte die Musik mit Loris Ohren. Beide waren sie in den Bann der Aufführung gezogen. Lori zappelte nicht herum und zeigte auch keinerlei Anzeichen von Langeweile. Sie saß ganz still da und sah atemlos zu, und als das Stück zu Ende war, hatte sie Tränen in den Augen.

„Das war das Schönste, was ich jemals gesehen habe!", sagte sie, als sie wieder in Wilhelminas Wagen stiegen. „Ich wollte, dass es immer, immer weitergeht und nie aufhört."

„Ich auch", sagte Wilhelmina und es war die Wahrheit. Sie dachte an ihre Freundin Carol, die oft während der Nachmittagsvorstellung einschlief. Dann musste Wilhelmina sie anstoßen und wecken, wenn sie anfing zu schnarchen. „Ich bin sehr froh, dass du heute mit mir gekommen bist, Lori."

„Dann sind Sie Grandpa nicht mehr böse?"

Mike. Wilhelmina hatte den ganzen Nachmittag über nicht an ihn gedacht. Aber jetzt, als Lori sie an ihn erinnerte, kehrte das flaue Gefühl in ihrem Magen zurück.

„Ich war ihm nicht böse, Lori, es ist nur …" Wie konnte sie diesem Kind die göttliche Pflicht erklären, die sie drängte, Mike vom Evangelium zu erzählen? Oder das an Verzweiflung grenzende Gefühl, das sie überkam, weil sie so unfähig war, von ihrem Glauben Zeugnis abzulegen? Die Karte fürs Ballett war ein Geschenk des Himmels gewesen und sie wusste nicht, wie sie eine andere Gelegenheit finden sollte, um mit ihm zu reden. Aber Wilhelmina wusste, dass ihr nicht mehr viel Zeit blieb.

Mike nahm gerade die letzten Kontrollen an seiner Beechcraft Staggerwing vor, als der bunt bemalte Bus der Regenbogengesellschaft in der Nähe des Hangars hielt. Er wischte sich die Hände an seinem Overall ab und ging hinüber, um die Fahrerin zu begrüßen, eine zierliche, fröhliche Frau in den Vierzigern.

„Hallo, Mr Dolan. Ich bin Ann Wilson. Wir haben heute Morgen miteinander telefoniert."

„Ich weiß. Schön, Sie kennenzulernen, Ma'am."

„Ich möchte mich noch einmal dafür entschuldigen, dass die Sache so kurzfristig ist. Ich hoffe, wir haben Ihre Pläne für heute nicht durcheinandergebracht, aber …" Ihre Stimme senkte sich zu einem Flüstern. „Ryans Leukämie ist nicht heilbar und die Ärzte erwarten eine rasante Verschlechterung."

„Sie brauchen sich nicht zu entschuldigen. Ich verstehe." Sie hatte keine Ahnung, wie gut er es verstand. „Mein Flugzeug ist bereit, wann immer Sie so weit sind."

Mrs Wilson schob die Tür des Minibusses auf und ließ einen zerbrechlich wirkenden Jungen in einem Rollstuhl mit einer hydraulischen Rampe herunter. Eine Krankenschwester und eine andere Frau, wahrscheinlich die Mutter des Jungen, standen daneben.

„Mr Dolan, dies sind Ryan Mitchell und seine Mutter Cathy."

„Freut mich. Kommen Sie gleich mit, der Flieger ist abflugbereit." Eine untersetzte Schwester in frisch gestärkter Uniform schob Ryan über den Asphalt zu der Beechcraft. Dann hob Mike ihn auf den linken Sitz im Cockpit. Der Junge schien überhaupt nichts zu wiegen und es sah aus, als würden seine Knochen jeden Augenblick durch die Haut ragen. „Ist das deine erste Flugstunde, Ryan?"

„Ja."

„Also, der Pilot sitzt immer hier auf der linken Seite. Kommen die Damen mit?" Ryans Mutter und die Krankenschwester standen neben dem Flugzeug und warteten darauf, dass Mike ihnen an Bord half.

„Nein!" Ryan schüttelte energisch den Kopf. „Ich will nicht, dass sie mitkommen. Ich möchte alleine fliegen. Nur Mr Dolan und ich."

Mike erinnerte sich daran, wie gedemütigt und hilflos er sich nach seiner letzten Krebsoperation gefühlt hatte. Er hatte es auch gehasst, dass immer alle um ihn herum gewesen waren. Jetzt legte er den Arm um Mrs Mitchells Schulter und entfernte sich langsam mit ihr von der Maschine.

„Am besten fliege ich alleine mit ihm, in Ordnung? Wir kommen schon klar. Wenn es irgendein Problem gibt, landen wir sofort, das verspreche ich Ihnen." Als sie aus dem

Weg war, schwenkte er seine Kappe und kletterte schnell auf den Sitz des Kopiloten und schloss die Tür, bevor jemand widersprechen konnte. Er zwinkerte Ryan zu und hob den Daumen. Ryan grinste, als die Frauen zu dem Minibus zurückgingen.

„Also gut. Bevor wir abheben, möchte ich, dass du dich mit den verschiedenen Bedienelementen vertraut machst."

„Die meisten kenne ich schon. Das hier ist der Wendezeiger und hier ist der Höhenmesser."

„Hey, das stimmt!"

„Ich habe einen Flugsimulator auf meinem Computer, damit fliege ich die ganze Zeit."

„Das ist ja klasse. Dann hast du ja einen Riesenvorsprung."

„Eigentlich wollte ich auch einen Jet fliegen."

„Das habe ich gehört! Im Grunde ist es dasselbe, aber das Fliegen lernt man leichter mit einem kleinen Flugzeug. Die meisten Jetpiloten fangen genauso an, weißt du. Wenn du bei 250 km/h einen Fehler machst, hast du ein bisschen mehr Zeit, ihn zu korrigieren, als wenn du bei Schallgeschwindigkeit etwas vermasselst."

„Ja, das stimmt. Am Anfang bin ich mit meinem Simulator auch die ganze Zeit abgestürzt."

„Denk daran, dass wir diesmal nicht simulieren, okay?", sagte Mike und grinste.

„Kein Problem, Mr Dolan."

„Also gut. Gehen wir die Instrumente kurz durch und dann geht's auf in den Himmel." Mike erklärte Ryan kurz die Steuerelemente und die verschiedenen Hebel. Es war die kürzeste erste Flugstunde, die er jemals gegeben hatte, und wahrscheinlich verstieß er dabei gegen mehrere Luftfahrtgesetze, aber nach dem, was Mrs Wilson gesagt hatte, würde Ryan wahrscheinlich nie eine zweite Stunde bekommen, geschweige denn eine Pilotenlizenz. Die Regenbogengesellschaft erfüllte sterbenden Kindern ihren letzten Wunsch.

„Bist du bereit zum Start?"

Ryans Gesicht leuchtete vor Begeisterung. „Ja!"

Mike half Ryan, das Flugzeug aus dem Hangar zu lenken und Verbindung mit dem Kontrollturm aufzunehmen. Sie bekamen Startbahn 02 zugewiesen, die Mike normalerweise mit Anfängern benutzte. Er zeigte Ryan, wie man sich auf den Abflug vorbereitete. „Alles klar?", fragte er noch einmal.

Ryan nickte. Mike sah die Vorfreude in Ryans Augen und erinnerte sich an seine eigene erste Flugstunde mit Joe Donovan.

„Gib ein bisschen Gas ... so ist es gut ... und achte darauf, dass die Maschine geradeaus fährt ... du musst den Windmesser immer im Blick haben ... und jetzt zieh den Steuerknüppel zurück ... gut ... gut!"

Mike spürte das herrliche Gefühl der Schwerelosigkeit, als das kleine Flugzeug von der Startbahn abhob.

„Super, Ryan! Dieser Simulator hat dir eine Menge beigebracht."

„In echt ist es viel besser!"

„Du klingst genauso wie mein ältester Enkel. Er ist ungefähr so alt wie du. Wir steigen jetzt auf 4.000 Fuß hoch, dann kannst du wieder die Steuerung übernehmen, in Ordnung?"

„In Ordnung. Fliegt Ihr Enkel auch?"

„Ja. Mickey ist schon ein richtig guter Pilot. Lernt schnell."

„Ist er schon mal ganz alleine geflogen?"

„Noch nicht. Wir lassen es langsam angehen. Es gehört mehr dazu, als die Steuerung zu beherrschen. Er ist schon oft geflogen und gelandet, während sein Dad oder ich danebensaß, aber er ist noch nicht reif genug, um alleine zu fliegen. Flugzeuge sind ziemlich teure Spielzeuge."

Als sie die richtige Flughöhe erreicht hatten, übergab Mike

die Steuerung wieder an Ryan. Er genoss den Flug durch die Wolken und lernte eifrig, wie man ein flüssiges Wendemanöver einleitete. Aber nach einer halben Stunde schien er sich zu langweilen.

„Können Sie mir beibringen, wie man einen Looping fliegt oder eine Drehung macht, Mr Dolan?"

„Hey! Meinst du nicht, wir sollten mit den komplizierten Sachen noch ein bisschen warten? Wenigstens bis zur zweiten Flugstunde?"

„Ich werde wahrscheinlich keine zweite Stunde mehr erleben", sagte Ryan leise. „Ich werde sterben."

Mikes Lächeln schwand. „Ja, das habe ich gehört. Das ist wirklich schade. Aber ich sage dir was: Ich habe schon oft Flugunterricht gegeben und ich sehe, dass du einen guten Piloten abgeben würdest. Du hast eine natürliche Begabung dafür und das ist die Wahrheit." Er warf Ryan einen Blick zu und seufzte. „Ich werde dir ein kleines Geheimnis verraten, wenn du mir versprichst, es niemandem zu erzählen."

„Versprochen."

„Ich sterbe auch."

„Echt jetzt?"

„Ja, echt jetzt. Der Doktor hat gesagt, ich hätte noch drei bis sechs Monate. Aber das war vor fast einem Monat, also ..."

„Wieso denn?"

„Krebs. Vor ein paar Jahren hat man mir einen Tumor weggeschnitten, aber jetzt breitet er sich wieder aus."

„Das ist hart."

„Ich dachte mir, dass du es verstehst." Sie sahen sich an und grinsten, eine Bestätigung ihrer Verbindung. Mehrere Minuten lang flogen sie wortlos und genossen die herrliche Aussicht, die Freude am Fliegen und die Zufriedenheit, die echtes Verständnis mit sich bringt.

„Haben Sie Angst deswegen, Mr Dolan?"

„Ja, manchmal schon. Und du?"

„Vielleicht ein bisschen. Aber vor allem bin ich all den Mist leid, den die Ärzte mit mir anstellen. Ich will einfach in Ruhe gelassen werden."

„Ich weiß. Aber sie meinen es gut, Ryan. Sie versuchen dir zu helfen."

„Was glauben Sie, wie es ist, wenn man stirbt?"

„Ich glaube, es wird so ähnlich sein wie das Fliegen. Wie dieses tolle Gefühl der Freiheit, wenn man sich endlich von der Erde löst und abhebt. Aber das werden wir wohl bald rausfinden. Was meinst du denn, wie es sein wird?"

„Wahrscheinlich hab ich dann keine Schmerzen mehr. Und ich werde mich richtig gut fühlen."

Sie schwiegen beide. Mike blickte hinunter auf die herrlichen Hügel. Auch wenn er schon oft geflogen war, so wurde er es nie leid, die Welt von oben zu betrachten. Jedes Mal war es so aufregend wie beim ersten Mal. Wie er diese schöne Erde und all die wunderbaren Menschen in seinem Leben liebte!

„Mr Dolan?"

„Ja, Ryan?"

„Was spielt es denn dann schon für eine Rolle? Das mit dem Looping und der Drehung, meine ich."

„Das verstehe ich jetzt nicht."

„Nehmen wir an, Sie bringen mir bei, wie man einen Looping fliegt. Was ist das Schlimmste, was passieren könnte?"

Mike überlegte einen Moment, dann lachte er laut auf. „Ah, ich verstehe, was du meinst. Wir brauchen uns eigentlich beide keine Sorgen deswegen zu machen, oder?" Er traf eine Entscheidung. „Okay. Wir fangen mit einem Looping an."

„Super!"

„Sieh mal, ob du eine Straße oder etwas anderes Gerades findest, an dem wir uns orientieren können."

„Die Autobahn da drüben?“

„Genau. Kannst du so drehen, dass wir genau parallel dazu fliegen?“ Schritt für Schritt coachte Mike den Jungen durch das Wendemanöver, bis sie parallel zur Autobahn flogen.

„Also, es ist nicht schwierig, einen Looping zu fliegen, aber es ist schwierig, einen ordentlichen Looping zu fliegen. Erst senke ich die Nase ein bisschen ab … Dann gebe ich etwas Gas … Und achte immer auf die Anzeige des Höhenmessers, wenn du nach oben ziehst. Dann schiebst du die Drossel langsam nach vorne … fühlst du die Schwerkraft?“

„Ja! Cool!“

„Achte darauf, dass die Querruder und das Seitenruder mittig sind. Die Luftgeschwindigkeit lässt jetzt nach, aber du brauchst genug Tempo, damit wir in unseren Sitzen bleiben.“

„Wir stehen auf dem Kopf!“

„Ja. Siehst du den Horizont da hinter uns?“

„Oh, wow! Meine Mom würde die Krise kriegen!“

„Gut, dass sie nicht mitgekommen ist. Bei einem Looping musst du dir Zeit lassen. Die Nase sollte nach unten zeigen, während du wieder beschleunigst. Achte darauf, dass die Tragflächen waagerecht bleiben … und …“

„Wir haben es geschafft!“

„Schnell, sieh auf den Höhenmesser. Wenn wir es richtig gemacht haben, sind wir jetzt genau so hoch wie vorher.“

„Die Höhe ist genauso!“ Plötzlich ruckelte das Flugzeug, so als würde man mit dem Auto durch ein Schlagloch fahren. „Hey … was war das?“

„Wir sind gerade durch unsere eigene Nachlaufströmung geflogen.“

„Das ist klasse! Lassen Sie mich jetzt wirklich selber einen versuchen, Mr Dolan?“

„Kannst du die Nerven behalten?“

„Ich glaube schon."

„Dann los! Was haben wir schon zu verlieren?"

Wilhelmina war froh über die lange Strecke auf der vierspurigen Autobahn, während sie den Tempomat ihres Wagens einstellte. Sie war mit ihren Gedanken nicht beim Fahren oder bei dem herrlichen Herbstlaub um sie herum. Morgen war Montag. Eine neue Woche. Eine endlose Woche mit nichts, worauf sie sich freuen konnte. Wieder legte sich die schwere Last der Depression auf ihre Schultern. Dann unterbrach Loris Stimme ihre Gedanken.

„Mir hat nicht gefallen, wie das Ballett ausgegangen ist", sagte sie. „Warum mussten die beiden sterben?"

„Es kann nicht immer ein Happy End geben. So ist das Leben nicht. Das Sterben gehört nun mal zum Leben dazu." Eigentlich sollte sie diese Unterhaltung mit Mike führen.

„Und was passiert, wenn man stirbt, Professor Brewster?"

„Man kommt in den Himmel. Ins Paradies."

„Und lebt man dann mit den Engeln in den Wolken?"

„Ja, so ähnlich. Gehen deine Eltern in eine Gemeinde, Lori?"

„Nein. Manchmal bin ich mit meiner Freundin Melissa in die Sonntagsschule gegangen, aber Daddy war wütend und hat geschimpft, wenn Mommy mich gelassen hat. Deswegen gehe ich nicht mehr hin."

Wilhelmina warf ihr einen Blick zu. „Aber wieso das denn? Weißt du, warum dein Vater nicht will, dass du zur Sonntagsschule gehst?" Sie hatte ein schlechtes Gewissen, weil sie Lori über ihr Familienleben ausfragte, aber wenn sie Mike helfen wollte, musste sie mehr über ihn erfahren.

„Daddy sagt, Grandma Dolan hat ihn und Onkel Mike

immer gezwungen, mit ihr in die Kirche zu gehen, und er hat es gehasst. Er sagt, in der Sonntagsschule bringen sie einem nur Lügen bei."

„War dein Onkel Mike derjenige, der in Vietnam gefallen ist?"

„Ja, das ist schon ganz lange her. Ich habe nur Bilder von ihm gesehen."

„Und was ist mit deinem Großvater? Geht er in die Kirche?"

„Nein, aber er war total sauer, als Daddy gesagt hat, dass sie einem da Lügen erzählen. Er hat gesagt, Daddy soll das nicht sagen. Dann haben sie sich gestritten und angebrüllt. Mickey hat gesagt, dass es meine Schuld war, dass sie sich gestritten haben. Deswegen will ich nicht mehr mit Melissa hingehen."

„Wie lange ist das denn her, Lori?"

„Das war, bevor Grandpa Krebs bekommen hat und für die Operation ins Krankenhaus musste. Aber letztes Weihnachten bin ich mit Melissa gegangen, um das Stück über das Baby in der Krippe zu sehen, weil sie in dem Stück ein Engel war, und sie wollte, dass ich das sehe. Sie ist meine beste Freundin. Mommy hat gesagt, ich soll es Daddy einfach nicht erzählen."

Diese neue Information über Mike und seine Familie musste Wilhelmina erst einmal verdauen. Sie fragte sich, was sie tun sollte. Sie hatte überlegt, Lori in ihre Gemeinde einzuladen. Aber das ging ja nicht, wenn sie dadurch zu Hause Probleme bekam.

„Professor Brewster?" Loris Stimme zitterte ein bisschen.

„Ja, Liebes?"

„Kann man nur in den Himmel kommen, wenn man in die Kirche geht?"

Wilhelmina umfasste das Lenkrad fester. Wie konnte sie

eine solche Frage so beantworten, dass eine Achtjährige es verstand? Für diese Art Gespräch war sie nicht ausgebildet. Vielleicht sollte sie den Sonntagsschulkoordinator bitten, mit Lori zu reden. Er wüsste sicher, was er sagen konnte. Aber er war jetzt nicht hier und Lori wartete auf eine Antwort.

„Hat dir das jemand erzählt, Lori? Dass du nur in den Himmel kommen kannst, wenn du in die Kirche gehst?"

„Als Grandpa Krebs hatte und operiert wurde, hat Melissa gesagt, dass er besser nicht sterben sollte, weil er nie in die Kirche geht und …" Lori versagte die Stimme und sie schluchzte den Rest des Satzes. „Melissa hat gesagt, dass Grandpa nicht in den Himmel kommt … dass er in die Hölle kommt … und für immer in einem See aus Feuer brennt!"

Die Autobahn verschwamm vor Wilhelminas Augen. Wie konnten Christen nur so grausam und gedankenlos sein. Wie konnten sie solche Dinge sagen? Dann erinnerte sie sich an das Traktat, das sie Mike beinahe gegeben hätte. Das mit dem Bild von Höllenfeuer und Schwefel. Im Stillen dankte sie Gott dafür, dass er sie aufgehalten hatte.

„Hör mal zu, Lori, Schätzchen. Jeder Mensch auf der Welt hat es eigentlich verdient, in die Hölle zu kommen, weil niemand vollkommen gut ist. Auch nicht die Leute, die jeden Sonntag in die Kirche gehen. Wenn Gott jeden danach beurteilen würde, ob er perfekt ist, dann würden wir alle in der Hölle enden … dein Grandpa, ich, sogar Melissa. Aber Gott will nicht, dass jemand in die Hölle kommt. Gott hat uns lieb, dich und mich und deinen Großvater auch. Er will, dass wir alle bei ihm im Himmel sind und nicht in der Hölle."

„Warum hat Gott dann die Hölle gemacht?"

Noch ein theologisches Monstrum, das es zu erklären galt. Wilhelminas Vater hatte diesem Thema ganze Vorlesungen gewidmet. Wie konnte Wilhelmina das auch nur ansatzweise erklären? Sie musste es versuchen. „Bestrafen deine Eltern dich, wenn du etwas Schlimmes gemacht hast, Lori? Sagen wir mal, du hast ein Fenster eingeschlagen oder etwas in der Art. Würdest du das nicht bezahlen müssen?"

Lori nickte und wischte sich mit dem Handrücken die Tränen von der Wange. „Mickey hat die Fernbedienung vom Fernseher kaputt gemacht, weil er damit rumgespielt hat, und jetzt sagt Daddy, dass er sie von seinem Taschengeld bezahlen muss."

„Siehst du? Gott ist für uns wie ein Vater und wir müssen für das, was wir falsch gemacht haben, bezahlen. Dafür ist die Hölle da. Aber erinnerst du dich an das Baby in der Krippe von Melissas Weihnachtsstück?"

„Es war eigentlich nur eine Puppe, aber sie sollte der kleine Jesus sein."

„Genau. Jesus ist Gottes Sohn, und er hat im Himmel gelebt …"

„Bei den Engeln?"

„Ja, bei den Engeln. Dann ist er als Baby auf die Erde gekommen und ist zu einem Mann herangewachsen, nur um für all die bösen Dinge zu bezahlen, die wir getan haben. Es wäre so …. als würde Jesus für die neue Fernbedienung bezahlen, damit Mickey es nicht tun muss. Wegen Jesus müssen du und ich und Melissa und dein Großvater nicht in die Hölle, weil Jesus sich für uns hat bestrafen lassen."

„Aber muss man nicht in die Kirche gehen, damit Jesus das tut?"

Wilhelmina zögerte. Ein lebenslanges Festhalten an bestimmten Lehren in Glaubensfragen ließ sich nicht einfach so abschütteln. „Nein, Lori. Du musst nicht in die Kirche gehen. Du musst nur an Jesus glauben und ihm sagen, dass es dir leidtut. Dann bittest du ihn, dir zu vergeben und in dein Herz zu kommen. Aber wir sollten in die Kirche gehen und Gottesdienst feiern. Um ihm Danke zu sagen für alles, was er für uns getan hat. Und um mehr über ihn zu erfahren."

Wilhelmina bog um die letzte Ecke und fuhr in ihre Auffahrt. Mikes Pick-up parkte schon am Ende und Mike lehnte lässig am Heck des Wagens.

„Grandpa ist hier!" Lori kletterte schnell aus dem Auto und warf sich in seine Arme. „Oh, Grandpa, es war wunderschön! Du hättest es sehen sollen!"

Ja, das hätte er. Mit unverminderter Wucht kehrte Wilhelminas Verärgerung zurück.

„Vielleicht beim nächsten Mal, Prinzessin. Das heißt, falls Professor Brewster uns überhaupt noch mal einlädt. Hast du dich auch bedankt?"

„Danke schön, Professor Brewster", sagte sie, um gleich darauf begeistert weiterzuerzählen. „Weißt du was, Grandpa? Sie hat mir eine Klavierstunde gegeben. Ich möchte auch so spielen können wie sie. Darf ich, Grandpa? Kann ich Klavierunterricht nehmen? Bitte?"

„Du hast ja noch nicht einmal ein Klavier."

„Aber du hast eins und ich könnte bei dir üben. Bitte, Grandpa?"

„Da musst du erst Mom und Dad fragen, Prinzessin. Das müssen sie entscheiden, nicht ich."

„Aber ich will Daddy nicht fragen. Er sagt bestimmt Nein. Bitte, Grandpa? Kannst du ihn nicht fragen?"

Als Mike hilflos zu Wilhelmina herübersah, kamen ihr die Worte über die Lippen, bevor sie sie zurückhalten konnte. „Ich würde sie gerne unterrichten, Mike, wenn ihre Eltern nichts dagegen haben. Wir können uns auf einen Preis einigen, den sie sich leisten können."

War sie jetzt vollkommen wahnsinnig geworden? Eine Anfängerin zu unterrichten, die keinerlei musikalischen Hintergrund hatte? Ihr Bruder Larry würde sagen, das sei unter ihrer Würde. Eine Verschwendung ihres Talents. Aber sie hatte keine Ahnung, wie sie Mike sonst wiedersehen sollte.

„Also gut, ich werde ihn fragen, Prinzessin. Aber mehr kann ich dir nicht versprechen. Und jetzt steig ein, ich komme gleich, okay?"

„Auf Wiedersehen, Professor Brewster. Das mit dem Ei merke ich mir."

Mike nahm Wilhelminas Arm und ging mit ihr hinter den Wagen. Wahrscheinlich würde er versuchen, sich zu entschuldigen und eine Ausrede vorzubringen. Der Ärger ließ ihre Muskeln verkrampfen.

„Ich möchte Ihnen danken, dass Sie das Mädchen heute mitgenommen haben, Willymina. Wir sind einfache Leute, wissen Sie, und gehen nicht oft zu so kulturellen Dingen. Ich dachte mir, dass es ihr Spaß machen würde."

„Ja, das hat es."

Mike drehte seine Yankees-Kappe einen Moment lang in der Hand, bevor er sie ansah. Er war kein Mann, den man als gut aussehend bezeichnen würde, war es wahrscheinlich nie gewesen, aber in seinem Lächeln lag eine Wärme und in seinen hellen blauen Augen eine Freundlichkeit, die ihn trotzdem attraktiv machten.

„Ich habe das Gefühl, dass Sie mir böse sind, weil ich heute nicht mitgekommen bin, Professor."

„Lori sagte, Sie würden eine Flugstunde geben. Hätte das nicht einen Tag warten können?"

„Wissen Sie, das ist es ja. Es konnte nicht warten." Er sprach leise. „Ich wollte nicht, dass Lori es hört, aber die Stunde war für ein Kind, das nicht viel älter ist als sie. Der Junge stirbt an Leukämie und es war sein letzter Wunsch, ein Flugzeug zu fliegen. Also, eigentlich wollte er einen Jet fliegen, aber so was habe ich nicht, also ..."

„Oh Mike, es tut mir leid. Ich …“

„Nein, nein. Ich hätte Ihnen das erklären sollen, aber dazu war keine Zeit, verstehen Sie. Die Regenbogengesellschaft hat mich heute Morgen angerufen, weil Ryans Zustand sich verschlechtert hat, und sie mussten ihn aus dem Krankenhaus holen und …“

„Bitte, Mike, sagen Sie nichts mehr. Ich fühle mich schrecklich. Und Lori und ich hatten wirklich einen wunderbaren Nachmittag. Nächstes Mal besorge ich drei Karten und dann können Sie mitkommen.“

„Das wäre nett. Danke noch mal, Professor.“ Er drückte ihren Arm ein wenig und stieg in seinen Wagen. Lori winkte aus dem Fenster, als sie davonbrausten.

Als Wilhelmina zum Haus ging, war sie völlig erschöpft. Klavierstunden und Flugstunden. Ältere Brüder und jüngere Brüder. Himmel und Hölle. Es war erst sechs Uhr, aber sie würde sich ein heißes Bad gönnen und gleich zu Bett gehen. Was hatte dieser Mike Dolan nur an sich? Jedes Mal, wenn Wilhelmina mit ihm zusammen war, brachte er sie dazu, sich selbst einmal kritisch unter die Lupe zu nehmen. Und was sie da sah, gefiel ihr so gar nicht.

Gerade als sie die Hintertür aufschloss, hörte sie das Telefon in der Küche läuten. Sie erkannte die Stimme ihres großen Bruders. „Gut, dass ich dich endlich erwische, Wilhelmina. Hör zu, wir müssen über das Homecoming-Wochenende im Faith College am nächsten Samstag reden …“

Bei der Erwähnung des Colleges kochte Wilhelminas Verärgerung wieder hoch. Der Gedanke, ein ganzes Wochenende mit dem Dekan und ihren ehemaligen Kollegen zu verbringen und höflich und gesellig zu sein, war für sie ein Albtraum. Dieses Jahr wollte sie nicht an den Feierlichkeiten zur Semestereröffnung teilnehmen. Aber es wäre das erste Mal, dass sie das Homecoming verpasste.

„Marge und ich wollen übers Wochenende hinfahren", dröhnte die tiefe Bassstimme ihres Bruders.

„Natürlich, Larry. Und ihr könnt hier übernachten, wenn ihr wollt." Am anderen Ende herrschte eine ganze Weile Schweigen."

„Bist du sicher?"

„Ja, ganz sicher. Ihr wohnt doch jedes Jahr bei mir, oder? Warum fragst du überhaupt?"

„Also, du klingst ein bisschen … aufgebracht."

„Es war ein langer Nachmittag. Ich komme gerade vom Ballett in Hartford zurück und bin nur müde, das ist alles. Sag Marjorie, ich werde das Gästezimmer richten und dann sehen wir uns am Samstag zum Mittagessen."

Aber Wilhelmina hatte bereits beschlossen, dass sie am Homecoming-Wochenende keinen Fuß auf den Campus setzen würde.

8

Samstag, den 17. Oktober 1987

Als Wilhelmina am Samstag darauf erwachte, war ihr, als hätte sie die Nacht in ihrem Flügel verbracht und alle 88 Hämmer hätten auf ihren Kopf eingedroschen. Sie wünschte, es wäre der Beginn einer Grippe – Hauptsache, sie hatte eine Ausrede, den Feierlichkeiten am College fernzubleiben. Larry würde niemals verstehen, warum sie nicht hinging. Er würde von Pflicht und Verantwortung reden und ihr Schuldgefühle einreden, bis sie schließlich ein falsches Lächeln aufsetzte und einwilligte, ihn zu begleiten. Wilhelmina hatte noch nie im Leben einen Streit mit ihm gewonnen. Wenn das Homecoming-Wochenende vorbei war und Larry wieder zu seiner tollen Gemeinde in Springfield zurückgekehrt war, würde sie wochenlang Depressionen haben.

Sie nahm zwei Kopfschmerztabletten und holte saubere Bettwäsche für das Gästezimmer heraus. Wenn sie doch nur eine legitime Ausrede hätte, um zu Hause zu bleiben; eine, gegen die nicht einmal Larry etwas einwenden konnte. Sie überlegte immer noch krampfhaft, als ihr Telefon klingelte.

„Hallo, Professor. Mike Dolan hier. Ich hoffe, ich störe Sie nicht." Es war ein gutes Gefühl, Mikes Stimme zu hören, trotz ihres anhaltend schlechten Gewissens, dass sie es noch immer nicht geschafft hatte, ihm von Jesus zu erzählen.

„Nein, nein, Sie stören überhaupt nicht. Was kann ich für Sie tun, Mike?"

„Ich hoffe, Sie meinten es ernst, als Sie gesagt haben, Sie

würden Lori Klavierunterricht geben. Seit Samstag haben nämlich ihr Vater und ich keine ruhige Minute mehr."

„Natürlich war es mein Ernst. Ist ihr Vater einverstanden?"

„Nachdem ich ein bisschen nachgeholfen habe. Was ich Sie fragen wollte ... ich habe Lori angeboten, dass sie Helens altes Klavier bekommen kann, aber ich bin nicht sicher, ob es überhaupt noch etwas taugt."

„Soll ich es mir einmal ansehen?"

„Das wäre wirklich nett, wenn es Ihnen nichts ausmacht. Seit Jahren hat niemand mehr darauf gespielt."

„Wie wäre es mit heute Nachmittag?"

„Also, wenn Sie andere Pläne haben, will ich Ihnen die nicht kaputt machen. So eilig ist es nicht."

„Nein, mir passt heute Nachmittag sogar sehr gut."

„Fantastisch! Wie wäre es denn, wenn ich Sie gegen eins abhole?"

„Ich kann selbst fahren, Mike, das macht mir nichts aus."

„Nein, Sie sollen für mich kein Benzin verschwenden. Ich bin gegen ein Uhr da." Dann legte er auf, bevor sie noch protestieren konnte.

Wilhelmina summte vor sich hin, während sie das Gästebett herrichtete. Noch eine Fahrt in Mikes Pick-up war nicht so schlimm wie ein ganzer Nachmittag gezwungene Geselligkeit am Faith College. Sie hatte eine gute Ausrede, um zu Hause zu bleiben. Alles andere war unwichtig.

Laurentius und seine Frau Marjorie trafen am späten Vormittag ein. Mit dem üblichen Pomp. Ihr Bruder rauschte wie königlicher Besuch in Wilhelminas Haus und übernahm sofort die Regie. Mehr denn je erinnerte er Wilhelmina mit seiner Patriziernase und dem düsteren Blick unter seinen vorstehenden Augenbrauen an einen großen Weißkopfseeadler. Larrys gewaltige Präsenz überschattete seine rundliche, grauhaarige Frau vollkommen. Marjorie nahm die biblische Anweisung, dass Frauen sich ihren Ehemännern unterordnen sollten, sehr wörtlich und soweit Wilhelmina wusste, hatte sie noch nie im Leben eine eigene Meinung geäußert. Und das würde sie sicherlich auch nicht tun, solange sie mit Larry verheiratet war, der in jeder Angelegenheit die oberste Autorität hatte.

Der Reverend Dr. Laurentius Horatio Brewster, Doktor der Theologie, holte seit 45 Jahren erfolgreich auf Abwege geratene Schäfchen ins Himmelreich. Während des Mittagessens beschloss Wilhelmina, sein umfangreiches Wissen anzuzapfen, um einige Tipps zu bekommen, wie sie am besten mit Mike über Gott reden konnte. Aber sie würde vorsichtig sein und die Fragen allgemein halten müssen, sonst würde Larry selbst anfangen, Fragen zu stellen. Sie reichte den Teller mit Schinkenbroten herum und fragte: „Sag mal, Larry, wie teilt sich deine Arbeit eigentlich auf zwischen denen, die schon Christen sind, und denen, die noch nicht gerettet sind?"

„Ich habe natürlich eine recht große Gemeinde, wie du weißt, also muss ich viele Aufgaben an meine Kollegen delegieren, die für bestimmte Bereiche zuständig sind. Derzeit habe ich einen sehr kompetenten Pastor für Evangelisation, dessen Aufgabe es ist, die Verlorenen anzusprechen."

„Wie macht er das? Geht er an die Hecken und Zäune und ruft sie zusammen?"

„Natürlich nicht. Das ist jetzt ein Spezialgebiet der Theologie. Am Seminar kann man Evangelisation als Hauptfach belegen."

Das war ein schwerer Schlag für Wilhelmina. Wenn Pastoren jetzt schon Universitätsseminare brauchten, um Ungläubigen wie Mike Zeugnis zu geben, wie sollte sie dann dabei erfolgreich sein? All die Karteikarten in ihrer Handtasche schienen ihr plötzlich albern verglichen mit einem Hochschulabschluss in Evangelisation.

„Nehmen wir an, dein Pastor für Evangelisation begegnet

einem Ungläubigen ... wie, ist ja auch egal. Was könnte er zu ihm sagen? Wie würde er anfangen?"

Larry biss in sein Sandwich und tupfte sich anschließend mit der Serviette den Mund ab. „Der erste Schritt wäre, diesem Sünder seine völlige Verderbtheit, die Ausschweifungen und die Verkommenheit seiner unsterblichen Seele bewusst zu machen, die Korruption und Unreinheit ..."

„Komm schon, Larry. Wir reden nicht von einem Massenmörder, sondern von einem ganz normalen Mann von der Straße."

Er sah sie durch halb geschlossene Augen geduldig an. „In der Bibel steht in Römer 3,23, dass alle Menschen gesündigt haben und der Herrlichkeit Gottes nicht gerecht werden. Also ist auch dein ganz normaler Mann von der Straße in Gottes Augen eine widerwärtige, nichtswürdige Kreatur, deren angemessene Strafe die Hölle und der Tod sind ..."

„Jetzt rede doch nicht so geschwollen daher! Mike ist nicht widerwärtig oder nichtswürdig."

Larry lächelte verschmitzt. „Sprechen wir jetzt von einer konkreten Person?"

Wilhelmina hätte sich am liebsten die Zunge abgebissen. Larry hatte sie mal wieder ausgetrickst. Jetzt würde er keine Ruhe geben, bis er die ganze Geschichte kannte. Besser, sie hätte das Thema gar nicht erst angeschnitten. Sie reichte ihm den Teller mit den eingelegten Gurken in der Hoffnung, ihn abzulenken, aber Larry hatte abrupt aufgehört zu essen und starrte sie fragend an. Das würde er so lange tun, bis sie ihm seine Frage beantwortet hatte.

„Also gut! Was macht es schon, wenn es sich um eine konkrete Person handelt? Ich sehe nicht ein, warum man damit anfangen muss, ihm zu sagen, wie widerwärtig und gemein er ist. Er würde doch auf dem Absatz kehrtmachen und gehen. Und ich könnte es ihm noch nicht einmal übelnehmen."

„Die Wahrheit muss trotzdem gesagt werden, Wilhelmina. Bevor er die riesige, tiefe Kluft erkennt, die ihn von Gott trennt, und die lodernde Strafe des Gerichts, das ihn erwartet, wird der Sünder keine Notwendigkeit für Reue oder für einen Retter sehen."

Das konnte Wilhelmina nicht. Niemals würde sie mit Mike Dolan über moralische Verderbtheit oder Höllenfeuer und Schwefel reden können. Schon tat es ihr leid, dass sie Larry überhaupt um Rat gefragt hatte. „Möchte jemand ein Stück Kuchen?", fragte sie daher, als Larry in seiner Predigt eine Pause einlegte.

Marjorie räusperte sich – ein Zeichen dafür, dass sie endlich auch etwas sagen würde. „Ich will dich ja nicht hetzen, Wilhelmina, aber es ist gleich ein Uhr. Du kannst dich ja schon mal umziehen und ich räume in der Zeit das Geschirr ab."

Wilhelmina holte tief Luft. „Ich komme nicht mit, Marjorie. Ich habe einen anderen Termin."

Larry ließ seine Gabel sinken. „Du kommst nicht mit? Wilhelmina!"

„Deine Predigt über Pflicht und Verantwortung kannst du dir sparen, Larry. Ich werde nicht mitgehen und das ist mein letztes Wort. Faith College wird ohne mich feiern müssen. Ich werde gleich abgeholt, deshalb müsst ihr mich entschuldigen. Lass das Geschirr einfach stehen, Marjorie, ich kümmere mich später darum."

Sie nahm die Platten mit den Resten vom Mittagessen, um in die Küche zu gehen, aber Larry erhob sich von seinem Platz am Kopfende des Tisches und stellte sich ihr in den Weg.

„Was soll dieser Unsinn?" Er klang und wirkte so sehr wie Vater, dass Wilhelmina beinahe gelacht hätte.

„Larry, wer hat letztes Jahr das Spiel zum Homecoming

gewonnen? Oder das Jahr davor? Weißt du es noch? Interessiert es dich wirklich? Es ist eine Zeitverschwendung, zu solchen Events zu gehen, und dieses Jahr habe ich dafür wirklich keine Zeit. Ich habe schon eine andere Verabredung."

Larrys strenge Miene wandelte sich in einen Ausdruck seelsorgerlichen Mitgefühls. Er legte einen Arm um ihre Schulter. „Ich glaube, ich weiß, was dieser kleine Aufstand soll, Wilhelmina. Dein Stolz ist verletzt, nicht wahr? Und deshalb hast du beschlossen, Faith College dieses Jahr zu meiden. Wir alle müssen uns hin und wieder schwierigen Situationen stellen, aber das Beste ist, sozusagen den Stier bei den Hörnern zu packen. Steh auf, klopft den Staub von deinem verletzten Stolz und ..."

„Das hier hat nichts mit verletztem Stolz und irgendwelchen Hörnern zu tun, Larry. Ich habe versprochen, ein Klavier für eine Schülerin Probe zu spielen, und ich finde, das ist wichtiger als ein langweiliger Empfang und ein Footballmatch."

Larry stockte, während er versuchte, mit der Tatsache fertigzuwerden, dass er bei seiner Predigt unterbrochen worden war. „Also wirklich! Das muss aber eine besonders begabte Schülerin sein, wenn du für sie deine Verpflichtungen am Homecoming-Wochenende vernachlässigst!"

Plötzlich erinnerte sich Wilhelmina an Loris kleine Finger mit dem abgeplatzten pinkfarbenen Nagellack. „Oh ja. Sie hat sehr viel Potenzial."

„Aber es dauert doch nicht den ganzen Tag, ein Klavier anzusehen. Zum Bankett der Ehemaligen heute Abend wirst du doch sicher kommen können." Es war keine Frage, es war ein Befehl.

„Natürlich, Larry." Sie hatte ihre Freiheit für den Nachmittag erreicht und das war immerhin ein Teilsieg. Während sie sich umdrehte, um das Geschirr in die Küche zu bringen, hörte sie den lauten Auspuff von Mikes Pick-up. Dann ertönte die Hupe.

„Das ist meine Mitfahrgelegenheit. Bis später." Sie machte einen Bogen um ihren Bruder und stellte das Geschirr in die Küche in der Hoffnung, schnell verschwinden zu können. Aber Larry hatte aus dem Esszimmerfenster geschaut und stürzte sich jetzt auf Wilhelmina wie ein wütender Stier.

„Gütiger Himmel! Das ist ein ... ein *Pick-up*!"

„Natürlich ist es ein Pick-up, Larry. Wie soll man denn sonst ein Klavier transportieren?"

„Aber du kannst doch unmöglich mit diesem Ding fahren! Das ist doch eine einzige Rostlaube! Und es sitzen *Hunde* darin!"

Als Wilhelmina die Tür öffnete, hörte sie Buster und Heinz laut zur Begrüßung bellen. Einen Moment lang war sie versucht, Larry an den Kopf zu werfen, was für ein arroganter Wichtigtuer er war. Aber dann erinnerte ihr Gewissen sie daran, dass ihre ursprüngliche Meinung über Mike und seinen Wagen der ihres Bruders gar nicht so unähnlich gewesen war.

„Ja, Larry, in dem Auto sitzen Hunde. Und weißt du was? Sie sind nicht reinrassig."

„Ich hindere Sie hoffentlich nicht daran, Zeit mit Ihrem Besuch zu verbringen, oder?" Mike zeigte auf die Limousine, die in Wilhelminas Auffahrt stand.

„Im Gegenteil. Sie retten mich." Ihre Wangen waren leuchtend rot und sie wirkte durcheinander. Mike half ihr neben seinem Enkel Mickey auf den Beifahrersitz und stieg selbst auf der Fahrerseite ein. Dann ließ er den Motor eine Weile im Leerlauf laufen.

„Ich will ja nicht neugierig sein, aber ich sehe, dass Ihr Besuch aus Massachusetts ist."

„Das sind nur mein Bruder und seine Frau und sie sind ohnehin nicht gekommen, um mich zu besuchen, sondern für das Homecoming-Wochenende am College."

„Oh." Das erklärte, warum Wilhelmina so erpicht darauf gewesen war, das mit dem Klavier heute zu machen. Während Mike den Rückwärtsgang einlegte und zurücksetzte, spürte er, wie Wut auf die College-Vertreter in ihm aufstieg, weil sie Wilhelmina auf so herzlose Weise abgewiesen hatten. Er konnte verstehen, dass sie den Ort mied. Er pfiff ohne besondere Melodie vor sich hin und überlegte, was er tun konnte, um sie aufzuheitern.

„Wollen Sie meiner doofen Schwester wirklich Klavierunterricht geben?", fragte Mickey Wilhelmina.

„Hey! Du sollst nicht so über deine Schwester reden", sagte Mike.

„Ach, Grandpa. Lori ist doch hohl. Eine totale Traumtänzerin. Die lernt nie Klavier spielen."

„Na, wir sind wohl ein bisschen eifersüchtig, was?", gab Mike zurück.

„Quatsch." Aber daran, wie Mickey auf seinem Sitz kleiner wurde, konnte Mike erkennen, dass er einen wunden Punkt getroffen hatte.

„War ja nur eine Frage. Manche Kinder haben ein Problem damit, wenn ihre Schwester etwas Neues bekommt – zum Beispiel ein Klavier und Klavierunterricht." Mickey verschränkte die Arme. „Professor Brewster hat mir erzählt, dass sie zwei Brüder hat. Ich frage mich, ob die beiden jemals eifersüchtig waren, weil sie Klavier gespielt hat." Er warf Wilhelmina einen Blick zu in der Hoffnung, sie in die Unterhaltung mit einzubeziehen, aber als er den traurigen Ausdruck sah, der über ihr Gesicht huschte, wünschte er, er könnte die Frage zurücknehmen.

„Wahrscheinlich waren sie schon manchmal ein bisschen eifersüchtig“, sagte sie, den Blick auf ihren Schoß gesenkt. „Aber sie haben auch bestimmte Fähigkeiten, die ich nicht habe, also gleicht es sich am Ende wieder aus.“ Sie sah Mickey an. „Ich glaube, du wärst glücklicher, wenn du Lori erlauben würdest, sie selbst zu sein, und dich stattdessen auf die Begabungen konzentrieren könntest, die nur du besitzt.“

Einige Minuten später hielt Mike vor seinem winzigen Bungalow. Er trat als Erster ein, froh darüber, dass er aufgeräumt hatte. Das Haus sah deutlich ordentlicher aus als beim letzten Mal, als Wilhelmina hier gewesen war. Aber trotz der Tatsache, dass keine schmutzigen Socken oder halb aufgegessene Butterbrote herumlagen, ärgerte es ihn, dass auf dem Klavierhocker genug Staub lag, um mit dem Finger seinen Namen daraufzuschreiben.

„Die Putzfrau hat wohl vergessen, Staub zu wischen.“ Er zog sein Taschentuch heraus und wischte über den Hocker. „Nur zu, Willymina. Tun Sie sich keinen Zwang an.“

„Es ist ein schönes Klavier von einer guten Marke. Bestimmt ist es in Ordnung.“ Sie setzte sich und öffnete den Klavierdeckel. Dann stürzte sie sich in eine schwindelerregende Vorführung ihres Talents, bei der ihre Hände die gesamte Tastatur erkundeten.

„Wow! So ist das Ding bestimmt in seinem ganzen Leben noch nicht gespielt worden“, sagte Mike, als sie endete. „Wahrscheinlich fragt es sich gerade völlig verwirrt, was los ist.“

„Es ist ein gutes Instrument. Sollten Sie jemals beschließen, es zu verkaufen, wäre es sicherlich einiges wert.“ Sie spielte einen Teil eines Liedes, das Mike irgendwie bekannt vorkam.

„Es klingt weniger verstimmt als das im Beratungszentrum“, grinste er.

Wilhelmina blickte zu ihm auf. Fast lächelte sie. „Ja, das stimmt. Aber ich würde es an Ihrer Stelle trotzdem stimmen lassen, wenn Sie es zum Haus Ihres Sohnes transportiert haben. Ich kann Ihnen Mr Amatos Telefonnummer geben. Er ist sehr gut und seine Preise sind angemessen."

Sie spielte noch ein, zwei Minuten auf den Tasten herum, so als würde sie ihren Job nur widerwillig beenden, dann experimentierte sie eine Weile mit den Pedalen. Schließlich schloss sie den Klavierdeckel wieder und stand auf. Dann nahm sie das gerahmte Foto von Helen in die Hand, das auf dem Klavier stand.

„Ist das Ihre Frau? Lori hat mir erzählt, dass sie Klavier gespielt hat."

„Das hat sie, aber nicht so wie Sie. Sie hat vor allem nach Gehör gespielt. Schlager, Weihnachtslieder, solche Sachen. Wann immer wir Freunde oder Verwandte zu Besuch hatten, haben wir sie überredet zu spielen und wir haben alle dazu gesungen. Nichts Besonderes."

Mickey seufzte voller jugendlicher Ungeduld. „Ist sie fertig, Grandpa? Können wir jetzt angeln fahren?"

„Ja, Mickey. Ich bin fertig. Dein Großvater kann mich wieder nach Hause bringen." Sie stellte das Foto von Helen an seinen Platz zurück.

Mike funkelte seinen Enkel an. Wilhelmina würde niemals einwilligen, länger zu bleiben, jetzt, wo sie wusste, dass Mike andere Pläne hatte. Er musste sie aufmuntern, aber er wusste nicht, wie. „Äh … was ist mit Noten, Willymina? Sollte Lori nicht ein Buch oder so was kaufen?"

„Am Anfang noch nicht. Außerdem habe ich jede Menge Bücher, die ich ihr leihen kann." Sie nahm ihre Handtasche und bewegte sich in Richtung Tür.

Mike konnte sie nicht nach Hause bringen, wenn er wusste, dass sie alleine dort sitzen und deprimiert sein würde.

Aber Wilhelmina würde nie im Leben mit ihnen angeln gehen. „Ich, äh … ich glaube, in dem Hocker hier sind noch alte Noten. Würde es Ihnen etwas ausmachen, sich die mal anzusehen, bevor Sie gehen? Ich komme gleich wieder."

Er verschwand in der Küche, schnappte sich eine Plastiktüte und fing an hineinzustopfen, was er finden konnte. Eine Packung gefrorener Hotdogs. Einen halben Laib Brot. Vier altbackene Donuts. Drei Dosen Limo. Eine Plastikflasche mit Senf. Eine Tüte Chips. Mike warf einen Blick auf die Rolle mit dem Klebeband und überlegte kurz, ob er Mickey damit den Mund zukleben sollte.

„Grandpa hat versprochen, nachher mit mir angeln zu gehen", hörte er Mickey sagen. Wilhelminas gemurmelte Antwort verstand er nicht. „Ja, deshalb bin ich froh, dass es nicht so lange gedauert hat, das Klavier anzugucken."

Mike band die Tragegriffe der Plastiktüte zusammen und ging damit ins Wohnzimmer.

„Ist irgendwas davon brauchbar?", fragte er.

„Ich würde die Noten jedenfalls nicht wegwerfen. Man weiß ja nie."

„Das bedeutet, dass sie nichts taugen. Also gut. Fahren wir."

Mike warf die Tüte mit den Snacks hinter dem Fahrersitz auf den Boden, dann lud er die Hunde und alle anderen ein und fuhr los. Zehn Minuten später fuhr er an der Einmündung zu Wilhelminas Straße vorbei.

„Halt, warten Sie! Das gerade war die Abzweigung zu meinem Haus."

„Tut mir leid, Ma'am, Sie werden entführt. Sie können schreien, so viel Sie wollen, aber es wird nichts nutzen."

„Aber ich sollte wirklich …"

„Der Kapitän und die Crew dieses Piratenschiffs sind für alles Flehen um Gnade taub, nicht wahr, Mickey, Matrose?"

Mickey runzelte die Stirn. „Hä?"

„Sehen Sie? Was habe ich gesagt?" Mike warf Wilhelmina einen Blick zu und sah, dass sie ein wenig lächelte.

„Na ja, wenn wir nicht zu lange bleiben …"

„Ich will Sie mal was fragen, Willymina, und ich will eine ehrliche Antwort. Soll ich Sie wirklich nach Hause fahren, damit Sie mit Ihrem Bruder zu dem ganzen Gedöns im College gehen können?"

Sie schwieg einen Moment lang. „Nein. Eigentlich nicht."

„Dachte ich mir." Er grinste breit und stimmte mit schiefem Gesang ein Seemannslied an.

„Mike …", sagte sie, als er schließlich verstummte. „Ich … ich wollte nur Danke sagen. Dafür, dass Sie eine Frau in Not gerettet haben."

Sie fuhren beinahe eine Stunde lang über schmale Straßen im Hinterland, die dem Flusslauf folgten, bis sie zu einem Naturschutzgebiet kamen. Vor einer oder zwei Wochen hatte es hier wahrscheinlich atemberaubend ausgesehen, aber jetzt war die Glanzzeit des Herbstlaubs vorbei. Die Bäume waren beinahe kahl und der Wald wappnete sich schon für den Winter. Mike lenkte den Wagen auf einen leeren Parkplatz.

„Sieht aus, als wären wir die Einzigen hier", sagte er. „Ich hoffe, Sie haben bequeme Schuhe an."

Wilhelmina trug eine Nylonstrumpfhose und ziemlich teure Lederpumps mit einem kleinen Absatz. Aber wie ein Gefangener, der Freiheit wittert, war es ihr gleichgültig, ob sie sich die Schuhe ruinierte. Mickey nahm seine Angel und lief mit den Hunden voraus. Mike nahm ihren Arm, während sie vorsichtig tastend dem schmalen, unebenen Pfad folgte.

„Tut mir leid, dass ich so langsam bin."

„Ach, das macht gar nichts. Sie gehen wahrscheinlich nicht oft im Wald wandern, oder?"

„Du lieber Himmel, nein! Ich kann mich noch nicht einmal daran erinnern, wann ich zuletzt im Wald war."

Sie gingen eine Viertelstunde und die ganze Zeit über hielt Wilhelmina den Blick starr auf den Weg gerichtet, um nach Baumwurzeln, Schlangen und anderen unbekannten Gefahren Ausschau zu halten. Sie fing schon an zu bereuen, dass sie sich auf dieses Abenteuer eingelassen hatte, als Mike plötzlich aus vollem Herzen seufzte.

„Ahhh ... der Wald ist so zufrieden und hat etwas an sich, das einen Menschen wieder aufbaut. Wissen Sie, was ich meine?"

Wilhelmina runzelte die Stirn. „Nein. Wie kann ein Wald zufrieden sein?"

„Wenn Sie mal damit aufhören, sich Sorgen zu machen, dass Sie eine Schlange sehen oder stolpern könnten, und sich stattdessen umsehen, werden Sie verstehen, was ich meine."

„Es ist nicht so einfach, den Spaziergang zu genießen, Mr Dolan, wenn der Weg so uneben ist und ich nicht die richtigen Schuhe trage."

„Ich hoffe, Sie nehmen mir meine Offenheit nicht übel, aber ich glaube nicht, dass es am Weg oder an den Schuhen liegt. Ich kann wirklich verstehen, dass Sie heute nicht zum College wollen. Aber gleichzeitig muss es schwer für Sie sein, an all das zu denken, was Sie verpassen. Ich glaube, ein Teil von Ihnen wäre gerne dort und ein anderer Teil nicht."

Mike kannte sie kaum und doch verstand er sie besser als ihr eigener Bruder. Besser, als sie sich selbst verstand. Sie blinzelte die aufsteigenden Tränen zurück und blickte zum ersten Mal zu dem Baldachin aus Bäumen auf, der sie umgab. Die kahlen Äste schienen zu einem filigranen Muster verwoben wie schwarze Spitze. Und darüber bildete der leuchtend blaue Himmel einen auffälligen Kontrast.

„Woher wissen Sie, dass die Bäume zufrieden sind, Mike?", fragte sie leise.

„Hören Sie eine Weile hin." Er blieb stehen und dann stand sie wortlos staunend da und lauschte der tiefen, durchdringenden Stille um sie herum. Die leise Bewegung der Bäume spielte einen Kontrapunkt zu dem entfernten Gesang von Vögeln, dem sanften Gurgeln des Wassers, dem Rascheln der trockenen Blätter im Wind. „Da kann man doch beinahe hören, wie sie zufrieden seufzen, nicht wahr, Wilymina? Und man sieht auch nie, dass Bäume sich streiten oder versuchen, einander herumzuschubsen. Sie sind damit zufrieden, einfach zu leben und zu wachsen und sich mit den Jahreszeiten still zu verändern."

Sie setzten sich wieder in Bewegung und die Stille des Waldes und die Musik der flüsternden Blätter unter ihren Füßen kamen ihr vor wie das ansteigende Crescendo einer herrlichen Sinfonie. Als sie schließlich den kleinen Picknickplatz am Ufer des Flusses erreichten, fühlte sich Wilhelmina seelisch erfrischt und ein tiefer Friede überkam sie.

Während Mike und Mickey die Böschung zum Fluss hinunterkletterten, saß sie an dem Picknicktisch. Sie sah zu, wie die beiden den Köder an ihren Angeln befestigten und in die Mitte des Flusses auswarfen. Sie lauschte dem Murmeln ihrer Stimmen, während sie über die Fische sprachen, die sie fangen würden, und über den besten Köder. Als Mickey versorgt war, kam Mike die Böschung herauf und setzte sich neben sie auf die Bank.

„Ist es eigentlich erlaubt, in einem Naturschutzgebiet zu angeln?", fragte sie.

„Er fängt nie etwas", flüsterte Mike.

„Nie? Dann wundert es mich, dass er immer noch gerne angeln geht."

„Na ja, er denkt, er hätte ein paar Fische gefangen."

„Wieso sollte er das denken?"

„Weil ich gelegentlich einen oder zwei, die ich gefangen habe, an seine Angel gehängt habe, wenn er nicht hingesehen hat. Aber nie in einem Naturschutzgebiet", fügte er eilig hinzu.

Wilhelmina dachte an Dekan Bradfords leere Versprechungen. „Finden Sie es richtig, Mickey so zu täuschen und ihm Hoffnungen zu machen?"

Mikes Lächeln schwand. „Hm, so habe ich es noch nie betrachtet. Ich wollte nicht lügen oder ihn betrügen. Ich wollte ihn nur ermutigen, es weiter zu versuchen. Früher oder später würde er schon selbst was fangen, wenn er nicht aufgab, dachte ich."

„Es tut mir leid, Mike, ich hatte kein Recht, Sie zu verurteilen. Sie sind ein wunderbarer Großvater. Gott weiß, dass ich eine schreckliche Großmutter abgegeben hätte. Ich habe überhaupt keine Geduld im Umgang mit Kindern."

„Das würden Sie nicht sagen, wenn Sie gesehen hätten, wie Lori die ganze Woche auf Zehenspitzen durchs Wohnzimmer getanzt ist. Das Mädchen findet, dass Sie die Beste sind." Sie saßen nebeneinander und lauschten der Stille, während sie zusahen, wie Mickey geduldig immer wieder die Angel auswarf und sie dann langsam wieder einholte. Aber Wilhelmina nahm die friedliche Umgebung und die ruhige Stille des Nachmittags nicht wahr, weil in ihrem Kopf Bilder vom Faith College herumschwirrten und ihr Herz den Verlust betrauerte.

Mike holte tief Luft und atmete dann langsam wieder aus. „Ahhh … ist das nicht ein herrlicher Duft, Willymina? Der Wald … das Moos und das trockene Laub … die Erde? Es ist das intensivste Parfüm, das je erfunden wurde."

Wilhelmina schnupperte zögernd. „Ja, es riecht wirklich ganz gut. Das war mir bisher gar nicht aufgefallen."

Der Wind nahm zu, als der Herbstnachmittag sich dem Ende entgegenneigte, und sie fröstelte in ihrem dünnen Pullover. „Hey, Sie frieren ja", sagte Mike. „Hier, nehmen Sie meine Jacke."

Bevor sie protestieren konnte, streifte er sich seine abgewetzte Fliegerjacke aus Leder ab und legte sie Wilhelmina um die Schultern.

„Jetzt werden Sie frieren."

„Ich mache uns ein Feuer." Er lief auf der Lichtung herum und sammelte abgebrochene Äste, die er über dem Knie in kleine Stücke brach und dann neben dem Picknicktisch auf einem kahlen Stück Erde aufschichtete.

„Darf man denn in einem Naturschutzgebiet Feuer machen?", wollte sie wissen.

„Weiß nicht."

„Sollten Sie dann nicht lieber eine Erlaubnis einholen, bevor Sie ein Feuer machen?"

Mike biss sich auf die Unterlippe und sie wusste, dass er sich das Lachen verkniff. Er ging zu dem nächsten Baum und klopfte respektvoll an den Stamm. „Entschuldigen Sie, Sir. Haben Sie etwas dagegen, wenn wir hier ein Feuerchen machen? Meiner Freundin ist ein bisschen kalt." Dann wandte er sich mit einem breiten Grinsen zu Wilhelmina um. „Er hat gesagt, es macht ihm nichts aus, solange wir vorsichtig sind."

Mikes kleine Vorführung war so komisch, sein Lächeln so ansteckend und ihre eigene Frage so albern, dass Wilhelmina unwillkürlich laut auflachte. „Sie halten mich bestimmt für eine arrogante Langweilerin."

„Nein, aber Sie halten mich bestimmt für einen schrecklichen Schurken. Warten Sie mal, wie viele Verbrechen habe ich heute schon begangen? Entführung, illegale Fischerei, Verführung eines Minderjährigen zu kriminellen Handlungen, Feuermachen, wo es nicht erlaubt ist …"

Wilhelmina lächelte. „Ach, hören Sie auf und machen Sie das Feuer. Sie haben mich nicht entführt. Ich bin freiwillig mitgekommen. Und der Fischerei kann man Sie nicht beschuldigen, solange Sie nicht tatsächlich etwas fangen. Außerdem habe ich gehört, wie Sie den groß gewachsenen Herrn da drüben um Erlaubnis gebeten haben, Ihr Feuer machen zu dürfen, also los."

Mike kramte in seinen Taschen. „Ich kann nicht – ich habe keine Streichhölzer!" Da mussten beide so lachen, dass Mickey seine Angel gehen ließ und die Böschung heraufgeklettert kam.

„Was ist denn so lustig, Grandpa?"

„Bleibst du bitte mal kurz bei Professor Brewster, während ich zum Wagen zurücklaufe und Streichhölzer hole?"

Buster und Heinz liefen voraus, als hätten sie genau verstanden, was Mike gesagt hatte. Mickey setzte sich neben Wilhelmina auf die Bank und starrte auf den Boden.

„Du kannst ruhig weiterangeln, wenn du willst", sagte Wilhelmina zu ihm. „Du brauchst nicht hier oben bei mir zu bleiben."

„Nein, ich bleibe. Weil Grandpa es will." Mickey wirkte mürrisch, als müsste er sich in ein schreckliches Schicksal fügen. Er stützte die Ellbogen auf die Knie und den Kopf in die Hände.

„Das ist eine sehr verantwortungsbewusste Einstellung für einen jungen Mann."

„Ich bin schließlich der Älteste. Alle erwarten, dass man vernünftig ist, wenn man der Älteste ist. Für Pete ist es okay, Dummheiten zu machen, weil er ein Baby ist, aber wenn ich was mache – auch wenn es aus Versehen passiert, wie die Sache mit der Fernbedienung, die ich kaputt gemacht habe –, sagt mein Dad: ‚Dafür musst du bezahlen. Wir erwarten, dass du dich deinem Alter entsprechend verhältst.‘ Pete und Lori dürfen viel mehr als ich. Ich muss immer auf Peter aufpassen und mich um Lori kümmern … und sie ist so eine Träumerin. Manchmal wünschte ich, ich wäre nicht der Älteste."

Er nahm eine Handvoll Kies und fing an, Steine in Richtung Fluss zu werfen. Wilhelmina musste unwillkürlich an ihren älteren Bruder denken. Vater hatte Larry die Verantwortung übertragen, sie und Peter zur Schule und wieder zurück zu begleiten. Er hatte erwartet, dass Larry die Morgenzeitungen austrug, und zwar bei jedem Wetter. Larry sollte der Mann im Hause sein, wenn Vater auf seinen langen Predigtreisen war, und es schien, als wäre Larry von Geburt an ein kleiner Erwachsener gewesen. Wilhelmina konnte sich nicht daran erinnern, dass er jemals ein sorgenfreies, hüpfendes Kind gewesen war. Kein Wunder, dass er noch immer das Gefühl hatte, in jeder Situation die Führungsrolle übernehmen zu müssen. Sie betrachtete Mickeys ernste Miene, während er den letzten Stein in den Fluss warf.

„Weißt du, Mickey, ich war noch nie im Leben angeln. Ich habe nicht die geringste Ahnung davon. Aber wenn es dir nichts ausmacht, mir in diesen schrecklichen Schuhen die Böschung hinunterzuhelfen, würde ich es gerne lernen."

„Klar! Kommen Sie." Er nahm ihre Hand und führte sie zum Fluss hinunter. „Vielleicht sollten Sie die Schuhe lieber ausziehen und die Böschung runterrutschen. Sie ist ganz trocken und sandig."

Sie zögerte, streifte dann aber die Schuhe ab. Mickey hielt sie an beiden Händen und zog sie zum Fuß der Böschung hinunter. Wilhelmina hatte dabei ein ganz seltsames Gefühl, so als würden Hunderte Insekten über ihre Beine krabbeln, während ihre Zehen die Strumpfhose durchbohrten und die Laufmaschen ihre Beine hinaufkletterten. Aber immerhin hatte sie das Ufer erreicht, ohne sich etwas zu brechen.

„Und was mache ich jetzt?“

„Zuerst müssen Sie einen Köder an den Haken machen.“ Mickey drehte die Angel um, wobei der Haken sich aus Versehen in Wilhelminas Pullover verhedderte und ein großes Loch hineinriss. „Oh nein! Mann, das tut mir leid!“ Seine panischen Versuche, den Haken zu befreien, richteten nur noch mehr Schaden an. Seine Miene war ein Ausdruck purer Verzweiflung.

„Das macht nichts, Mickey. Ich konnte den Pullover sowieso nicht leiden. Hier, lass mich mal machen. Es gelang ihr, den Haken aus der Wolle zu befreien, aber der kaputte Pullover war nicht mehr zu retten. Er würde zusammen mit der Strumpfhose in den Müll wandern. „Okay, was jetzt?“

Er holte einen sich windenden Wurm voller Erde aus einer Blechdose und hielt ihn ihr hin. „Den müssen Sie an den Haken machen.“

„Äh … also, weil ich das noch nie gemacht habe, könntest du ihn vielleicht für mich am Haken befestigen?“

Mickey entfernte mit dem Fingernagel etwas von der Erde und spießte den todgeweihten Wurm dann herzlos auf.

„Ach, du liebe Güte. Das arme Tier!“

„Ist doch bloß ein dämlicher Wurm.“ Er reichte ihr die Angelrute. „Jetzt müssen Sie die Angel auswerfen, so.“ Er zeigte ihr die Bewegung, indem er eine imaginäre Angel auswarf. „Aber passen Sie auf, dass Sie den Griff nicht loslassen.“

Wilhelmina umklammerte den Griff, holte aus, wie Mickey es ihr gezeigt hatte, und warf den Köder genau in die Mitte des Flusses.

„Das war super! Sind Sie sicher, dass Sie noch nie geangelt haben?“

„Absolut sicher. Du bist offensichtlich ein guter Lehrer. Und jetzt?"

„Jetzt warten Sie. Wenn ein Fisch anfängt, an dem Wurm zu knabbern, spüren Sie ein Ziehen an der Angel und die Pose geht unter."

„Was ist denn die Pose?"

„Sehen Sie das kleine rote Ding, das da schwimmt ...? Hey! Es taucht ab! Da beißt einer an!"

„Was?"

„Schnell! Holen Sie die Angel ein! Schnell aufspulen!"

„Gütiger Himmel! Hier, Mickey, mach du das."

„Kommt nicht infrage! Das ist Ihr Fisch, Professor. Drehen Sie einfach an der Kurbel."

Wilhelminas Hände zitterten, während sie mit der Spule kämpfte. Als der Fisch am anderen Ende der Schnur kämpfte, spürte sie den Widerstand. Sie kurbelte mit aller Kraft. „Wie mache ich das?"

„Sie haben ihn gleich! Weiter so!"

„Willymina? Mickey? Wo seid ihr denn?", hörte sie Mike rufen.

„Hier unten, Grandpa. Schnell, Professor Brewster hat einen Fisch gefangen!" Mike kam die Böschung heruntergeklettert und blieb atemlos neben ihr stehen. Hastig versuchte sie, ihm die Angel in die Hand zu drücken.

„Mike, nehmen Sie das Ding."

„Auf gar keinen Fall! Ich glaube, es ist nicht erlaubt, in einem Naturschutzgebiet Fische zu fangen." Sie starrte ihn an und er grinste. „Hol den Kescher, Mickey, und wate ein Stück ins Wasser, damit du ihn mit dem Netz holen kannst. Sie hat ihn fast eingeholt."

„Da ist er, Grandpa! Ich sehe ihn!"

„Halt das Netz drunter."

Wilhelmina drehte immer weiter an der Kurbel, während

Mickey im Wasser herumplanschte. „Ich habe ihn!", schrie er schließlich und schwenkte triumphierend den Kescher. Ein winziger Fisch, keine zwanzig Zentimeter lang, zappelte darin. Mike lachte, bis ihm die Tränen kamen.

„Ich habe Sardinen in der Dose gesehen, die größer waren!"

„Oh Mike, lassen Sie das arme kleine Ding frei! Es ist doch noch ein Baby."

„Sie sollen kein Mitleid mit den Fischen haben. Wie sollen wir denn da einen richtigen Fischer aus Ihnen machen?"

Mit einem Mal standen ihr die Worte Jesu so klar vor Augen, als hätte jemand sie laut ausgesprochen. *Kommt, folgt mir nach! Ich will euch zu Menschenfischern machen.* Aber wo sollte sie anfangen? Die Seele eines Menschen zu angeln, war sicher nicht so einfach, wie eine Angel in den Fluss zu werfen.

„Der Wurm hat ihr auch leidgetan, Grandpa", sagte Mickey.

Es stimmte. Wilhelmina hatte mehr Mitgefühl für den Fisch und für einen seelenlosen Wurm gehabt als für Mike. Zuerst hatte sie mit dem Mann gar nichts zu tun haben wollen. Und doch wollte Gott einem der Verse auf ihren Karteikarten zufolge nicht, dass jemand verloren ging. *Bitte, Herr, tu es*, betete sie. *Mach mich zu einem Menschenfischer!*

„Na, das war doch mal ein erstes Angelabenteuer!", sagte Mike, als er den Fisch wieder in den Fluss warf. „Hey, was ist denn mit Ihrem Pullover passiert?"

Wilhelmina schluckte den Kloß in ihrem Hals herunter, den die Emotionen verursacht hatten. „Ich, äh … ich hatte einen kleinen Unfall mit dem Haken."

„Ich verstehe." Er biss sich wieder auf die Unterlippe. „Jedenfalls habe ich Streichhölzer gefunden, also können wir anfangen, das Abendessen zu kochen, wenn wir wollen."

„Abendessen! Ach, du liebe Zeit. Ich habe Larry gesagt, dass ich zum Bankett zurück sein würde."

„Wenn wir gleich fahren, könnten wir in einer knappen Stunde bei Ihnen zu Hause sein."

Wilhelmina sah auf ihre Armbanduhr. „Aber bis ich mich umgezogen habe, wäre es trotzdem zu spät. Ach, egal. Ich kann das Bankett dieses Jahr ruhig mal verpassen." Erstaunt stellte sie fest, wie erleichtert sie plötzlich war.

„Sie scheinen deshalb ja nicht allzu enttäuscht zu sein. Was gab es denn?"

„Hochrippe."

„Na, das kann ich aber schlagen! Kommen Sie." Er nahm ihre Hand und half ihr die Böschung hinauf. Seine Hand war warm und von der Arbeit rau. Als sie oben ankamen, konnte sie nur einen Schuh finden.

„Ich frage mich, was mit dem anderen passiert ist."

„Oh, oh. Buster! Komm her!" Der Hund lief auf Mike zu, Wilhelminas nassen Schuh im Mund. „Gib mir den Schuh, du dummer Köter!"

Buster wollte spielen. Er wich ihnen aus und weigerte sich, den Schuh loszulassen, egal, wie laut Mike brüllte. Hilflos sah Wilhelmina zu, wie die Zähne des Hundes sich durch das Leder bohrten.

„Bitte, Buster. Ich brauche meinen Schuh", flehte sie. Sofort ließ der Hund den Schuh vor ihr fallen. Mike nahm ihn und streifte ihn, angesabbert wie er war, über ihren Fuß.

„Mann, das tut mir wirklich leid, Willymina. Ich werde Ihnen ein neues Paar kaufen."

„Seien Sie nicht albern. Es sind nur Schuhe."

Es dauerte nicht lange, bis Mike ein loderndes Feuer entfacht hatte. Wilhelmina saß neben ihm, während er eine Wurst für sie briet, die er auf einen angespitzten Stock gespießt hatte. Als die Wurst genügend angesengt war, wickelte er eine Scheibe Brot darum und reichte ihr den Hotdog. „Bitte schön. Ist das nicht viel besser als Hochrippe?"

„Das weiß ich nicht … aber die Gesellschaft ist hier definitiv unterhaltsamer."

Sie aßen die ganze Packung Wiener Würstchen auf. Wilhelmina konnte sich nicht daran erinnern, dass ein Hotdog ihr jemals so gut geschmeckt hätte. Mickey aß einen Großteil der Kartoffelchips und die Hunde die altbackenen Donuts. Dann saßen sie noch über eine Stunde am Feuer und redeten und lachten und hörten zu, wie Mike verrückte Lieder sang. Er überzeugte Wilhelmina und Mickey sogar, in den Refrain einzustimmen, bis sie sich alle vor Lachen bogen. Keiner von ihnen bemerkte den dunkler werdenden Himmel oder die bedrohlichen Gewitterwolken, bis die ersten Regentropfen fielen.

„Wir werden pitschnass!", rief Mike. „Mickey, du und Willymina lauft zum Wagen zurück. Ich hole deine Angel und lösche das Feuer. Schnell!"

Mickey lief los und hatte Wilhelmina schon bald abgehängt. Sie stolperte allein durch die zunehmende Dunkelheit den Weg entlang und versuchte nicht daran zu denken, wie viele wilde Tiere wohl hinter den Bäumen lauerten. Der Regen wurde jetzt kräftiger. Zweimal erschreckten Buster und Heinz sie halb zu Tode, als sie durch den Wald zurückgelaufen kamen, um nach ihr zu suchen. Nach einigen Minuten waren ihr die Schlangen und anderen Kreaturen herzlich egal. Sie sehnte sich nur noch nach der Heizung des Wagens und Schutz vor dem Regen, der jetzt in Bindfäden niederfiel.

Als sie beim Parkplatz ankam, war Wilhelmina nass bis auf die Knochen. Sie stieg neben Mickey in die Fahrerkabine des Wagens, aber bevor sie die Tür schließen konnte, kletterten die beiden Hunde hinter ihr her.

„Oh nein! Ihr bösen Hunde! Verschwindet! Raus!", schrie

sie, aber sie weigerten sich, noch einmal in den Regen hinauszugehen. Der Gestank von nassem Hund war überwältigend. Während die Tiere ihre schmutzigen Pfoten auf ihren Schoß legten, fragte sie sich, ob der Rock es überleben würde oder ob auch er in den Müll wandern musste.

Als Mike schließlich aus dem Wald gerannt kam und die Fahrertür des Wagens öffnete, warf er einen Blick auf die vier nassen, erbärmlichen Geschöpfe, die in seinem Pick-up kauerten, und brach in schallendes Gelächter aus.

Als sie in Wilhelminas Auffahrt einbogen, sah es aus, als wäre jedes Zimmer in ihrem Haus erleuchtet. Das Auto ihres Bruders stand neben der Garage. Sie sah auf die Uhr. Das Bankett musste früher zu Ende gewesen sein als sonst. Sie wünschte Mike und Mickey eine gute Nacht und betrat dann durch die Hintertür das Haus in der Hoffnung, leise die Treppe hinaufschleichen und sich umziehen zu können, bevor ihr Bruder sie sah.

Aber Larry saß am Küchentisch, den Kopf in den Händen, noch immer in Anzug und Krawatte. Marjorie saß neben ihm und knetete ein zerknülltes Taschentuch. Ihre Augen waren rot vom Weinen. Larry sah Wilhelmina an und sprang auf.

„Gütiger Himmel! Was ist denn mit dir geschehen? Hattest du einen Unfall?“

Sie blickte an ihrer Kleidung hinunter. Mikes abgewetzte Bomberjacke war vorne vom Regen ganz durchnässt und aus ihren strähnigen Haaren tropfte das Wasser. Ihr Rock war von schlammigen Pfotenabdrücken und Hundehaaren gezeichnet. Ein Faden hing von dem Loch in ihrem Pullover herunter und von ihrer Strumpfhose war nicht viel mehr übrig als ein paar Fetzen. Ihren rechten Schuh zierte der Abdruck von Busters Zähnen. Sie unterdrückte den Drang zu kichern, als sie die schockierte Miene ihres Bruders sah.

„Wo in aller Welt warst du denn? Wir haben uns furchtbare Sorgen um dich gemacht!"

„Tut mir leid. Ich dachte, ihr wärt am College. Ich wäre nie auf die Idee gekommen, dass ihr euch um mich sorgen könntet. Ist das Bankett schon vorbei?"

„Wir waren nicht beim Bankett."

„Aber das ist doch albern. Ihr hättet auch ohne mich gehen können …"

„Wilhelmina. Das Pflegeheim hat angerufen, kurz nachdem du fort warst. Vater ist gestorben."

9

Montag, den 19. Oktober 1987

Als um 7.25 Uhr der Pendlerflug nach New York über ihn hinwegdröhnte, wusste Mike, dass er verschlafen hatte. Er zwang seinen Körper, aus dem Bett aufzustehen, aber er fühlte sich dabei wie der Blechmann aus dem Zauberer von Oz, weil seine Glieder ihm einfach nicht gehorchen wollten. Ihm tat alles weh. Buster und Heinz hörten, dass er sich rührte, und kamen ins Schlafzimmer gerannt mit wedelndem Schwanz und hängender Zunge.

„Ja … ja, ich weiß, Jungs. Ich bin heute spät dran. Wahrscheinlich müsst ihr raus, oder?“ Busters Antwort war ein Bellen.

Langsam setzte Mike sich auf und schwang die Beine über die Bettkante. „Ich weiß, dass ich allmählich zu langsam für euch werde, Jungs, aber dieser alte Körper, in dem ich gefangen bin, lässt mich im Stich. Und daran kann ich nichts ändern. Tut mir leid, Kumpels.“ Er tätschelte Heinz am Kopf und kraulte Buster kurz hinter den Ohren. Dann schlurfte er in Bademantel und Pantoffeln zum Hintereingang, um die Hunde hinauszulassen.

Vom Küchenfenster aus sah er zu, wie sie mit unbändiger Energie durch den Garten tobten, hier und da einen neuen Geruch erschnupperten oder in den Baumwipfeln Eichhörnchen entdeckten. Mike wusste noch, dass er sich auch einmal so gefühlt hatte, jung und voller Kraft, die Welt an jedem Morgen ein neuer und aufregender Ort. Tief in seinem Herzen ging es ihm immer noch so. Nach wie vor begrüßte er jeden Tag mit einer unbändigen Lust am Leben. Aber sein Körper, ein alternder Judas, hatte ihn verraten.

In der Ferne hörte Mike eine Wagentür zuschlagen und Buster und Heinz rannten ums Haus herum und bellten laut. Einen Augenblick später klingelte es an der Tür. Mike sah auf die Küchenuhr. Wer konnte das denn sein? Um zwanzig vor acht! Er war noch nicht einmal angezogen.

Als er die Tür öffnete, standen Steve, Cheryl und alle drei Enkel auf der Veranda. „Herzlichen Glückwunsch zum Geburtstag!“, riefen sie.

Mike wurde heute 66. Er hatte gar nicht daran gedacht. „Ich hab völlig vergessen, was heute für ein Tag ist!“

Lori überreichte ihm eine Schachtel mit Donuts, während sie alle ins Wohnzimmer drängten. „Hast du schon gefrühstückt, Grandpa?“

„Nein, das habe ich nicht. Danke.“

„Ich setze Kaffee auf, Dad“, sagte Cheryl und gab ihm einen Kuss auf die Wange. „Alles Gute zum Geburtstag.“

„Haben wir dich geweckt, Grandpa? Du hast ja noch deinen Schlafanzug an.“

„Nein, Pete. Ich war schon auf. Aber hey! Müsstet ihr Kinder heute nicht in der Schule sein?“

„Ja, und Dad hat gesagt, wir müssen hingehen, sobald wir dir unser Geburtstagsgeschenk gegeben haben“, erklärte Mickey ihm.

Steve ließ sich in Mikes abgewetzten Sessel fallen und stellte die Rückenlehne zurück. „Cheryl bringt sie nachher hin. Ich wusste, dass sie sich nicht auf ihre Schularbeiten konzentrieren können, wenn sie dir nicht erst ihr Geschenk gegeben haben.“

Mike streckte beide Hände aus. „Na, dann her damit. Ich packe für mein Leben gern Geschenke aus.“

Aus irgendeinem Grund fand Peter das ausgesprochen lustig. Er fing an zu kichern. „Es ist nicht hier, Grandpa. Und es ist auch nicht eingepackt, weil es …"

Lori hielt Peter den Mund zu. „Nicht! Du sollst es doch nicht verraten! Daddy, sag ihm, er soll den Mund halten. Er verrät alles."

Steve lachte und stellte die Sessellehne aufrecht. „Du ziehst dich besser an, Dad. Lange werden die Kinder das Geheimnis nicht mehr für sich behalten können. Cheryl? Füll den Kaffee in Thermobecher für unterwegs."

Als Mike angezogen war, zwängten sie sich alle in Steves Kombi. Die Kinder konnten vor Aufregung gar nicht stillsitzen. „Das wird eine Überraschung, Grandpa."

„Nicht, wenn du sie verrätst, du Blödian."

„Ich hoffe nur, die Überraschung ist nicht weit weg", sagte Mike, „sonst bin ich sicher, dass eins der Kinder vorher wie ein Ballon platzen wird."

Steve fuhr den vertrauten Weg zum Rollfeld und hielt vor einem kleinen, unbenutzten Hangar, nicht weit entfernt von ihrem eigenen.

„Mach die Augen zu, Grandpa", befahl Lori. „Und nicht linsen." Mike stieg aus und kniff die Augen zu. Peter und Lori hielten ihn an den Händen und führten ihn langsam zu der Flugzeughalle.

„So, jetzt kannst du sie aufmachen."

Steve schaltete die Deckenbeleuchtung ein. „Tata!"

Ein altes Flugzeug stand in dem schwach beleuchteten Hangar. Es roch nach modrigem Holz und Kastoröl. Ungläubig starrte Mike es von vorne bis hinten an.

„Ist das ein Fokker DR-1 Dreidecker?"

„So ist es."

Mike ging langsam auf das Flugzeug zu, während er fast fürchtete, der herrliche Anblick könnte sich in Luft auflösen, wenn er zu nahe kam. Mit den Blicken streichelte er jeden Zentimeter des antiken Flugzeugs, von dem abfallenden Heck zu dem einzelnen lackierten Holzpropeller am Bug. Er lugte in das enge, offene Ein-Mann-Cockpit und blickte zu den drei spitz zulaufenden Tragflächen hinauf, die sich eine über der anderen stapelten.

„Gehört die wirklich mir?“

„Ja. Herzlichen Glückwunsch zum Geburtstag, Dad.“

„Vielleicht war es das Flugzeug vom Roten Baron“, sagte Peter.

„Jedenfalls hat er so eine Maschine geflogen, das stimmt.“ Mike fuhr mit der Hand über den ausgeblichenen, rostenden Flugzeugrumpf, noch immer unsicher, ob er nicht doch träumte. Es war ein echtes Kampfflugzeug aus dem Ersten Weltkrieg. Und es gehörte ihm.

„Gefällt es dir, Grandpa?“, wollte Lori wissen.

„Schätzchen, ich bin begeistert! Es ist fantastisch! Ich … ich bin sprachlos.“

Steve lachte. „Das wär ja mal ganz was Neues.“

„Wo in aller Welt hast du das nur gefunden? Ich kann es nicht fassen.“ Mike hoffte, er würde nicht in Tränen ausbrechen.

„Es muss ein bisschen was dran gemacht werden, wie du sehen kannst“, sagte Steve und stach mit dem Finger durch das morsche Segeltuch. „Aber ich dachte, es wäre eine schöne Aufgabe für dich, wenn du in Rente gehst.“

„Hey, versuchst du, mich zum alten Eisen abzuschieben?“ Mike versuchte, grimmig zu gucken, aber es gelang ihm nicht ganz. Er konnte den Ausdruck des Staunens und der Ehrfurcht einfach nicht von seinem Gesicht vertreiben, während er sein neues Flugzeug anstarrte.

„Dein ganzes Leben lang hast du viel gearbeitet, Dad. Da hast du dir ein schönes Hobby für den Ruhestand verdient.

Aber wie ich dich kenne, hast du dieses alte Relikt spätestens im Frühjahr flugtauglich gemacht."

Einen Augenblick lang hatte Mike es vergessen, aber jetzt fiel es ihm wieder ein. Er würde nicht lange genug leben, um in dem Cockpit zu sitzen und diese wundervolle Maschine zu fliegen. Er duckte sich unter den dreifachen Tragflächen hindurch, um seine Tränen zu verbergen, und machte sich irgendwo am Heck zu schaffen. Es war einfach ungerecht. Er wollte nicht sterben. Es gab so viele Gründe zu leben, so viel, was er noch tun wollte. Aber sein Sohn, Mike junior, hatte wahrscheinlich auch nicht sterben wollen. Er war erst neunzehn Jahre alt gewesen, mit einer Freundin und einem Chevy Baujahr 1954, die zu Hause auf ihn warteten. Und Helen hatte auch nicht sterben wollen. Wie sie diese Enkel geliebt hätte. Nein, das Leben war nicht gerecht. Immerhin hatte er es viel länger genießen können als Mike junior und Helen. Er sollte dankbar sein.

„Ich helfe dir, es rot anzustreichen, Grandpa", sagte Lori. „Und wir können diese Kreuzteile draufmalen, so wie der Rote Baron sie hatte."

„Und ich helfe dir, den Motor wieder fit zu machen", fügte Mickey hinzu. „Hey, guckt euch mal dieses tolle Fahrgestell an!"

„Wenn du die Fokker ans Fliegen bringst, könnte ich irgendwo eine Sopwith Camel ausgraben, dann können wir uns ein paar Luftkämpfe liefern."

„Da mach ich dich aber kalt!", sagte Mike, während er verstohlen seine Tränen fortwischte.

„Baust du auch ein Maschinengewehr ein, Grandpa?", fragte Peter.

Mickey zog sich an dem Flugzeug hoch, um die Armaturen zu betrachten. „Ja, wo war das Maschinengewehr denn eigentlich?"

„Direkt hier vorne, damit der Rote Baron gleichzeitig fliegen und schießen konnte“, erklärte Mike ihm. „Das war noch richtige Flugkunst. Mann gegen Mann.“

Mickey stieg ins Cockpit und fing an, ein imaginäres Maschinengewehr zu betätigen, mit Soundeffekten. „Warte mal, Grandpa. Wie konnte er denn schießen, ohne seinen eigenen Propeller zu treffen?“

„Das ist eine sehr gute Frage.“ Mike stieg auf die unterste Tragfläche und zog sich neben Mickey hoch. „Die frühen Flugzeuge waren nicht so leicht zu bewaffnen, weil all die Drähte und Streben im Weg waren, ganz zu schweigen vom Heck und den Propellerblättern. Unter Piloten hieß es immer, wenn man im Cockpit einen Kanarienvogel fliegen lässt und er wegfliegen kann, fehlt bestimmt ein wichtiger Draht.“

„Wie haben sie denn dann geschossen?“

„Zuerst haben sie das gar nicht getan. Als der Erste Weltkrieg anfing, waren Flugzeuge noch eine so neue Erfindung, dass man sie nur für Erkundungsflüge genutzt hat, um Artillerie zu entdecken. Die feindlichen Piloten haben sich sogar zugewunken, wenn sie aneinander vorbeigeflogen sind.“

„Nicht im Ernst!“

„Doch, das ist die reine Wahrheit. Dann hat irgendwann ein britischer Pilot in einer Bristol Scout einen Revolver auf ein deutsches Flugzeug abgefeuert. Der arme Kerl hat sich so erschreckt, dass er gelandet ist und gefangen genommen wurde. Er war der erste Pilot, der jemals abgeschossen wurde. Und damit begann der Wettkampf der Waffen.“

Peter kletterte neben Mike auf die Tragfläche. „Hatten sie auch Bomben?“

„Weißt du, was die ersten Bomben waren? Ziegelsteine! Sie haben sich gegenseitig mit Steinen beworfen. Bomben waren zu schwer. Wenn sie an Bord waren, konnten die Flugzeuge nicht hoch genug fliegen. Oder manchmal haben sie

Haken an einem Seil ausgeworfen und versucht, damit den Propeller an einem feindlichen Flugzeug zu erwischen."

„Aber in alten Filmen habe ich gesehen, wie sie während der Luftkämpfe Machinengewehre abgefeuert haben", wandte Mickey ein.

„Das stimmt, denn irgendwann hat jemand herausgefunden, wie das geht. Ein französischer Stuntpilot hat das erste Unterbrechergetriebe erfunden, damit er zwischen seinen Propellerblättern durchschießen konnte, aber als sein Motor einen Schaden hatte, haben die Deutschen sein Flugzeug gekapert. Sie haben Fokker angeheuert, den Typen, der diesen Dreidecker entworfen hat, um seine Idee zu klauen. Fokker hat herausgefunden, wie man das Maschinengewehr mit dem Propeller synchronisiert, und daraus wurde das, was man ‚Fokker-Geißel' nannte. Nachdem sie das Problem gelöst hatten, wie man an dem eigenen Propeller vorbeischießen konnte, haben die Deutschen so viele Flugzeuge abgeschossen, dass die Piloten der Alliierten als Fokker-Futter bezeichnet wurden."

„Der Rote Baron war klasse!"

„Hey, auf wessen Seite stehst du eigentlich, Mickey? Aber ich gebe zu, dass die Deutschen ein paar tolle Piloten hatten ... Baron von Richthofen, Oswald Boelcke, Max Immelmann. Das waren echte Asse. Auf beiden Seiten gab es große Helden. Die sind ohne Fallschirme geflogen, hatten keine oder nur eine ganz minimale Kampfausbildung und manchmal kaum genügend Flugstunden. Sie haben sich die Kampfmanöver einfach ausgedacht, als sie da oben waren."

„Warum haben sie sich die ausgedacht?"

„Neue Flugzeuge wurden so schnell gebaut und alte Modelle umgeändert, dass sie keine Zeit hatten, sie gründlich auszuprobieren. Manchmal bedeutete schon ein kleiner Fehler, dass der Pilot in einer fluguntauglichen Maschine gefangen war. Es gibt die Geschichte von einem armen Kerl, der in einem taumelnden Flugzeug festsaß und beschloss, der Sache ein schnelles Ende zu machen. Er gab Vollgas und steuerte schnurstracks auf die Erde zu. Erstaunt stellte er fest, dass das Flugzeug sich fing – und er selbst überlebte das Ganze, sodass er von seiner neuen Entdeckung erzählen konnte – wie man ein taumelndes Flugzeug unter Kontrolle kriegt."

„Du weißt aber auch alles, Grandpa!", sagte Peter.

Steve hob Peter von der Tragfläche und stellte ihn auf den Boden. „Das liegt daran, dass Grandpa zur Schule gegangen ist. Und da gehörst du auch hin."

„Was ist denn mit Grandpas Geburtstagskuchen?", wollte Lori wissen.

„Den gibt es zum Abendessen. Dann seht ihr Grandpa wieder. Jetzt kommt, wir müssen los." Cheryl scheuchte sie ins Auto.

„Bis nachher, Grandpa. Happy Birthday!"

Als die Kinder fort waren, begutachteten Mike und Steve gemeinsam wie zwei aufgeregte Kinder jeden Zentimeter des neuen Flugzeugs. „Sieh dir nur dieses fantastische Relikt an!"

„Meinst du, du findest alle Ersatzteile, die du brauchst, Dad?"

„Wenn wir etwas nicht finden, improvisieren wir."

„All diese Drähte und Stangen. Das ist echt was!"

„Guck mal diese herrlichen Tragflächen!"

„Ich mag den eckigen Rumpf."

„Und das Heck! Sieh mal, wie es nach hinten schmaler wird."

„In dem Cockpit ist nicht viel Platz, oder?"

„Da musst du ein bisschen Diät machen, sonst passt du nie da rein, Steve."

„Pete findet, wir sollten dir zu Weihnachten ein Maschinengewehr kaufen."

„Einen neuen Anstrich könnte der Flieger auch gebrauchen."

„Und eine gründliche Reinigung. Die Maschine stinkt entsetzlich."

„Das ist das Kastoröl. Damit haben sie früher die Motoren geschmiert. Mensch, der Geruch lässt Erinnerungen hochkommen."

Irgendwann schlossen sie den Hangar ab und gingen den kurzen Weg über das Rollfeld zu dem vollgestopften Büro von Dolans Flugservice. Mike konnte sich kaum auf die Arbeit konzentrieren, so aufgekratzt war er. Steve lächelte ebenfalls, als er die Post des Tages in die Hand nahm und durchblätterte.

„Hey, Dad … was ist das denn?" Sein Lächeln verschwand, als er einen Umschlag von Dr. Cole von der fliegerärztlichen Untersuchungsstelle aufriss. „Das ist die Aufforderung, deine Tauglichkeitsuntersuchung nachzuweisen. Hast du das denn noch nicht gemacht?"

Mikes emotionaler Höhenflug endete in einer abrupten Bruchlandung. Den Tauglichkeitstest hatte er nicht gemacht, weil er wusste, dass er ihn nicht bestehen würde. „Du weißt doch, was man über das Alter sagt: Das Gedächtnis lässt als Erstes nach … und das Zweite hab ich vergessen."

„Das ist wichtig, Dad. Du hast nur noch … nicht mal eine Woche bis zum Ende des Monats, um die Lizenz zu erneuern."

„Ja, ja, ich mach das gleich."

„Du warst doch beim Arzt zum Check-up, oder?"

„Hab ich dir doch gesagt, dass ich vor ein paar Wochen beim Arzt war."

„Dann bringe ich das Formular heute Nachmittag bei ihm vorbei, damit er es unterschreibt. Sonst musst du ab nächsten Montag am Boden bleiben. Sonntag ist der letzte Tag, an dem du noch fliegen kannst."

Mike riss seinem Sohn die Formulare aus der Hand. „Das mache ich nachher selbst." Es war ihm zuwider, seinen Sohn anzulügen. Aber die Wahrheit fand er noch schrecklicher. Plötzlich konnte er die Tränen nicht mehr zurückhalten.

„Steve … ich will dir noch mal Danke sagen für das Flugzeug …" Mit diesen Worten zog er seinen Sohn in eine energische Umarmung.

10

Dienstag, den 20. Oktober 1987

Das gesamte Faith College betrauerte den Tod seines früheren Direktors und Professors, Reverend Horatio Wesley Brewster. Die Verwaltung hatte den Unterricht abgesagt. Die College-Kapelle war zur Trauerfeier bis auf den letzten Platz gefüllt. Aber Wilhelmina konnte nicht um ihren Vater trauern. Das hatte sie schon vor Monaten getan, als der letzte Schlaganfall sie für immer voneinander getrennt hatte.

Während die gelehrten Redner die Traueransprache für ihren Vater hielten, spürte sie keine Erleichterung bei dem Gedanken, dass er endlich am Ziel angekommen und von seinem irdischen Leib befreit war. Es machte ihr zu schaffen, dass er nicht *lebendig gestorben* war, so wie Mike es ausgedrückt hatte. Stattdessen war er dahingesiecht und Stück für Stück gestorben. Es schien ihr ein ungerechtes Ende eines fruchtbaren, produktiven Lebens und sie konnte Mike verstehen, der den Wunsch hatte, sein eigenes Leben schnell zu beenden, bevor er seine Würde verlor.

Sie dachte an ihr eigenes Leben, an die Leere und die Sinnlosigkeit ihres Alltags seit ihrer Pensionierung. Konnte sie es überhaupt Leben nennen? Ihr Leben diente keinem guten Zweck und doch war es Mike Dolan, der sterben musste – er, der so viel hatte, wofür es sich zu leben lohnte, so viel Lebenskraft und Lebenshunger. Warum war Gott so ungerecht? Während sie den Lobeshymnen auf ihren Vater lauschte, versank Wilhelmina immer tiefer in Depressionen. Sie hoffte, ihre Freunde würden es für Trauer halten.

Als die Trauerfeier zu Ende war, versammelten sich Wilhelminas Verwandte, ehemalige Kollegen und Freunde in ihrem Haus. Die Trauergäste füllten Wohn- und Esszimmer und ergossen sich in den Flur und in die Küche. Ihre ernsten Mienen, die gedämpften Stimmen und die dunkle Kleidung deprimierten Wilhelmina nur noch mehr. Sie wünschte, sie würden alle nach Hause gehen.

Wie in Trance machte sie Kaffee, stapelte das Essen, das die Frauen aus ihrer Gemeinde gebracht hatten, auf Servierplatten, schenkte Tee ein. Während sie ein Tablett mit schmutzigem Geschirr in die Küche trug, folgte ihr Bruder Larry ihr und schloss die Tür zum Esszimmer hinter ihnen. „Ist alles in Ordnung, Wilhelmina? Du hast den ganzen Nachmittag über kaum ein Wort mit jemandem geredet."

„Mir geht es gut, Larry."

„Vater würde nicht wollen, dass wir trauern."

„Das weiß ich."

Um sich abzulenken, ließ sie Wasser in die Spüle laufen und beschäftigte sich mit dem Abwasch. Sie wünschte, er würde gehen. Stattdessen stand er dort und runzelte die Stirn, während er mit der Uhrkette spielte, die sich vorne über seinen dunklen Dreiteiler spannte. Gleich würde eine seiner Predigten kommen.

„Es ist dein Ruhestand, nicht wahr? Das ist es, was dir eigentlich zu schaffen macht."

Geh weg. Geh einfach weg und lass mich in Ruhe. Sie ließ die Hände im Wasser, damit er nicht sah, dass sie zitterten. „Mir macht nichts zu schaffen, Larry. Mir geht es gut, wenn man bedenkt, dass unser Vater gerade gestorben ist." Sie hoffte, er würde das Beben in ihrer Stimme für Trauer halten.

„Du hattest seit dem Frühjahr Zeit, Pläne zu schmieden und dich zu organisieren, damit du deinen Ruhestand genießen kannst. Aber du hast nur herumgesessen und Trübsal geblasen. Alle machen sich Sorgen um dich."

„Wer sagt denn, dass ich etwas *tun* muss? Es ist schließlich *mein* Leben! Was spielt es schon für eine Rolle, wenn ich entscheide, den ganzen Tag herumzusitzen?"

„Du bist zu begabt, um deine Zeit so zu verschwenden, Wilhelmina."

„Außerdem sitze ich nicht nur herum. Ich werde Privatschüler unterrichten."

„Vom College?"

Wilhelmina dachte an Loris erste Klavierstunde mit Mrs Violinschlüssel und Mr Bassschlüssel und blinzelte die aufsteigenden Tränen fort. „Du würdest es nie gutheißen", murmelte sie.

„Was war das?"

„Und ich arbeite bei der Krebshilfe mit."

„Ja. Das hat Peter mir erzählt." Er zog seine Uhr heraus und ließ geistesabwesend den Deckel auf- und zuschnappen, als hätte er noch einen Termin und sie verschwendete seine Zeit. „Wir dachten, du würdest im Vorstand mitarbeiten. Wir hatten ja keine Ahnung, dass du mit den Patienten in Berührung kommen würdest."

Wilhelmina knallte eine Tasse mit solcher Wucht auf das Abtropfbrett, dass sie beinahe zerbrochen wäre. „Krebs ist nicht ansteckend, Larry. Und habt ihr, Peter und du, nichts Besseres zu tun, als über mein Leben zu diskutieren?"

Auf seinem Gesicht erschien der gequälte Ausdruck eines Märtyrers. „Das sieht dir gar nicht ähnlich, Wilhelmina. Peter und ich machen uns beide Sorgen um dich. Wir finden, du solltest dich zusammenreißen." Erneut ließ er den Uhrdeckel auf- und zuschnappen, als wollte er seine Worte unterstreichen. „Was würde Vater wohl dazu sagen?"

„Vater ist tot. Das heißt, ich kann aufhören, mein Leben

nach seinen Vorstellungen zu führen. Und auf gar keinen Fall werde ich anfangen, mein Leben danach auszurichten, was ihr beide, Peter und du, denkt!" Larrys schockierte Miene war den untypischen Ausbruch durchaus wert. Wilhelmina griff nach einem Handtuch, um sich die Hände abzutrocknen, und stapfte ins Esszimmer.

Dort hatte sich das Bild nicht verändert. Sie machte sich an dem Büfett zu schaffen, schob Platten hin und her, stellte die Zuckerdose dichter an die Kaffeekanne und legte das Silberbesteck in ordentlichen Reihen aus. Dabei hatte sie das unangenehme Gefühl, dass sie beobachtet wurde. Sie blickte auf. Ihr Bruder Peter und Dekan Bradford warfen ihr verstohlene Blicke zu, während sie miteinander sprachen. Sie nahm einen Teller mit einer kompletten Schokoladentorte und ging zu den beiden hinüber.

„Hier. Nehmen Sie etwas Kuchen, Dekan." Dann drückte sie ihm den Teller in die Hand. Seine Augen weiteten sich. „Peter, könnte ich dich bitte kurz sprechen?" Sie packte ihren Bruder am Arm und zog ihn hinter sich her in die Küche.

„Also, Mina, du wirst doch wohl nicht überreagieren ..." Er probierte sein charmantes Politikerlächeln an ihr aus, aber es erstarrte unter ihrem eisigen Blick.

„Du hast kein Recht, dich einzumischen, Peter. Ich habe dir gesagt, dass du nicht um meinen Job betteln sollst."

„Ich habe nicht gebettelt. Wir haben nur über verschiedene Möglichkeiten gesprochen, das ist alles."

„Dazu hast du kein Recht! Vielleicht will ich meinen Job ja gar nicht zurück. Hast du daran schon einmal gedacht?"

„Das College war dein Leben, Mina. Larry und ich wissen das beide, also versuch nicht, uns etwas anderes zu erzählen. Und nach allem, was Vater für diese Ausbildungsstätte getan hat, sind sie uns einen kleinen Gefallen schuldig."

Gegen ihren Willen kamen Wilhelmina Tränen der Wut.

„Ich will meinen Job nicht wegen Vater zurück, verstehst du das denn nicht? Wenn Dekan Bradford mich bittet, weiter zu unterrichten, dann soll er das *meinetwegen* tun. Weil ich etwas zu bieten habe. Verstehst du, Peter? Kümmere dich um deine eigenen Angelegenheiten!"

Zwei Explosionen an einem Tag. Nach lebenslanger Abstinenz. Was war nur mit ihr los? Zum zweiten Mal stapfte sie aus der Küche und ließ wieder einen schockierten Bruder zurück. Jetzt hatten die beiden auf jeden Fall genug zu reden. *Wir wollten doch nur helfen. Die arme Wilhelmina.* Sie wollte kein Mitleid von den beiden, sie wollte ihren Respekt. Aber den hatte sie offensichtlich verloren, als sie ihre Arbeit verloren hatte.

Im Wohnzimmer standen noch immer Gäste herum, aßen und redeten und machten keine Anstalten, nach Hause zu gehen. Sie fühlte sich in ihrem eigenen Haus wie eine Fremde. Wenn dieser Tag doch nur schon vorüber wäre! Sie war es leid, zu allen höflich zu sein.

„Wilhelmina ..." Jemand berührte sie an der Schulter und sie drehte sich um. Catherine Hall sah Wilhelmina in die Augen und, so schien es, bis in ihr Herz. „Ich verstehe", sagte Catherine nur.

Und Wilhelmina wusste, dass von all den Menschen, die hier versammelt waren, Catherine ihren Verlust wirklich verstand. Vor acht Jahren, nach einem Leben in der Mission an der Seite ihres Mannes John, hatte Catherine bei politischen Unruhen alles verloren. Die Missionsstation, das Krankenhaus und die Kirche waren bis auf die Grundmauern niedergebannt. Ihr Mann war gefoltert und getötet worden. Im Vergleich dazu waren Wilhelminas Probleme lächerlich.

„Dein Vater war ein wunderbarer Mann, Mina. Du musst sehr stolz auf ihn sein. Er hat sich im Himmel einen Heldenempfang verdient. ‚Recht so, du guter und treuer Knecht.'"

Catherine war die einzige Person, die von Wilhelminas Vater voller Freude gesprochen hatte und nicht mit trauervoller Miene. Niemand sonst schien zu glauben, dass der Himmel das Paradies war oder dass ein 89-jähriger Mann vielleicht froh sein könnte, die erdrückenden Beschränkungen eines Pflegeheims hinter sich lassen zu können, um dort zu leben.

„Danke, Catherine." Mehr brachte sie nicht heraus.

„John und ich haben deinem Vater sehr viel zu verdanken. Wegen seiner Predigten sind wir damals in die Mission gegangen. Er hat uns mit den Worten Christi herausgefordert: ‚Wer sein Leben findet, der wird's verlieren; und wer sein Leben verliert um meinetwillen, der wird's finden.'"

John war einer von Vaters besten Studenten gewesen, ein Mann, der leicht Titel und Auszeichnungen und eine gut dotierte Position in seiner Kirche hätte erlangen können. Aber er hatte sich entschieden, das alles links liegen zu lassen, um in einem rückständigen, politisch instabilen Dritte-Welt-Land zu arbeiten. Wilhelmina war immer der Meinung gewesen, Johns Entscheidung, Missionar zu werden, sei eine schreckliche Verschwendung. Heute fragte sie sich zum ersten Mal, ob sie sich vielleicht geirrt hatte.

„John hat Gott jeden Tag für die Inspiration und Ermutigung durch deinen Vater gedankt. Ich habe mir oft gewünscht, dein Vater hätte all die Orte bereisen können, an die er seine Missionare gesandt hat, und die Millionen Menschen gesehen, deren Leben sich seinetwegen verändert hat."

Mit einem Mal verspürte Wilhelmina den sehnlichen Wunsch, sich Catherine anzuvertrauen. „Lass uns irgendwohin gehen, wo wir reden können", flüsterte sie. Sie gingen durch den überfüllten Raum bis zur Küche. Zum Glück war sie leer. Wilhelmina tauchte die Hände in das lauwarme Abwaschwasser und fing an, das Geschirr zu spülen, während sie krampfhaft überlegte, wo sie beginnen sollte. Wie sollte sie ihr eigenes sinnentleertes Leben beschreiben und das Gefühl, dass auch sie alles verloren hatte? Catherine nahm ein Geschirrtuch und fing an, Teller und Tassen abzutrocknen, während sie geduldig wartete.

„Catherine ... wie hast du das alles eigentlich überstanden? Ich meine, als du John verloren hast und alles, woran ihr euer ganzes Leben lang gearbeitet hattet ... wie ...?" Die Tränen ließen sie nicht weitersprechen.

Catherine trocknete eine Tasse zu Ende ab und stellte sie auf die Arbeitsplatte. „Als ich voller Bitterkeit und niedergeschlagen war und nur noch aufgeben wollte, hat dein Vater mir Halt gegeben. Er hat mich gefunden ... ich weiß nicht einmal, wie. Aber eines Tages stand er in Boston vor meiner Tür, als ich solche Depressionen hatte, dass ich kaum noch meinen Alltag bewältigen konnte. Lange sagte er gar nichts, sondern hielt mich nur im Arm und weinte mit mir. Dann erzählte er mir, dass deine Mutter Krebs hatte und wahrscheinlich sterben würde, und er sprach von seiner eigenen nachlassenden Gesundheit. Er sagte zu mir: ‚Wir haben zwei Möglichkeiten, du und ich; wir können uns in Verzweiflung verlieren oder uns selbst in Christus finden.'

Er erinnerte mich daran, wie die Jünger Jakobus und Johannes im Reich Gottes die Ersten sein wollten. ‚Könnt ihr den Kelch trinken, den ich trinken werde?', fragte Jesus sie. Dein Vater sagte, dass alles, was mir in der Mission widerfahren war, und alles, was in seinem Leben geschah, zu diesem Kelch gehörte. Wir brauchen uns nicht dafür zu schämen, dass wir vor seinem bitteren Geschmack zurückweichen. ‚Vater, willst du, so nimm diesen Kelch von mir; doch nicht mein, sondern dein Wille geschehe!'

Und dann fragte dein Vater mich: ‚Ist der Knecht größer

als sein Herr? Sollten wir beide nicht bereitwillig … *bereitwillig* … den Verlust aller Dinge erleiden?'"

Wilhelmina dachte an die letzten Jahre ihres Vaters. Er hatte nach und nach alles verloren – seine Beweglichkeit, seine Sprache, seine Fähigkeit zu denken und zu argumentieren, seine Würde. Aber er war bereit gewesen, das alles um Christi willen zu verlieren, ohne durchschauen zu müssen, warum. Jetzt wusste Wilhelmina, dass sie sich getäuscht hatte, was ihn betraf. Vater *war* „lebendig" gestorben. Und sie wehrte sich nicht, als Catherine sie in den Arm nahm, und ließ ihren Tränen freien Lauf.

„Für mich hat sich an diesem Tag mit deinem Vater alles geändert", erzählte Catherine ihr. „Jetzt tue ich auf einmal Dinge, von denen ich mir nie hätte träumen lassen, dass ich sie tun könnte. Aber zuerst musste ich aufhören, Gott wütend die Faust entgegenzustrecken und nach dem *Warum* zu fragen. Stattdessen beschloss ich, zu seinem Willen für mein Leben *Ja* zu sagen, ganz egal, was das bedeutete."

Wilhelmina trocknete ihre Tränen und hob den Blick, um ihrer Freundin in die Augen zu sehen. „Ich war sehr wütend auf Gott, Catherine. Ich möchte gerne Ja sagen, aber … aber ich glaube, Gott will, dass ich etwas tue – dass ich jemandem helfe –, und ich weiß nicht, wie. Wie erzählt man einem Menschen von Christus? Wie überbrückt man die Schlucht, wenn es gesellschaftliche Unterschiede gibt? Was sagt man?"

Catherine nahm die nächste Tasse und trocknete sie langsam ab, während sie über die Frage nachdachte, so als wollte sie eine vorschnelle Standardantwort vermeiden. Als sie endlich antwortete, hatte sie Tränen in den Augen.

„Bevor du ein Wort predigst, Mina … bevor du auch nur den Mund aufmachst, geh ins Gebet und bitte Gott, er möge dir helfen, diesen Menschen zu lieben. Christus hat die Welt nicht durch seine Worte gerettet, nicht wahr? Er hat uns durch seine Liebe gerettet. Liebst du diesen Menschen? Bringst du ihm wirklich Liebe entgegen?“

Wilhelmina schwieg. Sie wusste es nicht. Jetzt liefen Catherine die Tränen über die Wangen. „John und ich waren gewarnt worden, wir sollten die Missionsstation verlassen, es werde Ärger geben. Aber John weigerte sich zu gehen. Er hat mich fortgeschickt, damit ich in Sicherheit war, aber er bestand darauf, bei den Stammesmitgliedern zu bleiben. Er liebte sie. Er war ein sehr begabter Prediger. Gebildet. Redegewandt. Überzeugend. Aber nach Johns Tod fanden mehr Menschen zu Christus als während seines ganzen Lebens. Denn ‚niemand hat größere Liebe als die, dass er sein Leben lässt für seine Freunde‘. Dein Freund hört deine Worte vielleicht nicht, Mina. Aber in deiner Liebe wird er Christus sehen.“

Spät am selben Nachmittag, als endlich alle gegangen waren, fuhr Wilhelmina alleine zum Friedhof hinaus. Es war ein grauer und kalter Tag gewesen, und während sie zum Grab ihres Vaters ging und den Gürtel ihres Regenmantels fester zog, flüsterte der bitterkalte Wind, dass der Winter kurz bevorstand. Baldachin, Handläufe und Stühle waren verschwunden und die Erde um das Grab ihres Vaters herum sah hässlich und verunstaltet aus, hoch aufgetürmt, als könnte ein normales Grab ihn nicht halten. Die Trauerkränze hatten in der kühlen Luft begonnen zu welken und trockene braune Blätter tanzten über die nackte Erde. Die kahlen Äste der Bäume rieben sich im Wind aneinander.

Neben Vaters Grab war das grasbewachsene, glatte Grab ihrer Mutter. Diese Wunde war mit der Zeit verheilt, so wie Wilhelminas Kummer. Auch der Schmerz, den sie jetzt empfand, würde heilen. Wie die Jahreszeiten war das Leben einer ständigen Veränderung unterworfen. Nur Gott blieb immer derselbe. Sie erinnerte sich daran, dass sie von dem jüdischen Brauch gelesen hatte, bei jedem Besuch einen kleinen Stein auf dem Grab zurückzulassen. Und ohne zu wissen, warum, bückte sie sich, um einen Kiesel auf den Grabstein ihrer Eltern zu legen.

Dann ging sie zu ihrem Wagen zurück und fuhr zu dem kleinen Gebäude, in dem sich das Friedhofsbüro befand. Eine stämmige Frau in einem leuchtend orange gemusterten Kleid hing auf einem Stuhl hinter dem Tresen und las eine Boulevardzeitung. „Entschuldigen Sie. Haben Sie ein Buch oder Verzeichnis, in dem ich nachsehen kann, ob jemand hier begraben ist?“, fragte Wilhelmina.

Die Frau deutete mit ihrer Zigarette auf ein Regal mit Registern. „Alles da oben. Alphabetisch. Bedienen Sie sich.“

Wilhelmina überflog die unordentlichen Regale und blätterte in drei Büchern, bevor sie fand, was sie suchte. Sie bat um eine Wegbeschreibung zum „Garten der Stille“ und fuhr dann über den Friedhof zu einem ruhigen älteren Teil weiter hinten.

Die beiden Gräber waren gut gepflegt. Rostfarbene Chrysanthemen, die vom kalten Herbstwetter mitgenommen wirkten, wuchsen in großen Pflanzkübeln auf jedem der beiden Gräber. Eine bronzene Plakette der amerikanischen Luftwaffe war am Fuß eines Grabes angebracht. Davor flatterte eine kleine, ausgeblichene Amerikaflagge im Wind. *Cpl. Michael G. Dolan, junior, U.S.A.F* stand auf dem Grabstein. *1. März 1948 – 23. September 1967*. Er war erst neunzehn Jahre alt gewesen.

Rechts von Michaels Grab war das seiner Mutter. *Helen Ann Dolan*. Wieder rechnete Wilhelmina die Daten aus. Mikes Frau war mit 48 Jahren gestorben. Was für ein Mensch war sie wohl gewesen? Wilhelmina wusste nichts über sie, außer dass sie Klavier gespielt und sonntags ihre beiden Söhne mit in den Gottesdienst genommen hatte. Ihr Grabstein stand in der Mitte eines Doppelgrabs. Das Grab neben dem von Helen war leer.

Als Wilhelmina sich umschaute und die kahlen Äste, das trockene braune Gras und die verwelkten Blumen sah, wurde sie von einem verzweifelten Gefühl der Dringlichkeit erfasst. Sie bückte sich, um zwei kleine Steine aufzuheben, und legte einen auf jeden Grabstein, während sie Gott bat, ihr zu helfen, bevor es zu spät war.

11

Samstag, den 24. Oktober 1987

Eine laute Autohupe weckte Wilhelmina aus einem traumlosen Schlaf. Erschöpft von der Beerdigung vor wenigen Tagen war sie während der Abendnachrichten auf dem Sofa eingeschlafen. War die Hupe im Fernsehen? Mit trübem Blick starrte sie auf die Uhr ihrer Großmutter, die auf dem Kaminsims stand. Beinahe halb sieben. Sie gähnte und setzte sich auf, um den Wetterbericht zu hören. Ihr Nacken schmerzte von der unbequemen Schlafhaltung. Wieder ertönte das Hupen. Es klang so, als wäre ein Wagen in ihrer Auffahrt. Was für ein Tag war heute eigentlich? Freitag? Nein, Samstag. Sollte sie heute Abend irgendwo sein? Jetzt läutete es an der Haustür.

Mit einem unbehaglichen Gefühl strich Wilhelmina ihre Kleidung glatt und eilte zur Tür. Auf der Fußmatte stand Mike Dolan. Es war erst eine Woche her, dass sie mit ihm beim Angeln gewesen war, aber Wilhelmina war schockiert darüber, wie schmal und kränklich er aussah. Seine Haut war leicht gelblich, wie alte Noten. Aber sein breites Lächeln war unverändert.

„N'Abend, Ma'am. Ich hoffe, ich störe nicht."

„Nein, nein. Ich habe nur ferngesehen."

„Ich nehme an, das ist mal wieder sehr kurzfristig, aber es ist ein besonders schöner Herbsttag und ich hatte gehofft, Sie könnten kommen und uns helfen."

„Wem helfen? Wobei?"

Mike grinste. „Holen Sie sich eine Jacke und kommen Sie,

dann werden Sie es schon herausfinden. Es ist eine Überraschung. Haben Sie schon zu Abend gegessen? Wir haben Donuts und eine Kanne Kaffee im Wagen."

Wilhelmina blickte ihn wortlos an, während sie versuchte, eine Entscheidung zu treffen. Donuts vertrug sie nicht und Überraschungen hasste sie. Und sie hatte gehofft, nie wieder in Mikes Rostlaube fahren zu müssen. Wenn sie ehrlich war, würde sie am liebsten wieder reingehen und weiter fernsehen. Aber andererseits wollte sie auch *Ja* zu Gott sagen.

„Also gut, kommen Sie rein. Ich mache mich fertig."

„Nein, ich warte draußen. Mein Enkel Pete sitzt im Wagen."

Während sie nach oben eilte, um sich die Haare zu kämmen und einen Pullover zu holen, kamen ihr Zweifel. Sie wusste ja nicht einmal, wohin sie fuhren. Zwar begrüßte sie die Gelegenheit, mit Mike zu reden, aber wie viel würde sie sagen können, wenn Mikes kleiner Enkel zuhörte? Mikes Krankheit konnte sie jedenfalls nicht erwähnen und auch nicht darüber diskutieren, warum Selbstmord falsch war. Vielleicht hätte sie nicht zusagen sollen. Während sie sich kämmte, betrachtete sie sich nachdenklich im Spiegel. Doch schließlich gab sie sich einen Ruck und ging die Treppe runter.

Mike half ihr auf den Beifahrersitz, dann lief er um das Auto herum und nahm hinter dem Steuer Platz. Peter saß zwischen ihnen, eine Schachtel mit Donuts auf dem Schoß. Er hatte Spuren von klebrigem rotem Gelee im Gesicht, Puderzucker über seinem Sweatshirt verteilt und den Mund voll.

„Es sind noch welche mit Marmelade da", erklärte er ihr. „Die mag ich am liebsten."

„Das sehe ich. Vielleicht später."

Während sie durch die Stadt fuhren, schienen in den

meisten Autos junge Leute zu sitzen, die an einem Samstagabend die Straßen unsicher machten. Aber Dutzende Autos strömten durch die Haupttore des Stadtparks und Mike folgte ihnen. Ein großes Zeichen verkündete das „8. Heißluftballon-Rennen". Pfeile wiesen die Zuschauer nach rechts, die Teilnehmer nach links. Mike bog links ab.

„Oh nein! Das ist nicht Ihr Ernst!"

„Das wird toll. Es macht Ihnen bestimmt Spaß." Vor Aufregung hüpfte Peter förmlich auf seinem Sitz auf und ab.

Es war dasselbe Feld, auf dem auch schon der Drachenwettbewerb stattgefunden hatte, aber diesmal waren Dutzende Pick-ups und Minibusse am Rand geparkt. Helfer eilten durcheinander, luden Körbe, Ventilatoren und alle möglichen Gegenstände ab. Mike hielt den Wagen an und stellte den Motor aus.

„Da drüben ist Max", sagte er. „Gehen wir."

„Kann ich nicht hierbleiben und zusehen? Ich versteh von all dem sowieso nichts."

„Hey, es war mein Ernst, als ich sagte, dass Max unsere Hilfe braucht. Wir sind sein Bodenpersonal, da können Sie jetzt nicht einfach wieder aussteigen. Ohne uns wird er nicht weit kommen."

Wilhelmina kletterte aus dem Pick-up und trottete hinter Mike und Peter her über den Rasen. Sie sah zwei lokale Fernsehsender, die Kameras aufbauten, und fragte sich, ob die ganze Stadt erneut mit ansehen würde, wie sie sich zum Narren machte.

Max war ein untersetzter, stämmiger Bulldoggentyp Mitte sechzig, eine nicht angezündete Zigarre zwischen den Zähnen. Wäre er Schauspieler gewesen, hätte er leicht die Rolle des Winston Churchill übernehmen können. „Max, ich möchte dir dein neues Teammitglied vorstellen, Willymina Brewster", sagte Mike. „Das hier ist mein alter Kumpel aus der Air Force, Maxwell Barker. Er wird uns sagen, was wir tun müssen."

Max musterte Wilhelmina, als wäre er sich nicht sicher, ob sie seinen Ansprüchen genügen würde. „Brewster? Haben Sie was mit Brewster Hall und Brewster Library und all den anderen Brewsters am College zu tun?" Wilhelmina nickte. Er knurrte vage und zeigte mit dem Daumen auf die Ladefläche seines Wagens. „Laden wir das Ding ab."

Offenbar erwarteten sie, dass Wilhelmina half, also machte sie sich an die Arbeit und half, einen Rattankorb von Max' Pick-up zu hieven. Er kam ihr erstaunlich klein und leicht vor – kaum mehr als ein überdimensionierter Wäschekorb. Innen war ein Feuerlöscher angebracht, der merkwürdig fehl am Platz wirkte. Sie stellten den Korb auf den Boden und anschließend warf Max ihnen eine ganze Reihe anderer Ausrüstungsgegenstände zu, die sie neben dem Korb auf den Boden legten. Den ganzen Feldrand entlang machten zwei Dutzend andere Mannschaften es genauso. Max warf Mike einen langen Beutel zu.

„Hier, helfen Sie mir, den Brenner zu installieren." Er sprang vom Wagen und reichte Wilhelmina ein Ende eines dicken Seils. Das andere Ende war an dem Korb festgebunden. „Können Sie einen Knoten machen, Ms Brewster? Binden Sie das Seil an die Stoßstange des Wagens. Fest genug, dass es hält, aber lose genug, um es im Ernstfall schnell abmachen zu können."

Die Verantwortung überwältigte sie. Im Geiste sah sie schon vor sich, wie der Knoten sich zu früh löste und der Ballon ohne Besatzung davonschwebte. Oder, noch schlimmer, dass der Ballon mit dem Wagen daran in die Lüfte stieg wie ein Drachen mit seinem Schwanz, nur weil sie den Knoten zu fest gezogen hatte. Sie sah zu Max hinüber, aber der half Mike gerade dabei, den Ständer für den Propangasbrenner zusammenzubauen. Peter versuchte, den Nylonballon aus einem riesigen Beutel zu ziehen.

Fest genug, dass es hält, aber lose genug, um es im Ernstfall schnell abmachen zu können, murmelte sie vor sich hin, während sie sich ungeschickt an dem Seil zu schaffen machte.

„Wir helfen Pete besser mit dem Ballon", rief Mike ihr zu, als sie damit fertig war, einen Knoten zu machen, von dem sie hoffte, dass er den Anforderungen entsprach. Sie packte eine Handvoll von dem Nylonstoff und begann, den bunten Ballon aus dem Beutel zu ziehen und auf dem Feld auszubreiten. Aber je mehr sie zog, desto mehr Stoff schien es zu werden. Schier endlose Mengen Nylon ergossen sich aus dem Sack.

„Der ist ja riesig! Das sind bestimmt Tausende Meter Stoff! Ich hätte nicht gedacht, dass ein Ballon so groß ist." Sie war ehrlich erstaunt über die Größe.

„Ja, ich glaube, mit dem Ding könnte man mein ganzes Haus zudecken", sagte Mike. „Wir müssen ihn ganz ausbreiten. Das Ende mit den Seilen wird an dem Korb befestigt, deshalb müssen wir darauf achten, dass der Ballon richtig herum liegt. Oben sind Fangleinen, die wir auch auslegen müssen."

Wilhelmina blickte zu den anderen Ballonfahrern hinüber, die ihre Ballons ebenfalls auf dem Gras ausbreiteten. „Ist das wirklich ein Rennen? Wo ist denn die Ziellinie?"

„Es ist schon ein Rennen, aber die Ziellinie ist, wo immer der Wind uns hinträgt. Zuerst lassen sie einen Jagdballon aufsteigen, der irgendwo eine Markierung abwirft. Und wir müssen dann versuchen, so schnell wie möglich loszufliegen – bevor der Wind die Richtung ändert – und dem anderen Ballon folgen. Dann werfen wir unsere Fahne so dicht an der Markierung ab, wie wir können. Die Flagge, die am dichtesten dran ist, gewinnt."

Jedes Mal, wenn Mike *wir* sagte, zog sich Wilhelminas Magen zusammen. Sie zerrte weiter an dem Ballon und breitete ihn auf dem Boden aus und er wuchs immer weiter, mit jeder Minute wurde er größer. Irgendwann war der Beutel leer und ein riesiges Meer aus Nylon in bunten Streifen lag vor ihr ausgebreitet. Max legte den Korb auf die Seite und befestigte die Seile des Ballons daran. Jetzt schien das ganze Feld von einem leuchtend bunten Nylontuch bedeckt zu sein und die unterschiedlich geformten Körbe lagen auf der Seite und warteten auf ihren Einsatz. Bei dem Anblick spürte Wilhelmina einen Anflug von Erregung.

Aus dem Lautsprecher drang jetzt die Ansage, dass alle Piloten sich zu einer kurzen Besprechung bei dem Stand des Veranstalters einfinden sollten. Max wischte sich die schmutzigen Hände an seinem Hosenboden ab und stapfte davon, die nicht angezündete Zigarre noch immer zwischen den Zähnen.

„Gleich wird es richtig aufregend", warnte Mike sie. Er stöpselte zwei große Ventilatoren in einen tragbaren Generator und schaltete diesen dann ein. „Wenn Max zurückkommt, werden wir jeder eine Aufgabe haben. Pete, du hältst die Öffnung des Ballons ganz weit auf. Siehst du, so? Willymina, wenn Max das Kommando gibt, schalten Sie diese Ventilatoren ein und achten darauf, dass sie in den Ballon zeigen."

„Ach, Mike … ich kann nicht …"

Doch er ignorierte ihren Protest einfach und zeigte auf das obere Ende des Ballons, das mitten auf dem Feld lag. „Ich werde da unten sein und die Fangleinen festhalten, damit wir nicht losfliegen, bevor wir so weit sind."

„Aber Mike, ich …"

„Wenn Max den Brenner anfeuert, müsst ihr beide aus dem Weg gehen. Der Brenner ist wahnsinnig heiß!"

„Mike, hören Sie …"

„Ach, und vergessen Sie nicht, sich die Ohren zuzuhalten. Der Brenner macht einen Höllenlärm. Achtung, da kommt Max."

Die Piloten eilten von der Besprechung zurück, allen voran Max, der immer noch auf seiner Zigarre herumkaute.

„Da ist der Jagdballon, Grandpa!"

Wilhelmina blickte auf und sah einen leuchtend blauen Ballon abheben und langsam über ihnen entlangschweben. „Macht euch bereit", sagte Mike. Er lief über das bunte Nylonmeer, um die Fangleinen oben festzuhalten.

„Werfen Sie die Ventilatoren an, Ms Brewster", rief Max über den Lärm des Generators hinweg. Dann half er Peter, die Öffnung des Ballons zu halten, während Wilhelmina den Schalter an dem Ventilator suchte. Der erste sprang mit einem Poltern an und wäre ihr beinahe aus der Hand gefallen, als sie versuchte, ihn auf die Öffnung zu richten. „Okay. Und jetzt den anderen", brüllte Max.

Der zweite Ventilator machte einen Satz, als er ansprang, und sie hatte Mühe, ihn so auszurichten, dass die Luft in den langsam größer werdenden Ballon gewirbelt wurde. Peter sah aus, als würden seine Kleider im Wind davonfliegen. Er lachte so sehr, dass er kaum aufrecht stehen bleiben konnte. Max kroch in den riesigen Ballon und entfaltete ihn von innen, um dafür zu sorgen, dass die Luft von den Ventilatoren in jeden Hohlraum gelang. Langsam, beeindruckend, wie ein riesiges prähistorisches Ungeheuer erwachte der Ballon zum Leben und wurde vor Wilhelminas Augen immer größer, mit jeder Sekunde wuchs er weiter in die Höhe. Um sie herum erhoben sich Dutzende leuchtend bunte Ballons, so als hätte Gott plötzlich gesagt: „Es werde Leben", und die lebendigen Geschöpfe würden sich aus dem Staub erheben. Bei dem atemberaubenden Anblick durchfuhr Wilhelmina ein Schauer der Erregung.

„Aus dem Weg!“, rief Max, der jetzt an ihr vorbeirannte. „Ich werfe den Brenner an.“

Sie winkte Peter zu sich und beide traten zurück. Aber sie vergaß, sich die Ohren zuzuhalten, und bei dem plötzlichen ohrenbetäubenden Röhren des Brenners stockte ihr Herz. Die enorme Hitze von dem Brenner ließ sie mehrere Schritte zurückweichen.

Langsam, fast nachdenklich begann die Spitze des Ballons aufzusteigen, während die Luft im Inneren sich erwärmte. Der Ballon richtete sich auf und zog den Korb mit sich. Sie sah Mike, der die Fangleinen hielt und den Ballon lenkte, damit er sich nicht zu ruckartig bewegte. Es war ein herrliches Spektakel, so anmutig und schön wie Ballett.

„Einsteigen! Los, rein!“, rief Max. Er sprach mit ihr. „Beeilen Sie sich, Ms Brewster!“

„Nein … ich … ich kann nicht!“

„Ich brauche einen Ausguck“, rief er. „Steigen Sie ein!“

Im tiefsten Inneren ihres Herzens sehnte Wilhelmina sich danach, es zu tun, aber sie stand wie angewurzelt da und konnte sich einfach nicht vom Fleck rühren. Mike lief zu ihr und zog sie am Arm.

„Kommen Sie, Professor, steigen Sie ein. Sie werden begeistert sein, wenn Sie erst mal oben sind.“ Der Korb hob sich ein paar Zentimeter vom Boden, aber er war immer noch mit Wilhelminas Knoten an der Stoßstange des Wagens befestigt.

„Ich kann nicht, Mike … ich kann wirklich nicht.“ Sie brachte ihre Füße einfach nicht dazu, sich in Bewegung zu setzen.“

„Also, jemand muss jetzt einsteigen, und zwar schnell!“, schrie Max. Mehrere andere Ballons waren schon gestartet und schwebten langsam gen Himmel.

„Gehen Sie, Mike. Ich kann nicht.“ Er musterte sie einen

Moment lang und schien ihre ungeheure Angst zu verstehen.

„Okay, Professor", sagte er freundlich. „Machen Sie das Seil los." Er rannte zum Korb und schwang sich über dessen Seite, während Wilhelmina ihren Knoten löste. Max feuerte den Brenner noch einmal an und die Flamme schoss mit einem betäubenden Zischen nach oben. Es war, als würde der Ballon einmal tief einatmen. Erst bewegte er sich nicht, doch dann ruckelte der Korb ein wenig und fing an, über den Boden zu hüpfen.

„Max, warte kurz!", rief Mike, als der Ballon sich langsam von ihr entfernte. „Ich habe vergessen, ihr zu sagen, was sie tun muss!"

„Ich kann jetzt nicht anhalten!", erwiderte Max. Der Ballon hob sich noch ein, zwei Meter weiter vom Boden.

„Hören Sie zu, Willymina! Sie müssen uns mit dem Wagen folgen!"

„Was?" Sie konnte ihn kaum hören, so laut war der Brenner. Sie lief hinter ihnen her über das Feld, während der Ballon langsam in die Luft stieg.

Mike hielt sich die Hände wie ein Megafon an den Mund und schrie zu ihr hinunter. „Folgen Sie uns in meinem Wagen!" Der riesige Ballon erhob sich über ihren Kopf, als wäre er schwerelos, und schwebte davon. Sie lief schneller, um hinterherzukommen.

„Ich kann Ihren Wagen aber doch gar nicht fahren!", keuchte sie.

„Sie müssen, Willymina! Sie müssen uns doch aufsammeln!"

„Aber … aber …"

„Hier, fangen Sie!" Er warf ihr die Schlüssel vom Ballon aus zu und sie landeten etwa zweieinhalb Meter entfernt von ihr. Dann erfasste ein Windstoß plötzlich das riesige, magische Segelschiff und ließ es in den klaren Abendhimmel steigen. Der Himmel war voller bunter Ballons und Wilhelmina blieb stehen, um Luft zu holen, während sie staunend zusah, wie die Ballons sich langsam entfernten. Diesen herrlichen Anblick würde sie niemals vergessen.

Sie starrte immer noch zum Himmel hinauf, als sie spürte, wie jemand sie am Ärmel zog. Peter hielt ihr Mikes Schlüsselbund hin. „Wir verlieren sie sonst", sagte er.

„Was? Sind das nicht seine Schlüssel?"

„Wir verlieren Grandpa und den Ballon. Wir müssen uns beeilen und hinterherfahren."

„Müssen wir sofort los?"

„Wie sollen wir denn sonst wissen, wo sie landen", kicherte er.

Es dauerte einen Augenblick, bis Wilhelmina klar wurde, was Peter meinte. Besorgt schaute sie zum Himmel hinauf und suchte nach Mikes Ballon. Er segelte hoch über den Bäumen und entfernte sich mit beunruhigender Geschwindigkeit. Entschlossen packte sie Peter am Arm und eilte zum Wagen.

„Sie haben den Beutel vergessen", sagte Peter zu ihr, als sie den Parkplatz erreicht hatten.

„Welchen Beutel?", fragte sie keuchend.

„Den Beutel, in dem der Ballon war. Wir sollen ihn mitbringen."

Wilhelmina stöhnte und eilte zurück, um den riesigen Leinensack zu holen, den sie ungeschickt hinter sich herschleifte. Sie hatte kaum Gelegenheit, richtig Luft zu holen. So sehr hatte sie sich noch nie im Leben verausgabt. Wieder blickte sie zum Himmel hinauf. Die Ballons schwebten schnell in nordöstlicher Richtung davon.

Hektisch steckte sie den Zündschlüssel ins Schloss, aber weil sie vergaß, die Kupplung zu treten, machte der Wagen einen Satz und der Motor ging aus, sodass Peter beinahe gegen das Armaturenbrett geprallt wäre. Ein paar Münzen und ein Umschlag rutschten auf den Boden. „Tut mir leid, Peter. Es ist eine Ewigkeit her, dass ich ein Auto mit Schaltgetriebe gefahren bin. Du schnallst dich besser an." Wieder ließ sie den Motor an und hüpfte wie ein Känguru vom Parkplatz und durch das Tor. Peter hob den Umschlag auf und zog den Inhalt heraus. Sie warf einen Blick auf den Briefkopf: „Fliegerärztliche Untersuchungsstelle."

„Was ist denn das, Peter? Sieht wichtig aus. Tu es besser wieder rein."

„Ich kann schon lesen – wollen Sie mal hören?" Er las langsam, jedes Wort für sich. „‚Lie-ber Mi-ster … Do-lan. Ih-re … flie-ger-ärzt-liche' … was ist das für ein Wort?"

„Tauglichkeitsbescheinigung."

„‚Tauglichkeitsbescheinigung … er-lischt … am … 31. … die-ses … Mo-nats.'"

„Nicht jetzt, Peter. Bitte. Du musst mir helfen, den Ballon zu finden."

Er stopfte den Brief wieder in den Umschlag und spähte eifrig durch die Windschutzscheibe. Wilhelmina manövrierte den Pick-up durch den Verkehr, wobei der Wagen hüpfte und ruckelte, während sie versuchte, mit der Kupplung zurechtzukommen.

„Ich kann sie nicht mehr sehen", erklärte Peter dann.

„Was? Du siehst sie nicht?"

„Nee. Ich weiß nicht, wo sie alle hin sind."

„Vielleicht sehen wir sie ja wieder, wenn wir über die Brücke gefahren sind. Im Moment fahre ich in die falsche Richtung, aber das ist der einzige Weg über den Fluss."

„Wir hätten das Walkie-Talkie mitnehmen sollen."

„Es gibt ein Walkie-Talkie?"

„Mhm. Onkel Max … also, er ist nicht wirklich mein

Onkel, aber wir nennen ihn so. Onkel Max hat immer ein Walkie-Talkie in seinem Ballon, damit er mit uns reden kann und …"

„Peter! Wo ist unser Walkie-Talkie?"

Peter grinste, sodass die Lücke sichtbar wurde, wo seine beiden Schneidezähne fehlten. „Keine Ahnung. Wahrscheinlich immer noch im Wagen von Onkel Max."

„Natürlich. Aber deswegen fahren wir jetzt nicht zurück. Wir werden einfach versuchen, ihnen zu folgen, so gut wir können. Halte du weiter am Himmel Ausschau." Einige Minuten lang sah Peter aufmerksam durch die Windschutzscheibe nach oben, dann schien es ihm langweilig zu werden und er fing an, auf seinem Sitz herumzurutschen. Plötzlich entdeckte Wilhelmina einen Farbtupfer am Himmel. „Sieh mal, Peter! Da sind sie!"

„Wir haben sie gefunden! Und Grandpas Ballon sehe ich auch."

„Ja, und diesmal müssen wir aufpassen, dass wir sie nicht wieder aus dem Blick verlieren."

Peter wand sich immer noch auf seinem Sitz. „Äh … Professor Brewster?"

„Was ist denn, Peter?"

„Ich muss mal."

Die Leute und Autos im Park unter Mike wurden immer kleiner, als der Ballon ihn leise in die Luft trug. Sie überquerten den Fluss, ein sich windendes Band aus grauem Stahl, und segelten über der funkelnden Stadt hinweg. „Ich hoffe nur, deine Freundin hat genug Verstand, um uns hinterherzufahren", sagte Max. „Ich habe keine Lust, die ganze Nacht auf irgendeiner Kuhweide zu sitzen."

„Sie wird kommen."

„Ja? Und warum stand sie dann so da, nachdem wir losgefahren sind?"

„Ich glaube, sie stand unter Schock. Sie hat so etwas noch nie gemacht. Sie hat ihr ganzes Leben in Seminarräumen und Konzertsälen verbracht."

„Klingt ja aufregend."

„Ja, ich weiß, was du meinst." Mike lehnte sich an die Wand des engen Korbes und sah auf die Stadt hinunter, die langsam vorbeizog. „Ich dachte, wir könnten sie an Bord kriegen, wenn wir ihr nicht so viel Zeit zum Überlegen geben, aber sie hatte panische Angst. Sie hat gezittert wie eine Weide im Sturm. Tut mir leid, Max."

„Ich verzeihe dir ... vorausgesetzt, sie findet uns. Meinst du, sie war so clever, das Walkie-Talkie mitzunehmen?" Er nahm sein Gerät in die Hand und schaltete es ein. Sie lauschten auf das elektrostatische Knistern.

„Vielleicht denkt Peter daran. Vielleicht aber auch nicht."

„Das ist das letzte Mal, dass ich es *dir* überlasse, die Mannschaft zusammenzustellen."

Mikes Lächeln schwand, als ihm die Ironie der Bemerkung bewusst wurde. Er wandte sich ab, um auf die Landschaft hinunterzuschauen: sanfte Hügel und Zäune; spielzeuggroße Häuser und Scheunen; einzelne Gruppen kahler Bäume.

Morgen.

Morgen machte Mike seinen letzten Flug. Danach war seine Pilotenlizenz nicht mehr gültig. Er hatte keine Angst, aber er war zutiefst traurig. Sein Leben war vorbei. Jetzt war er am Ende angekommen. Warum hatte er dann das Gefühl, dass er gerade erst angefangen hatte zu leben?

„Siehst du den blauen Ballon irgendwo?", fragte Max.

„Ja, ich sehe ihn. Über uns."

Max drehte zehn Sekunden lang den Brenner auf und

Mike spürte die Hitze oben am Kopf. Dann wurde alles wieder still. Er konnte sogar den Klang von Stimmen am Boden unter ihnen hören und beobachtete die Bewegungen winziger Menschen und Autos, die dort herumeilten. Die Abendluft, die sanft sein Gesicht umwehte, roch sauber und klar.

Es war ein merkwürdiges Gefühl, durch den klaren Abendhimmel zu fliegen, ohne eine Plexiglasscheibe vor sich zu haben, ohne brummende Motoren, ohne Tachometer oder Windmesser beobachten zu müssen. Anders als ein Flugzeug bot das Ballonfahren eine ungeheure Freiheit. Max hatte keine Messinstrumente und Anzeigen, keine Lenkung und kein Ruder, auf die er achten musste, noch nicht einmal einen Flugplan, den er anmelden musste. Genau genommen konnte Max kaum etwas tun, um zu beeinflussen, in welche Richtung sie fuhren oder wo sie landen würden. Um diese Freiheit beneidete er Max. Vielleicht war diese zufällige, unkontrollierte Fahrt, an eine riesige Blase aus warmer Luft geschnallt, die reinste Form des Fliegens.

„Du siehst in letzter Zeit ziemlich dünn aus, Mike. Geht es dir gut?"

„Ja, ich hab eine Diät gemacht. Ich musste ein bisschen abnehmen."

„Es geht mich ja nichts an, aber ich finde, du hast übertrieben. Hast ein bisschen zu viel abgenommen."

„Du bist genauso schlimm wie Steve. Er ist auch neidisch. Hey, es geht mich ja nichts an, aber ich dachte, du hättest mit dem Rauchen aufgehört."

„Die Zigarre ist nicht angezündet, oder?"

„Im Moment nicht, aber ist es nicht eine Versuchung, sie die ganze Zeit im Mund zu haben?"

„Hast du ein Streichholz, Mike?"

Er sah in seinen Taschen nach. „Nein."

„Siehst du, ich auch nicht. Ich habe beschlossen, dass man

nicht mit dem Rauchen aufhört, indem man keine Zigarren mehr kauft. Am besten hört man auf, wenn man keine Streichhölzer mehr kauft!" Sie lachten beide. Mike wandte sich um und warf einen Blick zurück.

„Na, wer sagt's denn. Das da unten sieht doch aus wie mein Wagen, Max. Nur ein Scheinwerfer."

„Ja, und sie fährt damit in eine Sackgasse."

„Du und ich, wir sehen das, aber sie kann es nicht sehen. Wenigstens ist sie uns auf der Spur."

„Was ist eigentlich zwischen dir und dieser Brewster-Dame? Deine neue Freundin?"

„Nein, nur eine gute Bekannte."

„Dann macht es dir bestimmt nichts aus, wenn ich sage, dass sie ziemlich unattraktiv ist."

„Sie hat eine andere Art Schönheit, Max", sagte Mike leise. „Und sie kann richtig gut Klavier spielen. Aber sie ist einer der unglücklichsten Menschen, die mir jemals begegnet sind. Lächelt kaum, immer streng – weißt du, was ich meine? Sie hat jede Menge Geld, aber ich glaube nicht, dass sie auch nur einen Tag im Leben so richtig Spaß gehabt hat. In der Zeitung habe ich neulich gelesen, dass ihr Vater gestorben ist, deshalb wollte ich sie aufmuntern und ihr die Gelegenheit geben, in deinem Ballon mal ein bisschen das Leben zu genießen. Aber sie hatte einfach zu viel Angst, um es zu versuchen."

Mike beobachtete, wie sein winziger Pick-up das Ende des Weges erreichte und stehen blieb. Er wandte sich zu Max um. „Ich verstehe Leute wie sie nicht. Ich meine, wozu ist denn das Leben auf dieser schönen Erde gut, wenn man nur isst und schläft und arbeitet und stirbt? Das Leben muss doch gelebt werden, man muss Risiken eingehen, neue Dinge ausprobieren."

„Das sehe ich auch so. Aber es gibt viele Leute, die ihr

ganzes Leben lang in derselben Routine feststecken. Zu viel Angst auszusteigen und endlich mal zu leben."

„Ich weiß, und das ist eine Schande. Warum haben die Leute nur so viel Angst vor ihrer Sterblichkeit? Sie sollten lieber etwas wagen. Keiner von uns kann sein Leben verlängern, also können wir doch genauso gut lebendig sterben."

Max knurrte und zeigte mit seiner angekauten Zigarre auf ihn. „Du bist ja ein richtiger Philosoph geworden. Ich werde ihnen sagen, dass sie das auf deinen Grabstein schreiben sollen: ‚Er ist lebendig gestorben.'"

Mike erwiderte den Blick seines Freundes. „Das wäre nett, Kumpel", sagte er leise.

Unter ihm hatte Wilhelmina gewendet und raste jetzt zur Hauptstraße zurück. Dann sah Mike aus dem Augenwinkel plötzlich eine Bewegung. Der leuchtend blaue Ballon verschwand hinter einem Hügel und war einen Moment lang nicht zu sehen, dann tauchte er wieder auf.

„Guck mal! Der Jagdballon geht runter. Ich wette, er wirft die Markierung ab."

„Gut, dass du aufpasst, Mike. Die sind so schnell, dass man es verpasst, wenn man blinzelt. Der Typ ist wirklich ein erstklassiger Ballonfahrer."

„Und das bist du auch, mein Freund. Er hat die Markierung gleich hinter dem Hügel da drüben abgeworfen. Komm, wir gewinnen das Rennen!"

Mit der Präzision eines Experten drehte Max den Brenner gerade so lange auf, dass sie an Höhe und Tempo gewannen. Dann überließ er es dem Wind, den Ballon dorthin zu tragen, wo die Markierung abgeworfen worden war. Als sie über den Hügel hinweg waren, suchte Mike den Boden ab, bis er die große orangefarbene Boje sah.

„Da ist sie, Max. Und du steuerst genau darauf zu."

„Schnell, wo ist unsere Flagge?"

„Ich dachte, du hättest sie."

Max hätte beinahe seine Zigarre in der Mitte durchgebissen. „Willst du damit sagen, dass wir diese dämliche Flagge vergessen haben?"

Mike lachte, während er die Flagge hinter seinem Rücken hervorzog und sie vor der Nase seines Freundes hin und her schwenkte."

„Was hast du eigentlich vor, Mike? Willst du, dass ich einen Herzinfarkt bekomme? Gib mir das Ding!"

„Kümmere du dich um deinen Brenner und darum, dass wir keine Bruchlandung machen.

Ich werfe die Flagge ab. Sag mir, wann."

Vorsichtig senkte Max den Ballon so weit wie möglich ab, ohne zu landen. Mike beugte sich über die Seite und ließ die Fahne wenige Zentimeter von der Boje entfernt fallen. Während Max den Brenner aufdrehte, damit sie wieder aufstiegen, jubelten beide.

„Da wollen wir doch mal sehen, ob irgendein Witzbold das schlägt", sagte Max. „Wenn das kein Anlass für eine Zigarre ist!"

„Ich dachte, du hättest keine Streichhölzer mehr."

„Vielleicht kann ich sie ja am Brenner anzünden." Sie brüllten vor Lachen.

Als sie anschließend in den dunkler werdenden Himmel schwebten, wurde Mike von einem Gefühl des Friedens erfüllt. „Weißt du, Max, jetzt bin ich doch froh, dass ich mit dir fahren konnte. Sieh dir mal den Himmel an. Ist das nicht ein herrlicher Abend? Es war eine fantastische Fahrt."

„Ja, schade, dass sie bald vorbei ist, aber ich habe kaum noch Treibstoff. Wir müssen uns einen Landeplatz suchen. Ich hoffe nur, deine Freundin findet uns im Dunkeln."

„Wenn sie uns nicht sieht, wette ich, dass sie uns hört. Wir gackern doch wie zwei Hyänen."

„Guck mal, da drüben ist eine perfekte Stelle. Halt dich fest, dann versuche ich, uns dort abzusetzen. Übrigens bin ich nicht gerade für meine sanften Landungen bekannt."

„Ich gebe Flugunterricht, weißt du noch? Von unsanften Landungen verstehe ich etwas."

„Dann halt dich fest. Ich lasse die Luft raus."

Max zog an einer Leine, mit der er ein ganzes Stück Nylon weiter oben am Ballon entfernte. Als die Luft langsam entwich, fing die riesige Hülle allmählich an, in sich zusammenzufallen. Die Entscheidung zu landen war unumkehrbar. Schnell kam der Erdboden näher. Der Korb setzte einmal, zweimal auf, dann landete er mit einem Ruck und kippte auf die Seite. Mike und Max purzelten einer nach dem anderen aus dem Korb, ein Durcheinander aus Armen und Beinen. Der leere Ballon sank anmutig neben ihnen zu Boden.

„Alles in Ordnung, Mike?"

„Ja, und bei dir? Ich glaube, ich habe dich am Kopf getreten."

„Kein Problem. Aber gut, dass du es warst. Ich glaube, die Brewster-Dame hätte es nicht zu schätzen gewusst, auf meinem Bauch zu landen. Dieses Feld ist buckeliger, als es von oben aussah."

„Jedes Rollfeld auf der Erde sieht eben aus, bis man darauf landet. Hey, hier kommt mein einäugiger Wagen. Dafür, dass sie es das erste Mal macht, ist sie uns ganz gut gefolgt, meinst du nicht?"

„Ja, aber nach der Nummer heute ... nachdem wir sie einfach im Park zurückgelassen haben, meinst du, du kannst sie überreden, es ein zweites Mal zu versuchen?"

Sie lachten beide, bis ihnen die Tränen kamen.

12

Wilhelmina war überhaupt nicht erbaut, als sie erfuhr, dass sie bei dem Ballonrennen den ersten Platz belegt hatten. Mit grimmiger Miene stand sie zwischen Mike und Max, der immer noch auf seiner Zigarre kaute, während die beiden Männer Sektgläser in die Höhe hielten. Die Blitzlichter blendeten sie. Kameras schnurrten. Ihr Foto würde morgen in allen Zeitungen zu sehen sein, und da morgen Sonntag war, würde es wahrscheinlich wieder am Schwarzen Brett hängen. Wie sollte sie ihren guten Ruf jemals wiederherstellen? Wenn ihre Freunde schon einen Drachenwettbewerb unmöglich fanden, was würden sie dann hiervon halten?

Als die Pokale überreicht, die Dankesreden gehalten und die Feierlichkeiten beendet waren, war es beinahe elf Uhr. Der kleine Peter konnte kaum noch die Augen offen halten. „Haben Sie etwas dagegen, wenn ich zuerst ihn zu Hause abliefere, Professor? Er ist ziemlich am Ende."

„Ich habe es nicht eilig." Es dauerte nur wenige Minuten, bis Peter im Wagen eingeschlafen war, den verschwitzten Kopf auf Wilhelminas Schoß. Mike warf den beiden einen Blick zu und lächelte.

„Das war jetzt das dritte Mal, dass ich einfach abgehauen bin und Sie mit einem meiner Enkel allein gelassen habe. Es tut mir leid, Willymina."

Sie lächelte insgeheim, als sie an den Ballettbesuch mit Lori, den Angelausflug mit Mickey und jetzt die Querfeldeinjagd nach dem Ballon mit Peter dachte. „Wissen Sie, ich hatte nie viel Geduld mit Kindern, aber diese drei sind wirklich ganz besondere Exemplare. Peter erinnert mich sehr an meinen kleinen Bruder, als der in dem Alter war."

Mike hielt den Wagen an. „Wir sind zu Hause, Pete. Sag Professor Brewster Gute Nacht." Peter setzte sich auf und sah sich schläfrig um. Dann schlang er die Arme um Wilhelmi- nas Hals und drückte sie. Sie blinzelte die plötzlich aufsteigenden Tränen zurück.

„Gute Nacht, Peter", murmelte sie. Dann fügte sie etwas hinzu, das ihre Mutter immer gesagt hatte: „Träum was Schönes." Sie sah, wie Mike Peter ins Haus trug, und als er zum Wagen zurückkehrte, fühlte Wilhelmina, wie ihr Herz schneller schlug. Jetzt war der Zeitpunkt gekommen. Endlich war sie mit ihm allein. Aber was sollte sie sagen? Wie anfangen?

„Ich hoffe, Sie haben den Abend heute genossen, Willymina."

„Oh ja, das habe ich! Wirklich!"

„Aber nächstes Mal müssen Sie mitfahren. Es ist ein tolles Erlebnis."

„Es tut mir wirklich leid, Mike. Ich hätte einsteigen sollen, aber … ich weiß nicht … ich bin wohl erstarrt."

„Ich kenne das Gefühl. Mir ist das passiert, als ich zum ersten Mal mit einem Fallschirm abspringen musste. Ich bin bis zur Tür des Flugzeugs gekommen, habe runtergesehen … und bin erstarrt. Mein erster Fehler war natürlich, überhaupt nach unten zu sehen. Bevor man springt, darf man nie runtersehen!"

„Und was ist passiert? Haben Sie sich am Ende überwunden und sind gesprungen?"

„Nee. Musste ich gar nicht. Mein befehlshabender Offizier hat mir einen Tritt in den Allerwertesten gegeben und mich rausgeschubst. Was für ein Gefühl, zum ersten Mal aus diesem Flugzeug zu fallen! Das werde ich nie vergessen. Ich dachte, mein Leben wäre vorbei."

„Aber Ihr Fallschirm ist doch aufgegangen, oder?“

„Das ist er. Sie befestigen eine Zugschnur am Flugzeug, sodass er aufgeht, sobald man springt … oder geschubst wird. Das Risiko, dass man ohnmächtig wird oder vergisst, selbst an der Reißleine zu ziehen, gehen sie nicht ein.“

Wilhelmina fröstelte. Einen Moment lang beneidete sie ihn um seine vielen Erfahrungen, seine Abenteuerlust. „Wie ist es denn so, mit einem Fallschirm zu springen?“

„Wenn man die offene Tür erst mal hinter sich hat, ist es herrlich! Man fällt durch die Luft und es kommt einem vor, als wäre man ein Jahr lang unterwegs, aber in Wirklichkeit sind es nur ein paar Sekunden, dann gibt es ein Rauschen und der Fallschirm öffnet sich. Er zieht Sie in die Luft, als wären Sie eine Marionette und Gott hielte die Fäden. Danach kann man sich entspannen und den Flug genießen.“

Als Mike Gott erwähnte, witterte Wilhelmina ihre Chance. Es war, als stände sie vor der offenen Tür des Flugzeugs und versuchte, all ihren Mut zusammenzunehmen. Sie holte tief Luft und sprang.

„Glauben Sie an Gott, Mike?“

„Natürlich tu ich das. Ich müsste schon blind sein, es nicht zu tun.“

„Sind Sie Christ?“

„Ich wusste noch nie, wie ich diese Frage beantworten soll. In meiner Kindheit sind wir immer in die Kirche gegangen – jeden Sonntag war ich mit meiner Mutter da. Wir sind alle gegangen. Also dachte ich immer, ich wäre Christ. Dann saß ich während des Krieges einmal bei den Jungs, als wir zu einem Einsatz über Deutschland aufbrechen und eine Bomberformation begleiten sollten … vor uns waren schon viele Flieger abgeschossen worden, wissen Sie. Jedenfalls fingen ein anderer Pilot und ich an zu reden. Er fragte mich, ob ich Christ sei. Ich sagte, ja, ich gehe in die Kirche. Aber er meinte, das reiche nicht. Nur weil man in die Kirche geht, ist man noch kein Christ. Tja, und wie es so kam, wurde ich bei dem Einsatz runtergeholt, also konnten wir unsere Unterhaltung nicht beenden. Und ich habe den Kollegen nachher nie wiedergesehen. Wahrscheinlich hat er es nicht geschafft. Deshalb weiß ich die Antwort auf die Frage immer noch nicht. Ich war seit Jahren nicht mehr in der Kirche. Seit Helen gestorben ist."

Sie bogen in Wilhelminas Auffahrt ein und sie überlegte krampfhaft, was sie sagen sollte. „Möchten Sie noch kurz mit reinkommen? Ich kann Kaffee kochen ..."

„Es ist schon spät. Ich will Sie nicht vom Schlafen abhalten."

Wilhelmina hatte noch nie im Leben einen Mann zu sich ins Haus eingeladen, ohne dass jemand anders dabei war. Ihre Brüder wären entsetzt, wenn sie es wüssten. Aber sie sah Mikes abgemagertes Gesicht und erkannte, dass ihr nicht mehr viel Zeit blieb. „Bitte, Mike. Ich würde gerne das Ende der Geschichte hören."

„Was für eine Geschichte?"

„Die mit dem abgeschossenen Flugzeug."

Er sah sie neugierig an. „Bestehen Sie darauf?"

„Ja, ich bestehe darauf. Kommen Sie."

Er stellte den Motor aus und folgte ihr durch die Haustür. Sie hörte, wie er leise pfiff, als er ihr elegantes Wohnzimmer betrat. „Wow, nicht schlecht. Lori hat mir erzählt, dass es wie ein Herrenhaus ist."

„Seien Sie nicht albern. Und bitte setzen Sie sich, fühlen Sie sich ganz wie zu Hause. Ich setze den Kaffee auf."

Als sie wenige Minuten später zurückkehrte, stand Mike vor dem Kamin und bewunderte den Pokal, den sie bei dem Drachenwettbewerb gewonnen hatte.

„Und wo sind all die anderen?", fragte er.

„Welche anderen?“

„Na, die Preise, die Sie fürs Klavierspielen bekommen haben.“

„Du lieber Himmel! Das ist doch eine Ewigkeit her. Ich hab die ganzen Dinger nicht aufgehoben.“

„Sie sind zu bescheiden. Wenn man etwas gewinnt, sollte man stolz darauf sein. Ein bisschen damit angeben.“

Wilhelminas Hände zitterten, als sie die Tassen auf den Couchtisch stellte. Wie sollte sie das Gespräch auf den Glauben zurücklenken? „Es war mein Ernst, als ich sagte, ich würde gerne den Rest Ihrer Geschichte hören“, begann sie.

„Okay, aber es wird Sie was kosten. Wenn ich eine Geschichte erzähle, müssen Sie ein Lied für mich spielen. Abgemacht?“

„Haben Sie denn einen Wunsch?“

„Was immer Sie wollen“, lachte er. „Ist mir egal. Hey, vielleicht können Sie das Ballettstück spielen, das Sie mit Lori angesehen haben.“

„Das war eine zweistündige Aufführung!“

„Na gut, dann spielen Sie ein kleines Stück daraus.“

„In Ordnung, wenn Sie wollen. Also, Sie waren auf einem gefährlichen Einsatz über Deutschland, nachdem Sie mit einem anderen Piloten über Religion gesprochen hatten, als …“

Mike lächelte und setzte sich neben sie aufs Sofa. Er trank ein paar Schlucke von seinem Kaffee und lehnte sich dann bequem zurück. „Ich wusste gar nicht, wie mir geschah. Es gab eine riesige Explosion. Peng! Und das ganze Heck war weg. Rauch und Flammen überall. Ich versuchte, die Nase oben zu halten, um vielleicht Zeit zu schinden und bis zum Meer zu kommen, aber ich hatte keine Chance. Also beschloss ich, lieber auszusteigen. Es war das erste Mal, dass ich gesprungen bin. Und auch das letzte Mal, wenn ich es recht überlege. Es war stockduster, abgesehen von Artilleriefeuer irgendwo am Horizont. Kein Mond, keine Sterne, und ich wusste nicht, wie dicht ich über der Erde war, bis ich aufschlug."

„Waren Sie in Deutschland?"

„Im besetzten Teil von Frankreich. Fast dasselbe. Nazis überall. Ich hörte, wie ein paar von ihnen auf mich schossen, als ich mit dem Fallschirm runterkam. Da kommt man sich vor wie eine Blechente beim Schießstand auf der Kirmes. Gut, dass es so dunkel war, sonst hätten sie mich vielleicht getroffen.

Ich landete ziemlich unsanft mitten auf einem Feld und ich war sicher, ich hätte mir beide Fußgelenke gebrochen. Aber sie waren nur geprellt. Mein erster Gedanke war, so schnell wie möglich von dem Fallschirm wegzukommen und mich zu verstecken. Also machte ich mich los und kroch am Boden entlang zu einem Gebüsch am Feldrand. Die ganze Zeit rechnete ich damit, dass die Nazis mich wieder als Trainingszielscheibe benutzen würden.

Inzwischen bellte jeder Hofhund in Frankreich Alarm, also beschloss ich, lieber weiterzulaufen. Ich folgte dem Zaun, so weit es ging, weil es da hohes Gras und Büsche gab, die mir Schutz boten. Es war Frühlingsanfang und der Boden war mit einer dünnen Schneeschicht bedeckt. Ich weiß noch, dass ich dachte, wahrscheinlich könnte jedes Schulkind meiner Spur folgen, aber ich wusste nicht, was ich sonst tun sollte. Außerdem war ich durchgefroren. Und völlig durchnässt.

Kurze Zeit später sah ich Taschenlampen über das Feld kommen und auf die Stelle zugehen, an der ich meinen Fallschirm hatte liegen lassen. Sah aus wie vier oder fünf Leute."

„Nazis?"

„Das wusste ich nicht, aber ich hatte nicht vor, dazubleiben und es herauszufinden. Ich lief los, duckte mich und humpelte mit meinen geschwollenen Knöcheln weiter. Dabei blickte ich immer wieder über die Schulter zurück und dankte Gott dafür, dass der Mond nicht schien. Sie fanden den Fallschirm und folgten dann der Fährte, die ich im Schnee hinterlassen hatte."

„Was haben Sie da gemacht?"

„Ich bin schneller gerannt! Und dann plötzlich: *Zack!,* bin ich hingeknallt und hab nur noch Sternchen gesehen!"

„Waren Sie von einem *Schuss* getroffen worden?"

„Nee, ich bin über Zaundraht gestolpert, der ungefähr dreißig Zentimeter über dem Boden gespannt war. Ich war so schnell gelaufen, dass ich ihn nicht gesehen hatte, und der Aufprall auf dem gefrorenen Boden war so heftig, dass ich bewusstlos wurde.

Ein paar Minuten später kam ich wieder zu mir, wahrscheinlich weil sie alle um mich herumstanden. Keine Uniformen, nur Bauernkleidung, und sie sprachen alle Französisch. Wahrscheinlich unterhielten sie sich darüber, was für ein Volltrottel ich war. Ich versuchte es mit ein paar englischen Sätzen, aber sie schüttelten nur den Kopf. Sie konnten nur „Amerika" sagen und auf meine Uniform zeigen. Zwei von ihnen trugen meinen Fallschirm, daraus schloss ich, dass sie mir helfen würden, mich vor den Nazis zu verstecken."

„Und haben sie das getan?"

„Ja. Die nächsten paar Wochen war es wie eine Mischung aus Verstecken und Theater spielen. Nur dass es kein Spiel war. Sie haben mich im Keller oder im Schrank, auf dem Heuboden und unter Holzstapeln versteckt. Dabei war ich nie lange am selben Ort. Der französische Untergrund reichte mich immer weiter, Stück für Stück, durch ganz Frankreich, wie es mir vorkam. Manchmal verkleideten sie mich als Bauern, manchmal wie eine Großmutter, und ich glaube, irgendwann hatte ich sogar eine Naziuniform an.

Und die ganze Zeit verstand ich kein Wort von dem, was sie sagten, und hatte keine Ahnung, wohin ich ging oder bei wem ich war. Ich musste ihnen einfach vertrauen, wissen Sie? Ob ich sie verstand oder nicht, weil ich mir nicht selbst helfen konnte. Ich tat, was sie mir sagten, zog mich so an, wie sie es wollten, ging, wohin sie mich führten, und kam irgendwann gesund und munter wieder nach England."

„Wie lange hat das gedauert?"

„Irgendwas zwischen drei und vier Wochen, glaube ich. Am Ende landete ich auf einem Fischerboot, das über den Ärmelkanal fuhr, zusammen mit zwei anderen Piloten, einem Briten und einem Kanadier. Ich kann Ihnen sagen: Als ich da mitten in der Nacht in dem mickrigen Kahn auf dem Wasser schipperte, war ich heilfroh, dass ich nicht zur Marine gegangen war!"

„Hat die Armee Sie nach dieser schrecklichen Erfahrung nach Hause geschickt?"

„Wozu? Ich war ja nicht verletzt oder so. Ich habe mich dafür entschuldigt, dass ich ihr schönes Flugzeug zu Schrott geflogen hatte, und sie haben mir ein anderes gegeben, das genauso aussah."

„Und dann mussten Sie wieder dorthin fliegen?"

„Klar, warum nicht? Es gab keinen Grund, warum ich am Boden hätte bleiben sollen. Mann, das waren tolle Flugzeuge. Die flogen wie ein Cadillac." Einen Moment lang saß er da, in Gedanken versunken. Wilhelmina sah ihre Chance.

„Da haben Sie bestimmt Gott dafür gedankt, dass er Sie gerettet hat."

„Ja, und dem französischen Untergrund war mein Dank auch gewiss. Hey! Sie schulden mir noch ein Lied, erinnern Sie sich?"

„Ja, ich erinnere mich durchaus. Sie wollten ‚Romeo und

Julia', aber ich glaube, davon habe ich keine Noten. Oder wenn, dann weiß ich nicht, wo."

„Es spielt keine Rolle. Spielen Sie, was Sie wollen. Sie könnten auch lügen und mir sagen, es ist von dem Ballett. Woher sollte ich es wissen?"

Wilhelmina lächelte, als sie auf dem Klavierhocker Platz nahm. Sie warf einen Blick zu Mike hinüber, der zufrieden mit ausgestreckten Beinen auf ihrem Sofa saß, die Hände lässig hinterm Kopf gefaltet. *Liebst du ihn?*, hatte ihre Freundin Catherine gefragt. Ohne Liebe würden Wilhelminas Worte nichts nutzen.

Mike. Er war so gütig und freundlich, beinahe zärtlich manchmal, und plötzlich wusste Wilhelmina, dass es nicht nur Pflichtgefühl war, das sie drängte, ihm von Christus zu erzählen. Er hatte ihr Herz angerührt, einen Teil seines irdischen Lebens mit ihr geteilt, und sie sehnte sich danach, im Gegenzug das ewige Leben mit ihm zu teilen.

„Wie wäre es mit der ‚Mondscheinsonate' von Beethoven?", fragte sie.

Mike lächelte. „Okay."

Fasziniert sah Mike zu, wie Wilhelmina sich auf ihr Klavierspiel vorbereitete. Sie saß einen Moment lang regungslos vor den Tasten, den Kopf gesenkt, so als konzentriere sie sich auf die Musik. Er fragte sich, ob es so war wie die ganzen Überprüfungen vor einem Flug, die er jedes Mal durchführen musste, bevor er startete. Dann bog sie ihre langen, eleganten Hände und fing an zu spielen, eine langsame, eindringliche Melodie, traurig und doch zugleich wunderschön. Nach wenigen Minuten erkannte Mike, was es war. Es war dasselbe Stück, das er durch die Wand von Dr. Bennetts Praxis gehört hatte an dem Tag, an dem er erfahren hatte, dass er sterben würde. Bei der Erinnerung daran bildete sich ein Kloß in seinem Hals, den er mühsam hinunterschluckte. Er wollte, dass sie aufhörte. Er wollte am letzten Abend seines Lebens nicht ans Sterben denken. Aber Wilhelmina war so in die Musik vertieft und packte so viel Gefühl in ihr Spiel, dass es ihm unrecht schien, sie zu unterbrechen. Er sah zu, wie ihre Hände liebevoll die Tasten streichelten, wie eine Mutter, die ihr Neugeborenes liebkost. Es waren starke, jugendliche Hände. Und er sah, wie sich winzige Schweißperlen auf ihrer Stirn bildeten. All die Energie und Vitalität, die er in sein Leben gegossen hatte, hatte sie in ihre Musik investiert. All ihre Kraft, all ihre Emotion, all ihre Leidenschaft. Und das Ergebnis war dieser bewegende, verzückte Klang.

Kein Wunder, dass sie seit ihrer Pensionierung in Depressionen versunken war. Ihr fehlten nicht Spaß und Abenteuer. Die Leiter des Colleges hatten ihr die einzige Möglichkeit genommen, wie sie sich ausdrücken konnte – ihr Leben und ihre Seele. Mike versuchte sich vorzustellen, wie es wäre, nie wieder zu fliegen, nie die Aufregung des Abhebens, die Freiheit der Lüfte zu spüren. Wieder musste er schlucken.

Das Stück dauerte nur ein paar Minuten, aber als Wilhelmina den letzten melancholischen Ton gespielt hatte, war es, als wäre sie an einen anderen Ort versetzt worden. Mike unterbrach die folgende Stille nicht, bis ihre Haltung sich schließlich entspannte und sie sich zu ihm umwandte. Dann applaudierte er leise.

„Das war wundervoll“, flüsterte er. Ihre Blicke begegneten sich und einen Moment lang spürten sie beide die merkwürdige Art Liebe, die sie miteinander verband. Dann wandte Mike den Blick ab, weil er plötzlich fürchtete, sie würde auch seinen unausgesprochenen Abschied erkennen. Er stand auf und trat an den Flügel. „Haben Sie noch eine

Zugabe? Vielleicht etwas mit Loopings und Sturzflügen und Drehungen?“

Sie sah ihn fragend an? „Sie meinen Arpeggios?“

Er lachte. „Ich weiß nicht, was ich meine. Es ist, als würden wir verschiedene Sprachen sprechen, Flugsprache und Musiksprache.“

„Ist es das, was Sie meinen?“ Mit atemberaubender Geschwindigkeit flogen ihre Finger über die Tasten, doch zugleich trafen sie jeden Ton mit der Präzision eines Chirurgen. Nach etwa einer Minute brach sie ihr Spiel ab.

„Nein, hören Sie nicht auf! Das war unglaublich! Wie eine Flugschau oder so was Ähnliches anzusehen.“

Wilhelmina lachte laut auf. „Die Kritiker haben meine Spielweise schon mit vielem verglichen, aber noch nie mit einer Flugschau. Ich fühle mich geschmeichelt – glaube ich.“

„Es war als Kompliment gemeint. Ich glaube, ich könnte mich an ihre Art Musik gewöhnen, wenn ich sie öfter hören würde. Was ist Ihr Lieblingsstück?“

„Du liebe Güte! Es gibt Tausende von Kompositionen. Wie kann ich da eine herausgreifen?“

„Ich weiß nicht. Ich habe im Laufe der Jahre viele Maschinen geflogen, aber ich glaube, ich könnte immer noch mein Lieblingsflugzeug rauspicken, wenn ich müsste.“

„Also, wenn ich mich auf Klaviermusik beschränke …“ Sie schien einen Moment lang in Gedanken verloren. „Dann müsste ich wohl sagen: das 5. Klavierkonzert von Beethoven.“

„Können Sie etwas davon spielen?“

„Na ja, es ist ein Konzert. Dafür bräuchte ich ein Orchester. Aber ich habe eine Aufnahme, wenn Sie es hören möchten.“

„Ist die Aufnahme von Ihnen?“

„Ich fürchte, nicht.“

„Schade. Aber macht nichts. Spielen Sie es ruhig."

Sie legte die Platte auf und Mike lauschte der lauten, majestätischen Eröffnung. Er lächelte zustimmend. „Das gefällt mir. Wer hat es noch mal geschrieben?"

„Ludwig van Beethoven."

„Also, Beethoven klingt wie ein Mann, der das Leben genossen hat. Hören Sie mal ... voller Freude und Spaß."

„Eigentlich hatte er kein einfaches Leben, Mike. Er hat sein Gehör verloren – eine der schlimmsten Tragödien, die einem Musiker jemals widerfahren können. Als er starb, war er beinahe stocktaub."

„Er hat also aufgehört, Musik zu schreiben?"

„Nein, er hat weiter komponiert, aber wahrscheinlich hat er seine eigene Musik nie so gehört, wie wir sie hören. Nur im Kopf. Als er dieses Konzert komponiert hat, war er teilweise taub."

„Na, das erklärt doch, warum dieses Stück so lebendig ist."

„Wie meinen Sie das?"

„Beethoven war übel mitgespielt worden, richtig? Aber anstatt sich unterkriegen zu lassen, hat er Leib und Seele in seine Musik gesteckt und etwas wirklich Tolles erschaffen." Mike sah, dass Wilhelmina Tränen in den Augen hatte. Er musste das Thema wechseln, und zwar schnell. „Hey, hören Sie mal! Das klingt wie zwei Klaviere auf einmal."

„Nein, es ist nur eins."

„Hat der Kerl dann drei Hände oder was? Wie kann er denn zwei Stücke gleichzeitig spielen?" Sie antwortete nicht. „Was haben Sie gesagt, wie man das Stück nennt? Ein Konzert?"

„Ja. Es ist wie ein Wettbewerb zwischen dem Orchester und einem Soloinstrument, in diesem Fall dem Klavier."

„Und genauso klingt es auch. Erst kommt die eine Mannschaft, dann die andere. Was ist das für ein Instrument, das jetzt spielt?"

„Das ist eine Oboe."

Mike hielt sich die Nase zu. „Klingt wie eine Ente mit Schnupfen. Und das?"

„Waldhorn."

Sie setzten sich wieder aufs Sofa und sie erklärte ihm die Musik, während das Konzert erklang. Sie benutzte Ausdrücke wie *Motiv* und *Exposition*, *Entwicklung* und *Reprise*, bis er kein Wort mehr verstand. Aber sie schien in ihren Vortrag ganz vertieft und so glücklich, wieder unterrichten zu können, dass er es nicht über sich brachte, ihr zu sagen, dass er ihr nicht folgen konnte. Während der erste Satz zu Ende ging, verstummten sie beide und lauschten nur. Die zarte, klingelnde Melodie trieb ihm beinahe die Tränen in die Augen. Er dachte an seine Frau. Helen hatte schöne Dinge geliebt.

„Das war schön", murmelte Mike. „Wie eine Spieluhr."

„Möchten Sie den Rest hören?" Er nickte und sie erhob sich, um die Schallplatte umzudrehen. Als die ersten Takte einer walzerartigen Melodie erklangen, stand Mike auf und verbeugte sich.

„Darf ich um diesen Tanz bitten, meine Dame? Oder ist es ein Sakrileg, zu Beethoven zu tanzen?"

„Also … äh … ich weiß nicht."

„Jemand, der das Leben so geliebt hat wie Beethoven, hätte bestimmt nichts dagegen, wenn wir zu seiner Musik tanzen. Kommen Sie." Bevor sie noch protestieren konnte, nahm er sie in den Arm und tanzte mit ihr im Walzerschritt durch das Zimmer. Zuerst fühlte ihr Körper sich steif und widerspenstig an, aber dann siegten die Kraft und Schönheit der getragenen Melodie und sie entspannte sich. In der tröstlichen Berührung spürte Mike, wie etwas von seinem Kummer und der Schwere sich zu heben begann. Er hielt sie fest im Arm. Sie roch gut, nach Lavendel und Seife.

Als sie am Spiegel über dem Kamin vorbeitanzten, sah Mike, was für ein lustiges Paar sie abgaben. Wilhelmina war fast zehn Zentimeter größer als er, aber als er sie drehte, sah er auch, dass sie die Augen geschlossen hatte und ihr ein paar heimliche Tränen über die Wangen liefen. Er hoffte, er hatte nichts Falsches gesagt. Aber vielleicht brauchte sie genauso nötig jemanden, den sie im Arm halten konnte, wie er das brauchte. Sie klammerten sich aneinander und tanzten schweigend den gesamten zweiten Satz.

Gegen Ende hörte die Musik beinahe auf. Dann, nach ein paar zögernden Tönen, wurde sie plötzlich schneller und Mike ging mit dem neuen Tempo mit, bis sie zusammen durch den Raum galoppierten, gegen Möbel stießen und beinahe zwei Lampen und einen Beistelltisch umgeworfen hätten. Schließlich mussten sie beide so sehr lachen, dass sie sich aufs Sofa fallen ließen.

„Ich wette, der alte Mr Beethoven hatte beim Komponieren seinen Spaß!", sagte Mike, als er wieder zu Atem gekommen war.

„Sie denken wahrscheinlich, er hätte an seinem Schreibtisch gesessen und laut gelacht, als er das schrieb?"

„Das hat er nie und nimmer am Schreibtisch geschrieben! Hören Sie doch nur! Er war irgendwo draußen. Vielleicht unter einem Baum."

„Wissen Sie, Sie haben recht. Das steht in allen Büchern. Er hat draußen komponiert – oder zumindest hat er sich dort die Inspiration geholt. Ich weiß nicht, warum, aber ich habe ihn mir immer an einem Schreibtisch vorgestellt. Ernst. Feierlich. Würdevoll."

„Auf keinen Fall! Hören Sie doch nur diese Musik an. Der hatte einen Riesenspaß beim Komponieren!"

Als das Konzert beinahe zu Ende war, wurde die Musik langsamer und nach und nach leiser, bis sie fast ganz erstarb.

Dann lebte sie noch einmal auf und endete in einem majestätischen Finale.

„Mensch, da dachte ich doch gerade, die Musik würde leise sterben“, sagte Mike. „Aber sehen Sie? Der alte Mr Beethoven hat beschlossen, sie mit einem großen Knall zu beenden.“

Wilhelminas Gesichtsausdruck änderte sich plötzlich. „Mike, wir müssen reden“, sagte sie mit zittriger Stimme.

„Okay, worüber?“

„Sie hatten mehrere Monate Zeit, es sich zu überlegen, und ich … ich hatte gehofft, Sie würden Ihre Meinung ändern und … äh … sich nicht das Leben nehmen.“

Mike fuhr sich mit der Hand übers Gesicht. Sein nahender Tod war etwas, worüber er nicht sprechen wollte. Er wollte stattdessen Tatsachen schaffen. Deswegen stand er jetzt abrupt auf. „Es ist spät. Ich sollte besser gehen.“

„Mike, nein! Bitte! Können wir nicht wenigstens darüber reden?“

„Nein. Nein, können wir nicht. Sie haben keine Ahnung, wie schwer es mir fällt, aber ich muss es tun. Ich hatte gehofft, Sie hätten es inzwischen vergessen. Eigentlich wollte ich es Ihnen ja gar nicht sagen.“ Er machte einige Schritte in Richtung Tür.

„Hören Sie mich bitte an, Mike. Gott will nicht, dass Sie sich das Leben nehmen. In der Bibel steht …“

„Willymina, nicht.“ Er kehrte ihr den Rücken und ging zur Tür. Sie folgte ihm.

„Mike, bitte seien Sie mir nicht böse.“

Er drehte sich zu ihr um. „Ich bin Ihnen nicht böse, Willymina. Aber verstehen Sie nicht? Ich kann nicht zulassen, dass Sie es mir ausreden. Das geht nicht. Tut mir leid.“ Er nahm ihre Hand und legte sie auf seine Wange. „Danke für einen unvergesslichen Abend“, murmelte er. „Gute Nacht.“

Kaum war die Tür ins Schloss gefallen, da stieß Wilhelmina einen gequälten Schrei aus. Die Zeit war ihr davongelaufen. Wahrscheinlich würde sie Mike nie wiedersehen. All die verpassten Gelegenheiten und unausgesprochenen Worte fielen ihr wieder ein und überwältigten sie. Warum hatte sie sich nicht mehr Mühe gegeben? Mike starb, ohne Christus kennengelernt zu haben, und sie war zu sehr mit ihrem eigenen Elend beschäftigt gewesen, um sich um seine Bedürfnisse zu kümmern. Hätte sie um seinetwillen ihre eigenen Probleme nicht ein paar Stunden lang vergessen können? Sie war wütend auf Gott gewesen, aber sie hatte Mike dafür bestraft. Trostlos starrte sie auf die geschlossene Haustür.

„Hier bin ich! Ich stehe vor der Tür und klopfe an."

„Oh Gott, vergib mir", weinte sie.

Sie ging ins Wohnzimmer und sah, wie mitgenommen es aussah. Die Orientteppiche waren verschoben und faltig. Lampenschirme und Tischdecken hingen schief. Eines ihrer Usambaraveilchen lag umgestürzt auf dem Boden. Selbst die Ölgemälde schienen nicht mehr gerade an den Wänden zu hängen. Der normalerweise tadellose Raum war durch ihren wilden Tanz durcheinandergebracht worden.

Genau das hatte Mike mit ihrem Leben auch gemacht. Er hatte ihr ordentliches, vorhersehbares Leben auf den Kopf gestellt. Als sie zum Kaminsims hinüberblickte, auf dem der bunte Drachenpokal die antike Uhr ihrer Großmutter verdrängt hatte, dachte Wilhelmina an eine Frage, die sie sich vorher noch nie gestellt hatte. Warum hatte Mike sich die Mühe gemacht, sie an seinem Leben teilhaben zu lassen?

Warum hatte er sie zum Drachensteigen mitgenommen? Und zum Angeln? Warum hatte er sie an diesem Abend zu dem Ballonrennen eingeladen? Sie war mit ihm in Verbindung geblieben, um ihm vom Evangelium zu erzählen, aber warum hatte er sich mit einer mürrischen Langweilerin wie ihr abgegeben? Warum hatte er alles getan, um sie aufzumuntern, und sie mit so viel Güte und Mitgefühl bedacht?

Mikes Leben hatte mehr von der Liebe Christi widergespiegelt als ihr eigenes. Mike hörte Musik, wenn die Blätter an den Bäumen raschelten. *Die Blätter opfern sich*, hatte er zu ihr gesagt. *Sie fallen von den Bäumen und sterben, nur damit der Baum überleben kann*. Mike erlebte den Frieden Gottes im stillen Wald. Er erkannte die Hoffnung in Beethovens Musik, wo man Verzweiflung erwarten würde. Sie sah jetzt, dass es Dutzende Gelegenheiten gegeben hatte, ihm vom Evangelium zu erzählen, aber sie war zu sehr mit ihrem Selbstmitleid beschäftigt gewesen, um sie zu bemerken.

Wilhelmina sank aufs Sofa, während die Erinnerungen an die gemeinsam verbrachte Zeit mit Mike sie sanft erfassten. Sie sah, wie er ihr nach dem Konzert grinsend die Hand schüttelte und entschlossen den Deckel dieses schrecklichen Klaviers schloss. Er hatte natürlich recht gehabt. Es war verstimmt. Aber wie das Kind in dem Märchen „Des Kaisers neue Kleider" war er der Einzige gewesen, der so ehrlich gewesen war, es auch auszusprechen.

Sie erinnerte sich an den Tag im Donut-Laden, als er von seinem Platz aufgesprungen war und ihre Hand gepackt hatte, bereit, auf der Stelle mit ihr ins Flugzeug zu steigen. Sie sah ihn bei dem Drachenwettbewerb, wie er über den Rasen rannte, mit den klimpernden Schlüsseln in der Hosentasche, sein rundes Gesicht und sein zerknittertes Lächeln zum Himmel erhoben, während er sie und seine Enkel ermutigte, es noch einmal zu probieren. Sie dachte zurück an seine alberne Unterhaltung mit einem Baum im Naturschutzgebiet und an all die Versuche, sie an dem Tag aufzumuntern, als er sie einfach hätte nach Hause bringen können. Sie dachte daran, wie er für sie die Fahrt in Max' Ballon organisiert hatte, aber nicht wütend geworden war, als sie sich geweigert hatte. Und sie erinnerte sich an die Wärme seiner liebevollen Berührung und die Bartstoppeln auf seinen Wangen, als er sie an diesem Abend im Arm gehalten und mit ihr zum 5. Klavierkonzert von Beethoven getanzt hatte.

In all diesen Erinnerungen lächelte Mike und schwenkte seine alberne Baseballkappe. Aber sie selbst runzelte immer die Stirn. Wer von ihnen beiden hatte Zeugnis abgelegt?

„Was ist nur mit mir los?“, rief sie laut. „Wie konnte ich nur so selbstsüchtig sein?“ Wenn sie doch nur die Uhr zurückdrehen und noch einmal von vorne anfangen könnte. Wenn sie doch noch eine Chance bekäme. Aber daran, wie er „Gute Nacht“ gesagt hatte, erkannte sie, dass es in Wirklichkeit ein „Lebewohl“ war.

Wilhelmina sank neben dem Sofa auf die Knie und vergrub das Gesicht in den Sofakissen, auf denen Mike gesessen hatte. Gebete waren für sie eigentlich nie viel mehr als Rituale gewesen, aus Pflichtgefühl oder manchmal als Bitte gesprochen. Doch nun schrie sie zum ersten Mal im Leben mit ganzer Leidenschaft und Kraft zu Gott. Für Mike lief die Zeit ab. Jetzt war das Gebet die einzige Möglichkeit.

13

Sonntag, den 25. Oktober 1987

Als Mike zu Hause ankam, war es bereits halb zwei morgens. Buster und Heinz begrüßten ihn mit schläfriger Begeisterung und rollten sich dann wieder auf dem Bärenfell zusammen und schliefen weiter. Mike bedauerte, dass er Wilhelmina so zurückgelassen hatte, aber er wusste, wie verletzlich er sich gefühlt hatte. Er hatte nicht riskieren können, dass sie ihm seine Entscheidung ausredete. Jetzt stand er in seinem überfüllten Wohnzimmer, überwältigt von einem tiefen Kummer. In wenigen Stunden würde sein Leben vorbei sein.

Durch Tränen hindurch blickte er zum Klavier, auf dem das Foto von Helen stand. In den letzten Tagen hatte er so oft an Helen gedacht, hatte sich daran erinnert, wie sie so lange bettlägerig gewesen war, während ihr Leben schmerzhaft verebbte. Sie musste sich damals genauso gefühlt haben, wie er sich jetzt fühlte, in dem Bewusstsein, dass sie sterben würde, obwohl sie so gerne weitergelebt hätte.

Mike hatte dem Tod schon mehrmals ins Auge gesehen – als er über Frankreich abgeschossen worden war, als sein Motor ihn über den Adirondacks im Stich gelassen hatte, als er seine erste Krebsoperation gehabt hatte. Jedes Mal war es schrecklich gewesen, weil er nicht sicher gewesen war, wie es enden würde. Aber diesmal kannte er den Ausgang, das Ende der Geschichte mit Gewissheit, so wie Helen es gekannt hatte. Und doch hatte sie dem Tod mutig entgegengesehen, ohne Selbstmitleid. Er wünschte, sie wäre hier, um ihm Kraft zu geben.

Er ging in das Schlafzimmer, das er mit ihr geteilt hatte, und setzte sich auf Helens Seite auf die Bettkante. Dann starrte er auf den Fußboden. Sie war jetzt seit mehr als siebzehn Jahren fort, aber an diesem Abend war der Kummer in seinem Herzen wieder genauso groß wie an dem Tag, an dem sie gestorben war. Er brauchte sie. Aber es gab keinen Weg, sie zurückzuholen.

Lange saß Mike reglos im Dunkeln, bis ihn das Bedürfnis, sie im Arm zu halten oder sie auch nur zu berühren, schier überwältigte. Er schaltete die Lampe an und zog die kleine Schublade ihres Nachttischs auf, um etwas zu suchen, das früher ihr gehört hatte.

Als er es sah, schluchzte er auf. Helens Bibel lag schlaff in seiner Hand, als er sie vorsichtig herausnahm. Der Buchrücken war schon vor langer Zeit gebrochen, die Seiten dünn und vom Gebrauch geknickt. Er drückte das Buch fest an seine Brust und dachte daran, wie sehr sie diese Bibel geliebt hatte, wie wichtig sie in ihrem Leben gewesen war. Er schloss die Augen und sah Helen wieder vor sich, wie sie in der Küche saß und in der Bibel las, wie sie sich das Buch unter den Arm klemmte, wenn sie jeden Sonntag mit den Jungs in den Gottesdienst ging, wie sie es jeden Abend in die Schublade tat, nachdem sie darin gelesen hatte.

Er flüsterte ihren Namen, während er mit den Fingern über die in Gold geprägten Buchstaben auf dem Einband fuhr: *Helen Ann Dolan.* Dieses abgenutzte Buch mit den losen Seiten war Helens Kraftquelle gewesen, ihr Trost. Er schlug es auf und wünschte, er könnte auch Mut daraus schöpfen. Dabei sah er, dass sie viele Verse unterstrichen hatte. Zwischen den Seiten lagen Dutzende kleiner Zettel und Erinnerungen, und während er blätterte, war es Mike, als säße sie neben ihm und führte ihn durch die vertrauten Seiten, die voller Erinnerungen an ihr Leben und die Menschen waren, die sie liebte.

Zuerst fiel sein Blick auf eine verblichene Schwarz-Weiß-Fotografie von Mike junior und Steve, die karierte Flanellschlafanzüge trugen und vor einem mickrigen Weihnachtsbaum saßen. Ihr neuer Welpe Queenie wand sich auf Steves Arm. Der kleine Mike grinste breit und offenbarte dabei, dass seine vorderen zwei Schneidezähne fehlten. Mike musste auch lächeln, als er sich daran erinnerte. Helens Handschrift auf der Rückseite des Fotos verriet das Alter der beiden: *Michael junior (6), Steven (4) mit Queenie.*

Glückliche, schöne Erinnerungen erfüllten Mikes Herz. All diese Weihnachtsfeste vor so vielen Jahren. Spielzeuglaster und natürlich Modellflugzeuge. Um Mitternacht am Heiligabend widerspenstige Fahrradteile zusammenschrauben. Helens handgestrickte Fäustlinge und Pudelmützen. Die Freude und das Vergnügen in den Gesichtern der Jungen am Weihnachtstag. Magere Jahre und gute Jahre. Ein Leben voller Erinnerungen, ausgehend von einem schlichten Foto. Sein Blick fiel auf einen Vers auf derselben Seite. Helen hatte ihn rot unterstrichen. „*Siehe, Kinder sind eine Gabe des Herrn und Leibesfrucht ist ein Geschenk.*"

Mike legte die Fotografie zurück und blätterte weiter an eine andere Stelle, ziemlich weit hinten. Ein altes Foto von ihm selbst, das während des Krieges aufgenommen worden war, lag zwischen den Seiten. Er trug Uniform und seine Hand lag auf dem Rumpf seiner P-51 Mustang. „Das beste Flugzeug, das ich je geflogen bin", murmelte er. Helen hatte sein Lieblingsfoto ausgewählt. Aber so war Helen – nie ging es ihr darum, den eigenen Willen zu bekommen, stattdessen gab sie ihren Lieben das, was sie glücklich machte.

Aus irgendeinem verrückten Grund dachte Mike plötzlich an gefüllte Paprika. Sie waren Helens Lieblingsspeise gewesen, und wann immer er mit ihr in den kleinen Imbiss um die Ecke gegangen war, hatte sie die bestellt. Aber in all den Jahren, die sie verheiratet gewesen waren, hatte Helen sie nicht ein einziges Mal gekocht, weil Mike dieses Gericht nicht ausstehen konnte. Jetzt kam es ihm so vor, als hätte Helen während ihrer ganzen Ehe immer selbstlos gegeben. Und er hatte bereitwillig genommen.

So wie mit dem Gottesdienst. Der hatte ihr so viel bedeutet. Warum war er nicht gelegentlich mitgegangen, wenigstens an Weihnachten oder Ostern? Er hätte etwas Selbstloses tun können, um sie glücklich zu machen, aber sie hatte nie etwas für sich selbst erbeten. Und er hatte es nie angeboten. Immer hatte es einen Motor gegeben, der repariert werden musste, oder einen Flug, der nicht zu verlegen war.

Dann bemerkte er, dass auch auf dieser Seite ein Vers in Rot unterstrichen war, und als er die Worte las, musste er die Tränen zurückblinzeln. „*Desgleichen sollt ihr Frauen euch euren Männern unterordnen, damit auch die, die nicht an das Wort glauben, durch den Wandel ihrer Frauen ohne Worte gewonnen werden, wenn sie ansehen, wie ehrfürchtig und rein ihr lebt.*“

Er klappte die Bibel zu und wischte die Tränen fort, die jetzt eine nach der anderen auf den ausgeblichenen Einband fielen. Es tat weh, dieses Buch zu lesen. Es offenbarte ihm eine vertraute Welt, jedoch aus Helens Warte betrachtet, so als wäre er in ihrem Herzen und sähe mit ihren Augen. Er hatte einen Teil von ihr entdeckt, den er nicht wahrgenommen hatte, weil er sich nie darum bemüht hatte. Aber wie ein Blinder, der sich nach dem Licht sehnt, war Mikes Sehnsucht, mehr von Helens Welt zu sehen, größer als der Schmerz, der damit verbunden war. Er trocknete seine Tränen und schlug das Buch wieder auf.

Ein gelber linierter Zettel aus einem Notizbuch fiel ihm ins Auge, die Handschrift darauf eckig und ungleichmäßig, wahrscheinlich die eines seiner Söhne. Er faltete das Blatt Papier auseinander und das Foto von Mikeys Schulabschluss fiel heraus. Das Blatt musste Teil eines längeren Briefes gewesen sein, denn der Text begann und endete mitten im Satz, aber oben stand „Seite 3“:

„… also können wir nichts tun, als die Hubschrauber mit Spucke und Gebet hin und her zu fliegen.
Hier drüben denkt man oft an Leben und Tod, vielleicht, weil man jeden Tag so viel davon sieht. Wenn man zu Hause im Gottesdienst sitzt, können einem die Bibel und das alles wie ein Haufen Märchen vorkommen, und auch wenn du Steve und mich jede Woche in die Sonntagsschule geschleift hast, war ich insgeheim immer stolz darauf, dass ich die Religion als Krücke nicht brauchte. Aber hier in Vietnam kann es passieren, dass dein bester Kumpel im einen Moment noch lebt und lacht und Witze macht und schon im nächsten in hundert Stücke gerissen wird, und dann denkt man schon darüber nach, was wichtig ist.
In der Nacht, als mein Kumpel Rick getötet wurde, war mir so elend zumute, dass ich nicht wusste, was ich sonst tun sollte, also habe ich die Bibel herausgeholt, die du mir geschickt hast. Und all die Geschichten über Jesus und davon, dass er am Kreuz gestorben ist, die ich mein Leben lang gehört hatte, schienen mir auf einmal keine Märchen mehr zu sein, weil ich den Tod gesehen habe, und jetzt weiß ich, was sein Tod wirklich bedeutet hat. Hier habe ich die Menschheit (und mich selbst) von der schlimmsten Seite gesehen und endlich verstehe ich, warum Jesus für mich sterben musste. Es ist, als würden alle Puzzleteile plötzlich ein großes Ganzes ergeben. Ich bin froh, dass ich keine Bombereinsätze fliegen muss wie Rick oder Napalm abwerfen, weil ich den Vietcong nicht mehr hassen kann. Ich weiß nicht, wo der Hass geblieben

ist, aber seit ich Christus angenommen habe, sind meine Gefühle von Hass verflogen. Wir können weiter darüber reden, wenn ich wieder zu Hause bin.
Hat Queenie schon ihren Wurf? Vergiss nicht, dass ich Kathys Bruder einen Welpen versprochen habe, also lass ihn zuerst einen aussuchen …"

Ein Schauer durchfuhr Mike, als er das Foto seines Sohnes anstarrte. Er erinnerte sich an das, was der befehlshabende Offizier ihnen über den letzten Flug seines Jungen berichtet hatte. Als er abgeschossen wurde, war er bei einem freiwilligen Einsatz über Feindesland gewesen, bei dem er verwundete vietnamesische Zivilisten aufgesammelt hatte.

Mike blickte auf das Buch hinunter, um zu sehen, welchen Vers Helen unterstrichen hatte, um dieses so schmerzliche Kapitel in ihrem Leben zu markieren. Er las die Worte: *„Also hat Gott die Welt geliebt, dass er seinen eingeborenen Sohn gab, auf dass alle, die an ihn glauben, nicht verloren gehen, sondern das ewige Leben haben."*

Mike erinnerte sich an diese schrecklichen Monate nach der Beerdigung von Mike junior. Er hatte sich so in seiner eigenen Trauer und seinen Schuldgefühlen verloren, dass er Helens Bemühungen, ihn zu trösten, allesamt von sich gestoßen hatte. Er hatte sich selbst die Schuld am Tod seines Sohnes gegeben. Hätte er nicht seine eigenen Kriegserlebnisse verherrlicht, hätte er seinen Sohn nicht dazu gedrängt, Pilot zu werden, dann wäre der Junge vielleicht noch am Leben. Mike junior hatte schon im Cockpit auf seinem Schoß gesessen und die Steuerelemente eines Flugzeugs gehalten, als er kaum laufen konnte.

Obwohl Mike sich selbst für den Tod seines Sohnes verantwortlich gemacht hatte, hatte Helen ihm nie die Schuld dafür gegeben. Er konnte nur erahnen, wie sehr sie in aller

Stille gelitten hatte, nachdem sie ihren Sohn verloren hatte. Aber er als ihr Ehemann hatte ihr keinerlei Trost bieten können. Diese Seite aus einem Brief und dieser Bibelvers mussten ihr Kraft gegeben, ihre Trauer gelindert und ihr neue Hoffnung geschenkt haben.

Mike hatte Helens Bibel aufgeschlagen, um etwas von ihr zu sehen, ihr nahe zu sein und sie zu berühren. Stattdessen sah er sich selbst und der Anblick war verheerend. Trotzdem konnte er nicht von der Bibel lassen, bis das Porträt vollständig war.

Er fand noch eine markierte Stelle und ein weiteres Foto. Darauf war Steve zu sehen, kurz vor seiner Abreise nach Vietnam. Er trug seine Marineuniform und kurz rasiertes Haar und lächelte nicht. Seine Miene war voller wütender Entschlossenheit, den Tod seines Bruders zu rächen. Sein Herz war voller Hass und Zorn. Mike erinnerte sich daran, wie sehr Helen an dem Tag, als Steve aufbrach, geweint hatte. Damals hatte Mike gedacht, es sei die Angst, auch Steve zu verlieren. Aber jetzt fragte er sich, ob ihr Grund ein anderer gewesen war.

Nach der Beerdigung von Mike junior hatte Steve sich geweigert, mit seiner Mutter in den Gottesdienst zu gehen. „Es gibt keinen Gott!“, hatte er sie angebrüllt. „Wie könnte ein liebender Gott so etwas geschehen lassen?“

Als Helen versucht hatte, mit Steve zu reden, hatte Mike sich eingemischt. „Lass ihn in Ruhe! Du und deine Religion! Wie kannst du immer noch glauben, dass Gott deine Gebete erhört?“

Steve hatte nie wieder eine Kirche von innen gesehen. Er hatte sich von all seinen Freunden in der Gemeinde losgesagt und neue Freunde gefunden, mit denen er Hasch geraucht und Bier getrunken hatte. Immer wenn Helen versucht hatte, mit ihm zu reden, hatte Mike Steves Partei ergriffen.

Jetzt suchte Mike den unterstrichenen Vers. Wie hatte ihr Gebet für Steve gelautet? *„Gewöhne einen Knaben an seinen Weg, so lässt er auch nicht davon, wenn er alt wird."*

Langsam blätterte Mike durch die Bibel und überflog Hunderte unterstrichener Verse. Als er den nächsten zusammengefalteten Zettel entdeckte, hielt er inne. Das Blatt war aus einem Gottesdienstprogramm, zwei Wochen vor Helens Tod. Zusätzlich zu den üblichen Ankündigungen und Hinweisen war ein Gedicht abgedruckt:

Wenn die Lasten zu groß sind, schenkt er seine Gnade;
wenn die Mühen zu schwer, sendet er die Kraft.
Wenn der Kummer zu groß, dann schenkt er Erbarmen;
ist die Not unfassbar, sendet er seinen Trost.
Seine Liebe hat kein Ende, sie ist unermesslich,
die Macht seiner Hände ist unbegreiflich.
Der Reichtum Jesu ist unerschöpflich.
Er gibt immer mehr, immer mehr, immer mehr.

Mike hatte während ihrer langen Krankheit für seine Frau gesorgt. Aber Gott war die Quelle ihrer inneren Kraft und ihres Mutes gewesen. Gott hatte ihren Glauben mit seinem dauerhaften Frieden belohnt. Trotz all ihres Leidens waren Helens letzte Worte „Herr Jesus" gewesen, ihr letztes Geschenk an Mike ein Lächeln. Neben dem Gedicht hatte sie einen langen Abschnitt unterstrichen, aber Mike las ihn ganz, weil er sich danach sehnte, Helens Frieden ebenfalls zu spüren.

„Denn ich bin überzeugt, dass dieser Zeit Leiden nicht ins Gewicht fallen gegenüber der Herrlichkeit, die an uns offenbart werden soll … wir wissen aber, dass denen, die Gott lieben, alle Dinge zum Besten dienen … Der auch seinen eigenen Sohn nicht verschont hat, sondern hat ihn für uns alle dahingegeben – wie sollte er uns mit ihm nicht alles schenken? … Wer will uns

scheiden von der Liebe Christi? … Denn ich bin gewiss, dass weder Tod noch Leben … noch irgendeine andere Kreatur uns scheiden kann von der Liebe Gottes, die in Christus Jesus ist, unserm Herrn."

Wenn Mike sie doch nur fragen könnte, was das bedeutete. Helen hatte sein Leben mit ihm geteilt, seine Hoffnungen und Träume, seine Liebe zum Fliegen und zu Flugzeugen. Aber er hatte sie nie nach ihrem Glauben gefragt. Warum hatte er nicht anders gehandelt, einfühlsamer, liebevoller? Jetzt sah er, wie selbstsüchtig er sein Leben gelebt hatte, und was er sah, war ihm zuwider.

Mike schlug das Buch zu. Tränen der Reue, des Kummers und der Schuldgefühle liefen ihm übers Gesicht. Reglos saß er lange da und hielt Helens Bibel im Arm, als würde er Helen selbst halten.

Schließlich wischte er sich über die Augen und öffnete das Buch erneut. Er wollte es lesen. Ganz. Er wollte finden, was Helen gefunden hatte. Ungeduldig blätterte er durch Titelseite und Inhaltsverzeichnis, bis er zum ersten Kapitel des ersten Buches Mose kam. Ein kleiner weißer Umschlag, den er bislang nicht bemerkt hatte, fiel aus der Bibel und fiel zu Boden. Er bückte sich, um ihn aufzuheben, und erkannte Helens Handschrift: „*Für Mike.*" Der Umschlag war verschlossen. Mit bebenden Fingern öffnete er ihn und zog einen Brief heraus, den sie eine Woche vor ihrem Tod geschrieben hatte.

„Mein geliebter Mike,
wie ich gebetet habe für den Tag, an dem du diese Bibel aufschlagen würdest, das kostbarste aller Bücher. Ich kann nur raten, warum du sie jetzt aufschlägst. Um nach Antworten zu suchen? Um Trost zu finden? Oder Hoffnung? Was auch immer der Grund ist, ich weiß,

dass du finden wirst, was du suchst, denn ich habe es ausprobiert und die Erfahrung gemacht, dass Gottes Wort für alle meine Bedürfnisse genügt. Selbst jetzt, wo ich dem Tod ins Auge sehe, gibt sein Wort mir Kraft und Frieden.

Ich liebe dich, Mike. Doch in der Tiefe dieser Liebe findet sich auch mein größtes Bedauern – dass ich nie einen Weg gefunden habe, meinen Glauben an Christus mit dir zu teilen. Gott weiß, wie sehr ich es versucht habe, wie ich für die Gelegenheit gebetet habe, dir zu sagen, was mir der Glaube bedeutet. Aber es ist mir nie gelungen.

Du bist so ein guter Mann, so ein wunderbarer Vater und Ehemann. Ganz selbstlos sorgst du für uns. Wie kann ich dir zeigen, dass du einen Heiland brauchst? Du bist nie anderen Frauen hinterhergelaufen, warst nie gewalttätig – wie kann ich dir sagen, dass du gesündigt und Gott nicht verherrlicht hast? Du bist der gütigste, sanfteste, liebevollste Mann, den ich kenne.

Ich selbst habe mich an Gott gewandt, weil ich die Sünde in meinem Herzen erkannt habe und wusste, dass ich mich ändern musste. Ich habe Kraft bei Gott gesucht, weil ich schwach war. Aber du warst immer so fähig, so stark, so unabhängig. Bitte vergib mir, aber ich wusste einfach nicht, wie ich dir sagen sollte, dass du dein Leben in Gottes Hand legen und ihm die Herrschaft darüber geben musst.

Weißt du noch, als die Jungs klein waren und unbedingt ein Flugzeug fliegen wollten? Du hast sie auf den Pilotensitz gesetzt und sie das Ruder halten lassen und sie dachten immer, sie hätten die Kontrolle, sie selbst würden das Flugzeug steuern. Aber du hast den zweiten Steuerknüppel immer in der Hand behalten, hast dafür gesorgt, dass das Flugzeug in der Luft bleibt und sicher landet. Was für eine Katastrophe wäre es gewesen, wenn sie wirklich versucht hätten, das Flugzeug zu lenken!

Gott war dein Leben lang bei dir, Mike, und hat dich geführt, dich auf Kurs gehalten, auch wenn du dachtest, du hättest dein Leben selbst in der Hand. Er liebt dich, so wie du deine Söhne liebst. Mehr als alles in der Welt möchte er sehen, dass du sicher in seinem Himmelreich landest.

Ich bete jeden Tag, der mir noch bleibt, für dich und Steven. Ich bete, wie Jesus einst gebetet hat: ‚Vater, ich möchte, dass alle, die du mir gegeben hast, mit mir dort sind, wo ich sein werde.' Ich glaube daran, dass Michael bereits im Himmel auf mich wartet, aber wie kann es wahrhaftig das Paradies sein, wenn nicht auch ihr – du und Steven – dort bei uns seid?

Ich weiß, dass Gott meine Gebete hört, und ich muss darauf vertrauen, dass er irgendwie, irgendwann jemanden in dein Leben senden wird, der dich dazu führen wird, vor dem Kreuz Christi niederzuknien. Ich muss darauf vertrauen und glauben, dass du, wenn auch du irgendwann dem Tod ins Auge siehst, so wie ich es jetzt tue, die Worte Jesu kennst und verstehst: ‚Ich bin die Auferstehung und das Leben. Wer an mich glaubt, der wird leben, ob er gleich stürbe; und wer da lebt und glaubt an mich, der wird nimmermehr sterben.'

Das Buch in deiner Hand enthält die Antworten auf alle Fragen, die du jemals stellen kannst. Leg deine Hand in die Hand Gottes und lass dich von ihm leiten, Mike.

Ich liebe dich von ganzem Herzen,

Helen."

Das Klopfen an Wilhelminas Tür war so leise, dass sie zuerst dachte, sie hätte es sich nur eingebildet. Aber nachdem die Uhr ihrer Großmutter drei Mal geschlagen hatte, hörte sie es wieder. Sie erhob sich von den Knien und eilte zur Tür.

Auf der Veranda stand Mike, eine abgenutzte Bibel mit beiden Händen umklammert.

„Ich … äh … ich habe gesehen, dass hier noch Licht ist … und ich …"

Wilhelmina zog ihn in ihre Arme und hielt ihn ganz fest. Und er klammerte sich an sie.

Danke, Gott. Danke.

Schließlich führte sie ihn ins Wohnzimmer und setzte sich neben ihn aufs Sofa. Dann wartete sie, bis er das Wort ergriff.

„Ich musste mit jemandem reden … ich …" Zitternd holte er Luft und atmete langsam aus. „Mein ganzes Leben lang habe ich auf dem Pilotensitz gesessen, meine eigenen Flugpläne gemacht und alles kontrolliert. Aber heute Abend, als ich mit Max' Ballon gefahren bin, wurde mir bewusst, dass ich diese Art Freiheit nie hatte. Er hat einfach losgelassen und sich vom Wind treiben lassen und er ist dort gelandet, wohin der Wind ihn getragen hat. Helen hatte diese Freiheit … diesen Frieden. Sie hat nie versucht, alles selbst in der Hand zu halten, so wie ich. Ergibt das einen Sinn?"

„Ja, Mike, das tut es. Aber verstehen Sie, woher Helen diesen Frieden und diese Freiheit hatte?"

Er hielt die Bibel hoch. „Jetzt weiß ich es. Jetzt, wo es zu spät ist. Ich habe mein Leben furchtbar vermasselt, weil ich versucht habe, es selbst zu lenken. Ich habe viel Schmerz und Kummer verursacht gerade den Menschen, die ich am meisten geliebt habe. Deshalb möchte ich Gott sagen, dass es mir leidtut … dass ich es vermasselt habe. Aber ich weiß nicht, wie. Wie kann ich das jemals wiedergutmachen, wo mein Leben doch fast vorbei ist?"

„Das müssen Sie gar nicht, Mike. Wenn es Ihnen wirklich leidtut – und ich weiß, dass Ihre Reue echt ist –, dann wird Gott Ihnen vergeben."

Tränen glänzten in seinen Augen. „Einfach so?"

„Als Jesus am Kreuz starb, tat er das nicht wegen etwas, das er verbrochen hatte. Er starb dort für alle *unsere* Fehler. All das, was wir falsch gemacht haben. Wenn Sie sein Opfer für sich annehmen – für Ihre Sünden –, dann wird Gott Sie auch annehmen."

„Aber warum sollte er das tun? Ich habe schließlich versagt!"

„Wenn Sie gewusst hätten, dass Ihr Sohn in Vietnam sterben wird, wären Sie bereit gewesen, mit ihm zu tauschen? Und an seiner Stelle zu sterben?"

Mike verbarg die Augen hinter einer Hand. „Ich habe mir Millionen Mal gewünscht, es hätte mich getroffen und nicht Mikey. Er war doch erst neunzehn!"

„Genau das ist der Grund. Gott hat Ihren Platz eingenommen und ist für Ihre Sünden gestorben, weil er Sie liebt. Weil Sie sein Kind sind. Seine Liebe ist sogar noch größer als die Liebe, die Sie für Ihre Kinder empfinden. Jesus ist gestorben, damit Sie ewiges Leben haben können."

„Ewiges Leben? … Aber ich sterbe doch!"

„Wenn Sie Gottes erstaunliche Liebe betrachten und das Opfer, das er in seinem Sohn für Sie gebracht hat, können Sie dann immer noch glauben, dass er Sie bei Ihrem Tod für immer vernichten wird? Gott will Ihnen ewiges Leben schenken."

„Ist es das, was dieser Vers bedeutet?" Er reichte Wilhelmina eine Seite aus einem Brief. Sie las die Zeilen, auf die er zeigte, laut vor. „‚*Ich bin die Auferstehung und das Leben. Wer an mich glaubt, der wird leben, ob er gleich stürbe; und wer da lebt und glaubt an mich, der wird nimmermehr sterben.*' Ja, Mike, genau das bedeutet es."

„Oh Gott, vergib mir!", weinte Mike.

„Kommen Sie, wir reden mit ihm, Mike. Sie und ich, zusammen." Sie kniete vor dem Sofa und Mike kniete sich neben sie, das Gesicht in beiden Händen vergraben. Dann beteten sie gemeinsam und weinten Tränen der Reue, Tränen der Freude.

Als die Sonne an diesem Morgen aufging, saß Mike an Wilhelminas Küchentisch und sah ihr zu, wie sie Rührei und gebutterten Toast zubereitete und Kaffee aufsetzte. Ihr gemeinsames Schweigen war voller Wärme und Verständnis. Wilhelmina war vor Erschöpfung ganz benommen, sodass ihre Bewegungen langsam und ungeschickt waren. Aber das Loblied, das sie in ihrem Herzen sang, erhob sie über alle Müdigkeit. Die Kaffeekanne verschwamm vor ihren Augen und sie blinzelte die Tränen des Glücks fort. Als sie das Essen auf den Tisch stellte, klingelte das Telefon.

„Hi, Carol hier. Ich brauche eine Mitfahrgelegenheit zum Gottesdienst. Kannst du mich abholen?"

War heute Sonntag? Wilhelmina hatte völlig vergessen, was für ein Wochentag heute war. Ein Blick auf die Küchenuhr verriet ihr, dass sie sich beeilen musste.

„Natürlich, Carol. Ich bin in etwa einer halben Stunde bei dir."

„Deine Stimme klingt heiser. Geht es dir gut, meine Liebe?"

„Ja, alles in Ordnung, ich bin nur müde. Bis nachher."

Mike sah auf seine Uhr, ohne das Frühstück anzurühren. „Ich gehe besser. Sie haben Pläne."

„Meine Freundin Carol hat keine Mitfahrgelegenheit zum Gottesdienst. Und ich muss Orgel spielen." Sie sah zu, wie er sein Rührei auf dem Teller herumschob. „Mike … möchten Sie gerne mitkommen?"

„Das würde ich ja, aber … äh … ich habe heute Morgen einen Flug."

„Dann vielleicht ein anderes Mal?"

Er blickte nicht auf. „Ja, gerne. Ein anderes Mal."

Mike wirkte ungewöhnlich still, während Wilhelmina schnell ihr Frühstück zu sich nahm. Er aß nur sehr wenig. Jetzt fühlte sich das Schweigen zwischen ihnen unangenehm an und sie wünschte, sie müsste nicht aufbrechen und sich so abrupt von ihm verabschieden. Sie wollte sich gerade für ihre Hektik entschuldigen, als Mike wieder auf seine Uhr sah und sich schnell erhob.

„Ach, du liebe Güte, es ist schon spät. Ich gehe besser. Steve wird sich fragen, wo ich bleibe."

Wilhelmina folgte ihm zur Tür und suchte krampfhaft nach den richtigen Worten. Aber bevor sie etwas sagen konnte, nahm Mike sie plötzlich in den Arm und drückte sie fest.

„Danke. Für alles", flüsterte er. Dann war er fort.

Wilhelmina trocknete sich die Augen und eilte nach oben, um sich für den Gottesdienst umzuziehen. Als sie an die Zeitungs- und Fernsehberichterstattung über das Ballonrennen dachte, stöhnte sie. Wenn sie doch heute nur zu Hause bleiben könnte. Betroffen musterte sie ihr Spiegelbild. Sie hatte dunkle Ringe unter den Augen, die vom Weinen noch immer rot und geschwollen waren. Ihr Haar sah unmöglich aus, aber sie hatte keine Zeit, sich ordentlich zurechtzumachen. Carol würde mit Sicherheit eine Bemerkung fallen lassen, wie schrecklich sie aussah. Aber wie konnte Wilhelmina ihr die Schönheit dessen erklären, was letzte Nacht geschehen war? Oder die merkwürdige Mischung aus Freude und Traurigkeit, die sie jetzt erfüllte? Vielleicht würde sie irgendwann von dem Wunder erzählen können, das sie miterlebt hatte und an dem Gott sie beteiligt hatte, aber ganz bestimmt nicht heute. Wenn sie nicht einmal an Mike denken konnte, ohne dass ihr die Tränen kamen, wie konnte sie dann darüber sprechen, was Gott in seinem Leben getan hatte?

Als Wilhelmina schließlich vor Carols Haus hielt, war es schon später, als sie versprochen hatte. Carol wirkte beleidigt. Sie hatte zwei große Plastiktüten mit Traubensaft und Salzkräckern dabei und mühte sich, damit in den Wagen zu steigen.

„Also wirklich, Wilhelmina. Du weißt doch, dass ich früh da sein soll. Heute ist der letzte Sonntag im Monat, erinnerst du dich? Das bedeutet, dass wir Abendmahl feiern und ich muss ..."

„Der letzte des Monats?" In Wilhelminas müdem Geist machte es plötzlich klick. Sie erinnerte sich an den Brief von der fliegerärztlichen Untersuchungsstelle auf dem Armaturenbrett von Mikes Pick-up. Peter hatte ihr den Brief vorgelesen, langsam, Wort für Wort. Jetzt fiel ihr auch wieder ein, wie still Mike beim Frühstück gewesen war, wie überhastet er aufgebrochen war, und mit einem Mal erkannte Wilhelmina die Wahrheit. Heute lief Mikes Fluglizenz aus und er war auf dem Weg zu seinem letzten Flug. Sie machte eine Vollbremsung, sodass Carols Einkaufstüten vom Sitz in den Fußraum des Wagens rutschten.

„Gütiger Himmel, Wilhelmina! Was ist denn mit dir los? Du hättest beinahe die Saftflaschen zerbrochen!"

„Steig aus, Carol! Bitte steig sofort aus!"

„Wilhelmina! Was in aller Welt ..."

„Ich habe keine Zeit für Fragen. Steig einfach aus!"

Carol fingerte an dem Türöffner herum, die Augen vor Angst geweitet. „Was ist denn mit dir?"

„Ich kann heute Morgen nicht mit zum Gottesdienst kommen. Sag Pastor Stockmann, dass ich nicht kann."

„Aber … was ist mit der Orgel und …"
„Carol, *bitte!* Ich habe es eilig!"
„Aber … aber … wie soll ich dann hinkommen?"
Wilhelmina drückte Carol ihr Portemonnaie in die Hand. „Hier. Da ist Geld drin. Nimm dir ein Taxi. Und jetzt steig bitte aus!"

Carol sammelte eilig ihre Sachen zusammen und öffnete die Tür. Dann warf sie Wilhelmina noch einen verwirrten Blick zu, als sie auf dem Gehweg stand. „Ich weiß nicht, was in letzter Zeit in dich gefahren ist, aber …"

Den Rest hörte Wilhelmina nicht mehr. Sobald die Tür zuschlug, drehte sie mitten auf der Straße mit quietschenden Reifen und ließ Carol mit zwei Plastiktüten und Wilhelminas Portemonnaie am Straßenrand vor ihrem Haus stehen. Dann trat sie das Gaspedal durch und fuhr, so schnell sie konnte, durch die Stadt, während sie Gott anflehte, dass sie es rechtzeitig schaffen möge.

Das Gebiet um den Flugplatz herum war ein Labyrinth aus Zufahrtstraßen und Flugzeughallen. Wilhelmina hatte keine Ahnung, wo sie den Hangar der Dolans finden sollte. Sie fuhr wie eine Wilde und versuchte, mit einem Auge die Straße im Blick zu behalten, während sie mit dem anderen Dutzende von Schildern absuchte, die sie in unterschiedliche Richtungen zu führen schienen. Eine Sackgasse nach der anderen probierte sie, bis sie ganz aufgelöst war. Da an einem Sonntagmorgen nicht viel los war, fand sie niemanden, der ihr den Weg hätte zeigen können.

Als sie an einer Kreuzung hielt und überlegte, in welche Richtung sie abbiegen sollte, hörte sie plötzlich das Aufheulen eines Flugzeugmotors. Eine kleine einmotorige Propellermaschine stand ganz am Ende der Straße auf einem Zubringerrollfeld. *Lieber Gott, bitte schenk, dass es Mike ist!*

Wilhelmina drückte das Gaspedal ganz durch und raste

die Straße entlang, so schnell ihr Wagen es zuließ. Als sie am Ende ankam, konnte sie die dunkelblauen Buchstaben am Flugzeugrumpf erkennen: *Dolans Flugservice*. Aber ein hoher Maschendrahtzaun trennte die Straße von dem Rollfeld. Sie bog nach rechts ab und raste die Zufahrtstraße entlang, die parallel zu dem Zaun verlief, während sie nach einem Tor Ausschau hielt. Als sie es schließlich gefunden hatte, fuhr sie hindurch und jagte mit Höchstgeschwindigkeit über den Asphalt.

Mike war mit irgendetwas am Fahrgestell des Flugzeugs beschäftigt. Überrascht sah er auf, als der Wagen kreischend zum Stehen kam und Wilhelmina heraussprang. Ihr Herz klopfte so heftig, dass ihr die Brust wehtat. Was sollte sie zu ihm sagen? Wie sollte sie anfangen? Sie ermahnte sich, Ruhe zu bewahren. Sie musste sich ruhig verhalten, nicht in Panik geraten. Schließlich durfte sie ihn nicht verjagen.

„Sollten Sie nicht in der Kirche sein?", fragte Mike.

„Ich habe beschlossen, dass ich stattdessen mitfliegen werde. Du hast mir doch einen Flug versprochen, Mike. Weißt du noch?" Seit der letzten Nacht war er ihr so vertraut geworden, dass sie ihn einfach duzte. Sie musste schreien, weil der Motor so laut war.

Mike starrte sie einen Moment lang an, dann schüttelte er den Kopf. „Nicht heute, Willymina."

Sie konnte ihn kaum hören. Deshalb trat sie ein paar Schritte näher, während ihr offener Mantel im Wind flatterte. „Aber ich bin jetzt so weit. Bitte lass mich mitfliegen."

„Ich dachte, du hättest Angst vor dem Fliegen." Er versuchte zu grinsen, aber seine Augen waren voller Schmerz.

„Du bist ein guter Pilot. Wir werden doch nicht abstürzen, oder?"

Er wandte den Blick ab und ließ ihn geistesabwesend über das Rollfeld zu den fernen Hügeln wandern. „Verstehst du denn nicht? Ich versuche nur, meiner Familie viel Kummer und Schmerz zu ersparen."

„Aber du wirst deinen Lieben nichts ersparen. Sie werden dieselbe Trauer empfinden, egal, wie oder wann du stirbst."

„Bitte nicht, Willymina. Mach es mir nicht noch schwerer, als es so schon ist."

Ihr ganzes Leben hatte Wilhelmina daran gearbeitet, eine Mauer der Vorsicht und Zurückhaltung zu errichten, und im Laufe der Jahre war die Mauer immer dicker geworden, hinter der sie ihre wahren Gefühle verbarg und andere Menschen auf Abstand hielt, um nicht verletzt zu werden. Aber als sie Mike ansah, beschloss sie, die Mauer der Gleichgültigkeit zu durchbrechen. Zum ersten Mal im Leben öffnete sie ihr Herz.

„Verstehst du denn nicht, Mike? Ich liebe dich. Ich will dich nicht so verlieren."

„Das heißt, du würdest mich lieber Tag für Tag ein bisschen mehr sterben sehen? An einen Haufen Apparate angeschlossen, als wäre ich kein Mensch mehr? Damit du und alle anderen herumstehen und mich bemitleiden können?"

Tränen liefen Wilhelmina über die Wangen, als sie daran dachte, wie Mike langsam dahinsiechen würde. „Du hast recht", sagte sie schließlich. „Vielleicht ist dies wirklich der beste Weg. Aber ich will trotzdem mitkommen, Mike."

Er starrte sie an. „Weißt du, was du da sagst?"

„Ja, das weiß ich." Sie trat noch einen Schritt näher. „Mein ganzes Leben lang bin ich auf Nummer sicher gegangen, habe nie riskiert, verletzt zu werden. Bis ich dich kennengelernt habe, wusste ich gar nicht, was es bedeutet zu leben. Oder zu lieben. Aber jetzt weiß ich es. Du hast mein Leben verändert. Und jetzt will ich nicht mehr ohne dich leben. Bitte, Mike. Lass mich auch ‚lebendig' sterben."

Ein Passagierflugzeug dröhnte über ihren Köpfen hinweg

und erstickte alle anderen Geräusche. Schweigend standen sie auf dem windigen Asphalt und sahen sich an. Dann war der Jet fort und nur noch das Geräusch des Propellers war zu hören, während Mikes Flugzeug hinter ihnen auf dem Rollfeld wartete.

Schließlich schüttelte Mike den Kopf. „Ich kann dich nicht mitkommen lassen."

„Warum nicht?"

„Weil ich dich auch liebe, Willymina Brewster. Und dein Leben ist noch nicht vorbei."

„Aber deins auch nicht, Mike. Ob es noch eine Woche dauert oder einen Monat, du hast immer noch dein restliches Leben zu leben. Du kannst die Zeit, die Gott dir schenkt, dazu gebrauchen, um mit deiner Familie zu reden, um deinen neuen Glauben mit ihnen zu teilen. Steve ist voller Verbitterung gegenüber Gott. Zeig ihm Gottes Liebe. Auf dich wird er hören. Du weißt besser als jeder andere, was du ihm sagen kannst. Und was ist mit Mickey? Er will genauso sein wie du. Bring ihm bei, was du über das Vertrauen zu Gott gelernt hast. Und Lori auch. Sie hat so viele widersprüchliche Geschichten über Himmel und Hölle gehört, dass sie nicht weiß, was sie glauben soll. Aber dir würde sie glauben. Sie liebt dich so sehr, Mike. Und der kleine Peter … das hier wird ihm das Herz brechen. Er hält dich für den besten Piloten der Welt. … Gestern Nacht hast du mir erzählt, dass du damit aufhören willst, dein Leben selbst in die Hand zu nehmen, und Gott das Steuer übergeben willst …"

„Das will ich ja auch! Aber ich verstehe es nicht … das mit dem Tod, meine ich. Ich verstehe nicht, warum Gott das macht – warum mein Leben so enden muss."

„Du musst es nicht verstehen. Weißt du noch, wie dein Flugzeug über Frankreich abgeschossen wurde? Du musstest deinen Rettern vertrauen und ihnen folgen, wohin sie dich führten, ob du sie verstanden hast oder nicht. Hättest du versucht, auf eigene Faust den Weg nach Hause zu finden, hättest du es niemals geschafft. Aber du hast ihnen vertraut und bist sicher wieder nach Hause gekommen. So ist es jetzt auch, Mike. Wir würden nicht verstehen, was Gott mit unserem Leben vorhat, selbst wenn er es uns erklärte. Wir sprechen nicht seine Sprache. Aber wir müssen darauf vertrauen, dass er für das, was er mit uns im Sinn hat, gute Gründe hat und dass …"

Sie hielt inne und hörte ihre eigenen Worte so, als würde jemand anders sie sagen – zu ihr. „Oh Mike! Ich rede mit mir selbst! Gott sagt mir genau dasselbe!"

„Was meinst du damit?"

„Ich habe auch immer mein Leben im Griff gehabt. Ich habe alles geplant und strukturiert und ich war wütend auf Gott, weil er meine Pläne zunichtegemacht hat. Als ich meinen Posten am College verloren habe, war es, als hätte Gott mir gesagt, dass ich sterben soll. Ich wollte mich auch nicht seinem Willen unterwerfen."

Mike schlang die Arme um sie und sie legte den Kopf an seine Schulter. „Aber wenn wir unser Leben wirklich Christus übergeben haben", sagte sie, „dann sollte es ihm gehören, sodass er damit machen kann, was er will."

„Du willst also sagen, wenn ich Gott mein Leben anvertraue, dann muss ich ihm auch vertrauen, wenn er sagt, dass ich sterben soll?"

„Ja, und ich auch." Ein kleiner Privatjet fegte über ihre Köpfe hinweg und landete auf einer nahe gelegenen Landebahn. Mike küsste sie sanft auf die Wange und lächelte dann durch seine Tränen hindurch. Ein echtes Lächeln, mit all der vertrauten Wärme und dem Humor in den Augen.

„Hey, Willymina Brewster. Hast du nicht gesagt, dass du hier bist, weil ich dir einen Flug versprochen habe? Also, meine Cessna steht da vorne, bereit zum Abflug."

Wilhelminas Herz begann vor neuerlicher Angst zu hämmern. Sie holte tief Luft. Ihr Leben lag in Gottes Hand.

„Ja", sagte sie. „Fliegen wir."

Er nahm sie am Arm und half ihr auf den Passagiersitz, dann lief er zur Pilotenseite und stieg ein. Er gab Gas und die kleine Cessna erwachte brüllend zum Leben. Das Flugzeug vibrierte unter ihr, und während sie über den Asphalt rollten, krallte Wilhelmina sich an dem Sitzpolster fest. Als sie das lange Rollfeld entlangblickte, spürte sie, wie sich ihr Magen vor Angst zusammenzog.

„Entspann dich. Es wird eine sanftere Reise als in meinem Pick-up."

„Alles ist sanfter als dein Pick-up!"

Die Stimme des Fluglotsen erklang knisternd über Funk. „Roger, Cessna Three-Fox-Charlie, you're cleared for takeoff. Und es ist ein herrlicher Tag zum Fliegen. Flughöhe und Sichtweite unbegrenzt."

Mike lächelte Wilhelmina zu und hob selbstbewusst den Daumen. In diesem Cockpit war er zu Hause. Sie sah, wie sehr er das Fliegen liebte und wie froh es ihn machte, diese Freude mit ihr zu teilen.

Er drückte den Gashebel nach vorn und das kleine Flugzeug schoss über das Rollfeld. Wenige Augenblicke später hob es sanft vom Boden ab und stieg in den wolkenlosen blauen Himmel hinauf.

Epilog

April 1988

Wilhelmina parkte ihren Buick am Straßenrand und stellte den Motor aus. Auf dem Rücksitz fingen Buster und Heinz an zu bellen. „Jetzt benehmt euch", sagte sie zu ihnen. „Ich fürchte, ihr müsst hier warten. Ich bleibe nicht lange." Sie nahm den Strauß Osterglocken, den sie an diesem Morgen in ihrem Garten gepflückt hatte, und stieg aus.

Die frühe Morgenluft fühlte sich kalt an, aber die leuchtende Frühlingssonne schien warm auf Wilhelminas Rücken, als sie über den Friedhofrasen zu Mikes Grab ging. Das braune Stück Erde hob sich von dem gelbgrünen Gras darum herum ab. Aber jetzt, wo der Winter vorbei war, würde bald neues Gras wachsen und bis zum Sommer würde sich sein Grab zwischen den beiden rechts und links davon einfügen – den Gräbern von Helen und Mike junior.

Gedankenverloren fuhr Wilhelmina mit den Fingern über Mikes Namen, der in den Grabstein eingraviert war – *Michael G. Dolan* –, als wollte sie versuchen, mit ihrem Herzen wirklich die Wahrheit zu erfassen, dass er nicht mehr da war. Dann kniete sie nieder und fing an, die Blumen in den bronzenen Vasen auf den Gräbern zu arrangieren. Sie war so in ihre Tätigkeit und ihre Erinnerungen an Mike vertieft, dass sie die Schritte hinter sich nicht hörte.

„Morgen, Ms Brewster."

Sie schreckte hoch, und als sie sich umwandte, sah sie Mikes Freund Max Barker hinter sich stehen. Er hob seine Kappe ein wenig an und setzte sie dann wieder fest auf. „Tut mir leid, Ma'am. Ich wollte Sie nicht erschrecken." Er war derselbe alte Max mit seiner untersetzten Gestalt und dem mürrischen Gesichtsausdruck, aber an diesem Morgen sah er irgendwie anders aus. Sie war sich nicht sicher, woran das lag. Langsam erhob sie sich und klopfte sich die Erde von den Knien.

„Schon gut, Mr Barker. Ich habe Sie nicht kommen hören, das ist alles. Wo ist Ihr Wagen?"

„Ich bin hergelaufen, weil ich nur zwei Blocks von hier entfernt wohne. So bekomme ich ein bisschen Bewegung."

Die Zigarre. Das war es. Sie fehlte. Max kaute nicht mehr auf seiner aufgeweichten, nicht angezündeten Zigarre herum. Ohne sie wirkte er irgendwie nackt. Er zeigte auf Wilhelminas Auto.

„Sind das Mikes Hunde?"

„Ja. Sie sind zu mir gezogen, nachdem … jetzt, wo …" Sie blickte einen Moment lang zu Boden, unfähig, die Worte auszusprechen, doch dann wanderte ihr Blick zurück zu Max. „Sie sind sehr gute Wachhunde."

Er knurrte vielsagend und kickte mit der Fußspitze einen Stein fort. „Haben Sie viel zu tun, Ms Brewster?"

„Ich? Na ja, schon. Fast zu viel. Ich unterrichte jetzt in Teilzeit an der städtischen Abendschule, also bin ich dreimal die Woche dort. Und ich habe ein Dutzend Klavierschüler, denen ich Privatunterricht gebe, darunter auch Mikes Enkelin Lori. Außerdem habe ich eine Konzertreihe in verschiedenen Pflegeheimen begonnen, abgesehen von meiner ehrenamtlichen Tätigkeit für die Krebshilfe."

Wieder knurrte er und schob die Hände in seine Manteltaschen. „Dann sind Sie wohl gut beschäftigt."

„Und wie ist es mit Ihnen, Mr Barker?"

„Nennen Sie mich doch Max."

„Gut. Wie geht es Ihnen, Max?"

Er ignorierte ihre Frage. „Der Grund, warum ich frage, ist … also …“ Er scharrte nervös mit den Füßen. „Also, Mike hat mich gebeten, ein bisschen auf Sie aufzupassen.“

Sie lächelte. „Das ist interessant. Mich hat er ebenfalls darum gebeten. Ein bisschen auf Sie aufzupassen, meine ich.“

„Typisch.“ Wilhelmina glaubte, den Anflug eines Lächelns über seine mürrischen Züge huschen zu sehen. Allerdings hatte sie nicht getan, worum Mike sie gebeten hatte. Sie hatte Max seit Mikes Beerdigung nicht einmal gesehen, weil sie unsicher war, wie sie ihn ansprechen sollte. Wilhelmina wusste, was Mike sagen würde. *Das Leben ist für die Lebenden da. Geh ein Risiko ein.* Wenn sie Max ihre Freundschaft anbot, wies er sie womöglich zurück. Aber war Max das Risiko nicht wert?

„Hören Sie, Max … ich habe überlegt. Ich weiß, dass ich mich beim letzten Mal nicht sehr geschickt angestellt habe, aber meinen Sie, Sie können mir noch eine Chance geben? Als Mitglied Ihrer Crew, meine ich. Wenn Sie mit Ihrem Ballon fahren.“

„Ach, so schlecht haben Sie das gar nicht gemacht, Ms Brewster.“

„Meine Freunde nennen mich Mina.“

„Immerhin haben Sie uns gefunden und eingesammelt. Dafür bekommen Sie Bonuspunkte.“

„Geben Sie mir dann noch eine Chance, Max?“

„Klar.“ Er rieb sich mit der Hand über die Bartstoppeln an seinem Kinn. „Ich habe mich gerade bei dem Rennen der Ballon-Gesellschaft von New England angemeldet. Das findet jedes Jahr im Frühling statt. Ich könnte einen Ausgucker an Bord gebrauchen.“

„Sie meinen, im … im Ballon mitfahren?“

„Genau.“

„Ach, du liebe Güte! Aber ich könnte es ja noch mal versuchen."

Er knurrte wieder und diesmal war Wilhelmina sicher, dass es ein Ausdruck der Zustimmung war. „Ich rufe Sie an und gebe Ihnen die Einzelheiten durch. Stehen Sie im Telefonbuch?"

Sie lächelte. „Ja, meine Nummer steht im Telefonbuch. Danke, Max."

Er nickte und berührte seine Kappe. „Bis dann."

Sie blickte ihm nach, wie er mit dem o-beinigen Gang eines Matrosen davonschwankte. Als er um eine Kurve gebogen und aus ihrem Blickfeld verschwunden war, wandte sie sich wieder zu Mikes Grab um. Trotz all der Grabsteine schien es Wilhelmina, als würde die Welt um sie herum vor neuem Leben nur so platzen. Es lag in dem schweren Geruch erwachender Erde. In den zarten grünen Knospen, die an den kahlen Ästen erschienen. In dem fröhlichen Gesang der Rotkehlchen und den lebhaften Eichhörnchen, die in den Baumwipfeln Fangen spielten.

Sie hob zwei Kiesel auf, und während sie je einen davon auf die beiden Grabsteine legte, wiederholte sie leise die Worte Christi:

„Ich bin die Auferstehung und das Leben. Wer an mich glaubt, der wird leben, ob er gleich stürbe; und wer da lebt und glaubt an mich, der wird nimmermehr sterben."

Wenn Ihnen „Ein letzter Flug“ gefallen hat, werden Sie auch die folgenden Romane von Lynn Austin mögen.

Lynn Austin
Die Apfelpflückerin
ISBN 978-3-86122-983-4
416 Seiten, Paperback

Die junge Witwe Eliza kennt nach dem Tod ihres Schwiegervaters nur ein Ziel: Allein kämpft sie um die Rettung der Obstplantage, die seit Jahrzehnten das Ein und Alles der Familie ihres Mannes war. Schnell wird der Mutter von drei kleinen Kindern klar, dass dieses Vorhaben nur gelingen kann, wenn Gott einen Engel schickt, wie die verrückte Tante Gracie meinte. Tatsächlich steht bald ein geheimnisvoller Fremder vor Elizas Tür. Ist er wirklich der erhoffte Gottesbote, oder hegt er finstere Absichten? Immerhin scheint er nicht der zu sein, der er zu sein vorgibt. Doch wer ist das schon? Eliza ist selbst gefangen in einem Netz aus Lügen über ihre Herkunft, und auch in der Familie ihres Mannes schlummert mehr als ein dunkles Geheimnis. Nur langsam fügen sich die Bruchstücke der Vergangenheit zu einem Gesamtbild zusammen. Wird Eliza letztlich alles verlieren, was ihr lieb und teuer ist, oder gewinnt sie sogar mehr, als sie je zu träumen gewagt hat?

Lynn Austin
Im Sand der Erinnerung
ISBN 978-3-86827-057-0
384 Seiten, Paperback

Abigail MacLeod sehnt sich nach einem Neuanfang.
Ihre Ehe ist gescheitert und Gott scheint ihr ferner denn je. Wo könnte die begeisterte Hobby-Archäologin besser Abstand gewinnen als bei Ausgrabungen in Israel? Ein Mord, der ihren Weg ins Heilige Land überschattet, verheißt nichts Gutes. Doch bald findet sie Halt in der Freundschaft zu Dr. Hanna Rahov, der Leiterin des Ausgrabungsprojektes. Deren dramatische Lebensgeschichte berührt Abigail zutiefst, ebenso wie die Vermächtnisse einer Frau aus dem ersten Jahrhundert, die sich in den Ruinen auftun.

Sie bringen Abigail dazu, neu über ihr eigenes Leben nachzudenken und sich auf den Weg zu machen. Auf den Weg zu dem Ort, wo die Quellen der Vergebung entspringen ...

Eine berührende Geschichte über das Geschenk der Versöhnung, die eindrucksvoll vor Augen führt, dass bei Gott alle, die mühselig und beladen sind, einen sicheren Hafen haben.

Lynn Austin
Ein Haus in Brooklyn
ISBN 978-3-86827-262-8
416 Seiten, Paperback

In einem Haus in Brooklyn überschlagen sich Anfang der 1940er-Jahre die Ereignisse. Die zwölfjährige Esther Shaffer muss nach dem plötzlichen Tod ihrer Mutter verkraften, dass ihr Vater freiwillig in den Krieg zieht, Penny Goodrich, die heimlich in Esthers Vater verliebt ist, eröffnet sich dadurch die Chance ihres Lebens und Jakob Mendel, der um seinen Sohn in Ungarn bangt, wird beschuldigt, die Synagoge seiner Gemeinde angezündet zu haben. Alle Bewohner des Hauses fiebern dem Frieden entgegen, doch bis dahin ist es noch ein weiter Weg. Werden sie erkennen, dass Gott in ihrem Leben am Wirken ist – selbst wenn er schweigt?

Werden sie erkennen, dass er sie liebt und auch heute noch Wunder wirkt?

Lynn Austin
Töchter der Küste
ISBN 978-3-86827-706-7
398 Seiten, Paperback

Niederlande 1845: Geesje ist 15, als ein Stein im Schaufenster ihres Vaters ihre Kindheit zerstört. Wegen ihres lebendigen Glaubens werden sie fortan immer wieder angegriffen und schikaniert. Schließlich sehen ihre Eltern keinen anderen Ausweg, als nach Amerika auszuwandern. Doch Geesje ist alles andere als begeistert. Zumal sie den Mann, den sie liebt, in den Niederlanden zurücklassen muss. Wird sie ihn jemals wiedersehen?

Gut 50 Jahre später erinnert Geesje sich zurück. Sie ahnt nicht, dass unweit von ihr die junge Anna vor ähnlichen Entscheidungen steht, wie sie sie einst treffen musste. Vor allem aber ahnt sie nicht, dass ausgerechnet diese junge Frau ihrem Herzen endlich Frieden schenken könnte.

Lynn Austin
Luisas Töchter
ISBN 978-3-86827-522-3
619 Seiten, kartoniert

Als Luisa Ende des 19. Jahrhunderts aus dem deutschen Kaiserreich in die Vereinigten Staaten emigriert, ahnt sie nicht, dass sie damit einen Strom von Ereignissen in Gang setzt, der selbst ihre Urenkelin Suzanne noch beeinflussen wird.

Meisterhaft erzählt Lynn Austin in diesem mitreißenden Familienroman die Geschichte von vier Generationen von Frauen, deren Töchter Konsequenzen aus den Entscheidungen ihrer Mütter ziehen. Kann die Enthüllung eines großen Familiengeheimnisses den Frauen helfen, sich selbst und einander besser zu verstehen? Wird es ihnen gelingen, ihrem Leben eine andere Richtung zu geben?

Lynn Austin
Fionas Geheimnisse
ISBN 978-3-86827-523-0
416 Seiten, kartoniert

Vor langer Zeit kehrte Kathleen ihrem Zuhause den Rücken zu – fest entschlossen, niemals zurückzuschauen. Fernab ihrer Heimat hoffte sie, ihre Scham über die Armut und die kriminellen Machenschaften ihrer Familie abschütteln zu können. Als Kathleen 35 Jahre später eine unerwartete Einladung ihrer Schwester erhält, nimmt sie zögernd an. Mit ihrer Tochter Joelle im Schlepptau macht sie sich auf den Weg in ihre verschlafene Heimatstadt. Eigentlich soll dieser Ausflug die zerrüttete Beziehung zwischen Mutter und Tochter kitten. Doch die beiden tauchen ein in die bewegte Vergangenheit ihrer Familie und stoßen auf dunkle Geheimnisse. Da ist Eleanor, Kathleens Mutter, die einmal so lebensfroh war. Kann ihre herzzerreißende Geschichte Licht in das Dunkel bringen? Und da ist Fiona, ihre Großmutter. Was hat es mit dieser rätselumwobenen Person auf sich? Schließlich muss Kathleen sich entscheiden: Vergeben oder Vergessen?

Lynn Austin
Rhapsodie der Freundschaft
ISBN 978-3-86827-400-4
512 Seiten, kartoniert

Michigan 1941:

Vier Frauen, die unterschiedlicher kaum sein könnten: Virginia ist mit Leib und Seele Hausfrau und Mutter, sehnt sich aber nach mehr Anerkennung. Die reiche Helen ist alleinstehend und leidet unter ihrer Einsamkeit. Rosa ist frisch verheiratet, doch ihre Schwiegereltern bringen der lebenslustigen New Yorkerin nur Missbilligung entgegen. Jean, die Jüngste, träumt davon, zu studieren und mehr aus ihrem Leben zu machen. Muss sie dafür auf eine eigene Familie verzichten?

Die Arbeit in einer Schiffswerft führt die vier Frauen zusammen. Bald wird ihnen klar, dass sie einander viel zu geben haben – trotz aller Unterschiede. Und mit der Zeit gewinnen sie wertvolle Erkenntnisse über sich selbst, das Leben, die Liebe ... und das Geschenk der Freundschaft.

Lynn Austin
Bibliothek der Träume
ISBN 978-3-86827-602-2
432 Seiten, kartoniert

Illinois 1936

Alice Ripley lebt so sehr in der Traumwelt ihrer Bücher, dass sie erst ihren Freund und dann ihre Stelle in der Bibliothek verliert. Frustriert flüchtet sie sich in die Berge Kentuckys, um in der Bücherei des winzigen Bergarbeiterdorfes Acorn eine Weile auszuhelfen. Leider ist der Bibliotheksleiter jedoch ganz anders als erwartet und auch die vier „Bücherbotinnen", die den Lesestoff zu Pferd verteilen, entsprechen so gar nicht Alices Vorstellungen.

Aber Alice sitzt in Acorn fest, hat keine Chance, diesem Albtraum zu entkommen. Und bald muss sie feststellen, dass die Abenteuer, die das wahre Leben schreibt, tausendmal besser sind als die, die sie sich in ihren kühnsten Träumen ausgemalt hat.

Lynn Austin
Schwestern der Freiheit
ISBN 978-3-86827-491-2
512 Seiten, kartoniert

Zwei Frauen auf der Suche nach sich selbst:
Julia gehört zur besseren Gesellschaft und hat sich in d
Kopf gesetzt, den Geistlichen Nathanael Green zu erobe
Doch der ist gar nicht angetan von der verwöhnten Toch
aus gutem Haus. Seine Ablehnung fordert Julia heraus, ü
den Sinn ihres Lebens nachzudenken. So beschließt sie geg
den Willen ihrer Eltern als Krankenschwester in einem Fel
lazarett Nathanaels Anerkennung zu erringen.
Der barsche Dr. MacGrath, den ein dunkles Geheimnis u
gibt, macht der zarten jungen Frau die Arbeit schwer. D
verwundeten Soldaten aber schätzen ihren aufopferungsv
len Dienst. Bald lernt sie die junge Phoebe kennen, die si
als Mann verkleidet in die Armee geschmuggelt hat. Bei
Frauen verbindet der Wunsch, sich und der Welt etwas
beweisen.
Als sich die Ereignisse überstürzen und Julia hinter das G
heimnis des Doktors kommt, stellt sich die entscheiden
Frage: Können die beiden Frauen ihr Schicksal der gut
Hand Gottes überlassen?